スパイに死を
県警外事課クルス機関

柏木伸介

宝島社文庫

宝島社

［目次］

スパイに死を

県警外事課クルス機関

序章その一　七月二九日　金曜日　二二：三七

東京都府中《ふちゅう》市。多磨《たま》霊園内。

夜も更けた。墓苑は静まり返っている。人影はない。

ビクトル・コサチョフは、最後のキャンドルに火を灯《とも》した。墓石が浮かび上がっている。亡くなってから七十年以上。墓石は新しく、美しい。

よく手入れされている。周囲には同志の名前や、功績を記した碑がある。立派な墓所と言えるだろう。歴史的な偉業に見合っているかは別として。

コサチョフは在日ロシア連邦大使館駐在武官。スラブ人としても、背は高い方だ。体格もいい。世界中が抱くロシア人のイメージに近い。

前任者はアメリカに亡命した。国際的な問題となった。渦中に就任し、一年強となる。

就任後は慌ただしい日々が続いた。心の平穏を求めた。折を見て墓参するようになった。いつも夜。一人になりたかった。日本人墓参客はもちろん、大使館の職員も願い下げだ。

今日も暑い日だった。日没を過ぎても、熱気は収まっていない。日本の夏。ロシア出身者には過酷だ。中年になり、体力も落ちている。

気温に加えて、湿気が堪《たま》らなかった。到着して三〇分が経《た》っている。新調した夏用のスーツ。Yシャツの下が汗ばんでいた。

「狸穴《まみあな》の大使館に戻っておいてくれ」

コサチョフは運転手に告げた。ロシア語だった。メルセデス・ベンツのドアを開けた。Sクラスの高級セダン。青い外ナンバーを付けた公用車だ。

「大丈夫。タクシーで帰る。携帯で呼ぶさ。その程度の日本語なら不自由はしない」

「日本のタクシーは小さいですよ」

荷物を手に、降りようとしていた。熊のようなコサチョフを揶揄《やゆ》したようだ。運転手は、年老いた日本人男性だった。長年、在日大使館へ勤めている。ロシア語に堪能。元は協力者《エージェント》の一人だった。始まりは旧ソ連時代に遡る。微笑《ほほえ》んでから、英雄の墓所へ向かった。

墓石の周りに、無数のキャンドル。ガラスのカップに入れている。仄明《ほのあか》るい。コサチョフは、首筋の汗をハンカチで拭った。メルセデスを待たせてもよかったか。少し後悔した。

花束は供えてある。コサチョフは、小さなクーラーボックスを持参していた。蓋を開けた。冷凍庫で凍りつかせたウォトカ。ボトルを取り出し、ショットグラス二つに注《つ》いだ。

リヒャルト・ゾルゲの墓前。

コサチョフは、祖国の英雄に献杯した。

リヒャルト・ゾルゲ。ロシア出身のドイツ人。旧ソ連労農赤軍参謀本部第四局所属。世界的にも有名な諜報員だ。

一九三三年九月。ドイツの新聞『フランクフルター・ツァイトゥング』東京特派員。加えてナチス党員という偽装身分で来日。《ゾルゲ諜報団》もしくは《ラムゼイ機関》と呼ばれる諜報組織を結成する。

近衛《このえ》文麿《ふみまろ》内閣ブレーン等に接近。日本の動向を探った。〝北進〟か〝南進〟か。同盟国ドイツの要望に応え、対ソ参戦するか。資源を求め、南方へ向かうか。

ドイツは戦車部隊の電撃戦で、モスクワ目前まで進攻。首都陥落寸前の危機だった。日本が〝北進〟すれば、祖国は挟撃される。

『日本は〝南進〟を決定。対ソ戦には消極的』。情報を入手したゾルゲは、祖国に伝えた。

ゾルゲの情報により、祖国は対独戦へ兵力を集中させた。対日戦略として満州に配備していた兵力を、首都防衛へ投入。反撃に転じて、ドイツ戦を勝利へと向かわせた。

《ゾルゲ諜報団》／《ラムゼイ機関》の活動発覚により、近衛内閣は総辞職した。

一九四一年一〇月一八日、ゾルゲはソ連のスパイとして東京地方検事局に逮捕される。一九四四年一一月七日、死刑となった。

スパイが国を救い、歴史まで変えた。諜報活動の重要性を証明する事件だった。世界史に残る偉大な功績だ。

コサチョフ自身、GRU——ロシア連邦軍参謀本部情報総局大佐。大使館員の身分は偽装にすぎない。日本始め東アジア情勢を担当している。逃げ出した前任者と同じだ。就任当初は、亡命騒動の収束に追われた。諜報活動に集中でき始めたのは、最近だ。

コサチョフには、多くの課題があった。周辺各国の対露政策及び東アジア情勢に関する情報を、収集し分析する。ロシアへの対応や影響等を予測していく。日本の対露方針。安全保障及び経済政策が中心だ。日本人及び政府は、いわゆる〝北方領土〟の返還を諦めていない。外交始め、各種政策に大きな影響を与えるだろう。

第二次大戦後、最悪と言われる日韓関係。〝日韓経済戦争〟とも呼ばれる。歴史観の食い違いによる補償問題は、経済や防衛面等へ飛び火した。

日韓関係は〝戦争〟の状態。経済制裁を応酬し合うのは、二十一世紀型の交戦形態といえる。今後、両国の関係はどうなるのか。ロシアへの影響にも、注意が必要だった。

日中関係も疎かにできない。〝香港民主化動乱〟。若者による反発は、出口が見えない状況にあった。中国は影響を懸念しているだろう。

経済力や国際的影響面その他。中国に抜かれて久しい。日本の政官財界も諦めてはいない。貪欲な島国だ。巨大な大陸国家へ一矢報いようと狙っている。香港の情勢をチャンスと捉えるはずだ。クレムリンも注目している。

朝鮮民主主義人民共和国。北朝鮮に関する情報も重要。一時期、米韓が急接近していた。非核化協議を始め、現在は停滞している状況。北を見すごせないのは、ロシアや中国も同様。後れを取ってはならなかった。露米中韓すべて、北朝鮮に接近したいはずだ。

日本も同様だろう。理由は同じだが、ハードルが高い。拉致問題に植民地補償その他。課題が山積みだった。日朝関係に現在、具体的な動きは見当たらない。とはいえ、何らかの手を打ってこないとも限らなかった。

英雄ゾルゲの偉大な功績に比べて、何と卑小なことか。コサチョフは苦笑した。任務は任務だ。祖国への忠誠を裏切ってはならない。

コサチョフは、自分のグラスを干した。

※

暗殺者は、十数メートル離れた位置にいた。小さな墓石に身を隠している。

暗闇から、無数の蚊がたかる。暗殺者は払わなかった。デング熱等媒介される疾病は、すべて対応済みだ。痒《かゆ》みにだけ耐えればいい。訓練は積んである。

暑さも気にならない。緊張が、ほかの感覚を遮断している。

完全に、闇へ紛れているわけではなかった。服にも顔にも、夜間用の迷彩はない。袖が長い黒ポロシャツに、濃紺のスラックス。

「通常の服装で行ってください」上司は言った。「戦闘モードでは目立ちます。周囲から、奇異な目で見られるでしょう。着替えるわけにもいかないですから」

「大丈夫でしょうか？」

「問題ありません」上司は、にこやかに答えた。涼しげでもある。「ゴルゴ13も、仕事のときはスーツでしょう？」

コサチョフ到着時から、視察を継続している。周囲に人影はない。一人で墓参している。

事前に伝えられた情報どおりだ。

暗殺者は夜目が利く。視力も問題ない。射撃能力も。キャンドルの灯《あか》りだけで充分だ。標的の輪郭は鮮明だ。巨軀《きょく》のスラブ人。目は細く、鋭利な印象があった。姿は鮮明に捉えている。見逃すはずがない。

移動には、原付バイクを使った。防犯カメラは確認している。顔は映させなかった。

傍らのスポーツバッグを開いた。黒く、細長い物を取り出す。

グロック三四ピストルカービン。

セミオートピストルのグロック三四。口径九ミリ×一九。拳銃自体は、四角い積木二個を組み合わせたような形状だ。各種装備を追加し、カービン化している。

銃尾にストック型アームブレイス。肩付けを可能にしている。スライド後部にチャージングハンドル。ALG製六セカンドマウントを銃本体へ。上部にドットサイト。下部にウエポンマウントライトを装着。

三十一連エクステンションマガジンを使用。二本をL字型カプラーで繋《つな》ぎ、装塡している。予備弾倉は、尾部を銃口へ向けて突き出している形だった。追加アクセサリーによって、細長いライフルのような形状と化していた。

銃口の円筒形減音器《サプレッサー》は、AAC製。銃声と銃口の発射炎《マズルフラッシュ》を軽減する。亜音速弾を使用すれば、着弾音の方が響く。

暗殺者は、ドットサイトを覗《のぞ》き込んだ。暗視装置等の夜間装備はない。キャンドルにより、充分な光量がある。ライトを使えば、標的に気づかれてしまう。

ロシア人スパイは、英雄の墓石へ跪《ひざまず》いていた。

背後から、標的を狙撃する。グロックは、トリガーセイフティを採用している。レバー操作等は必要ない。連続でトリガーを絞った。頭部と頸部《けいぶ》、胸部に腹部。十発撃ち込んだ。逞《たくま》しい肉体。拳銃弾で距離もある。脳に延髄。気管や心臓、肺と腸。急所には命中した。

ゾルゲの墓前に、コサチョフは倒れ込んだ。数秒待った。ロシア人スパイは動かない。

暗殺者は動き始めた。周囲を〝点検〟する。誰もいない。ピストルカービンは構えたままだ。銃口は、標的から瞬時も逸《そ》らしていなかった。

コサチョフへと近づいていった。俯《うつぶ》せに倒れたまま、痙攣《けいれん》さえしていない。後頭部から背中にかけて開いた十個の穴。流れ出る血。キャンドルの灯りでは、どす黒く見える。

手には薄手のグローブ。滑り止め用だ。指紋も残さずにすむ。

首筋に触れた。脈はない。鼻や口、胸の動きも確認する。呼吸は感じられなかった。

死んでいる。暗殺者は、安堵《あんど》の息を吐き出した。

ポロシャツのポケットに、暗殺者は手を伸ばした。カードを取り出す。名刺大で白無地。

コサチョフの死体。右手人差し指と中指の間に挟んだ。

カードには、銀色のキリル文字が記されていた。美しい書体だった。意味は――

〝スパイに死を〟。

序章その二　七月三一日　日曜日　二一：〇八

東京都大田区《おおた》。

守屋康史《もりややすし》は、ＪＲ蒲田《かまた》駅で降りた。大田区役所前から、狭い路地へと曲がった。自宅のデザイナーズマンションへ。ほろ酔いだが、足取りは確かだ。酒は好きだが、強くない。

エッセイストで評論家。ＴＶコメンテーターとしても著名。今年四十歳。長髪に整った顔立ち。背は高い。細く筋肉質で腹も出ていない。薄い青のスーツ。下はＴシャツだ。

活動も盛んだった。新作を出版するか。ＴＶに出演するか。ＳＮＳでネットを騒がせているか。顔を見ない日や、名前が聞かれない日もないだろう。我ながら見事なものだ。守屋は満足気に微笑んだ。ゆっくりと歩を進める。

ファンからは、日本を代表する愛国者として尊敬されている。反対勢力からは極右扱い。ネット右翼の親分と忌み嫌われ、卑下されていた。人気者にアンチはつきものだ。

直近の活動としては、最新エッセイとなる『神の国を侵す特定外来人種を駆除せよ！』を執筆した。五十万部を超えるベストセラーとなっていた。

「昨今の日韓関係に鑑み」内容は簡単に概略できた。「在日含む韓国国民は、この美しき日本の〝生態系〟に害をなす悪質な外来種だ。日本人は一致団結し、反日勢力を駆除。祖国を守らなければならない！」――

今日は、サイン会及びファン交流の集いだった。会場は千代田区《ちよだ》の高級ホテル。五百人を超す人間が集まってきた。皆、右派だ。口々に、賞賛の言葉を述べてきた。

「ありがとうございます、先生」サイン会に並んだ男。順番が来ると、深々と頭を下げた。

「拝読している間、痺れっぱなしでした。感動しています！　僕の人生にとって、バイブルがまた一冊増えました。先生のおかげです。一緒に、反日の害虫どもを一匹残らず駆除しましょう！」

男は安物だが、スーツ姿だった。齢《よわい》は三十代か。まっとうな勤め人に見えた。守屋の手を握り、涙さえ浮かべていた。

アホか、お前は。守屋は、必死で嗤《わら》いを堪《こら》えた。書いている本人が、爆笑していたというのに。エッセイと言えば聞こえはいい。実際は、韓国や在日コリアンに対するヘイト本。

言えた義理ではないが、一応〝お客様〟だ。心配にもなる。いつの時代でも、自分で考えない奴は搾取され続けるだけだ。他人の意見を鵜呑《うの》みにするな。己の信念を持て。魂を、資本や政治に売り渡すな。

〝先生〟と崇め奉られれば、悪い気はしない。たとえ、ウザいネトウヨからでも。

が、物事には限界がある。〝ファン〟の相手に辟易《へきえき》し、仮病を使って抜け出した。

守屋は日本人だが、中国のエージェントだった。《火付け役《ファイヤ・スターター》》と呼ばれている。

中国国内で、共産党独裁を脅かす事態が発生する。守屋は、中国から依頼を受ける。日本に対する愛と、中国への侮辱をまき散らす。中国では反日感情が高まる。比例するように、愛国感情も盛り上がる。共産党の支配は、盤石となる仕組みだった。

知る者は、中国政府及び同国の諜報機関だけだった。日本政府や組織は、まったく気づいていない。当然〝ファン〟の皆様も。間抜けな連中としか言いようがなかった。

今回の手法は毛色が違う。発端は〝香港民主化動乱〟。

「香港に対する日本人の注意を逸らしてください」工作担当官《ケース・オフィサー》は丁寧な言葉を使う。「〝民主化〟は、日本人の耳に心地いい。同調する者も出てくるでしょう。こちらの弱みにつけ込む輩《やから》も」

「なるほど」守屋に感慨はなかった。単なる商売。ビジネスの〝打ち合わせ〟だ。

「〝日韓経済戦争〟なんてどうでしょう？　先生は、韓国への〝批判〟もお上手でしたね。幸いなことに、日韓関係は最悪ですから」

戦後最悪の日韓関係。使わない手はない。人気と才能をもってすれば、簡単なことだ。

驚異的ベストセラーは日本人の興味、主に反感を韓国へ向けさせた。香港情勢は、ニュースやワイドショーの単なる尺埋めに落ち着いた。工作は成功した。

「先生、ありがとうございます」工作担当官も嬉《うれ》しそうだ。「お礼は、いつもの口座に」

中国からの報酬。加えて印税も入る。濡《ぬ》れ手で粟《あわ》。美味しい二足のわらじ。

愛国心などない。祖国の行く末など、知ったことではなかった。周辺諸国もどうでもいい。興味があるのは、金、かね、カネ。全ては銭。マネー次第。資本主義の基本だ。

今回は、いくら儲《もう》かるだろう。守屋は再び、ほくそ笑んだ。

※

銃声は百三十dB《デシベル》といわれている。

サプレッサーを使用すれば、三十dBは軽減できる。百dBは残る。無音にはならない。

暗殺者は、千代田区の会場から追尾していた。気づかれた様子はない。〝点検〟さえしていないようだ。仮にもエージェントだろうに。間が抜けている。

街灯はある。マンションの灯りも漏れ出ている。夜目も利く。光量は充分すぎた。

今日は、半袖Tシャツにジーンズという姿だった。暗い色合いだ。目深に被《かぶ》ったキャップ。度の入っていないメガネ。口には使い捨てマスク。ウェストポーチを、今風に肩からかけていた。襷《たすき》のようだ。収納袋は胸にある。異様な若作り。内心、苦笑する。

東京を移動していく以上、防犯カメラは避けられない。人定さえされなければいい。多磨霊園とは別人に判断されれば。

ウェストポーチには、拳銃とサプレッサーが収められている。グロック一七。セミオート。口径九ミリ×一九。装弾数一七+一。コサチョフに使った三四と、ほぼ同型だ。

標的によって、銃を替える。同じ人間によるものと思わせてはならない。銃弾の旋条痕が一致しなければ、別人と判断される可能性も高まる。捜査陣始め各国の機関も混乱させられる。

型番違いを二挺《にちょう》使用するのは、付属装備《アクセサリー》の関係もあった。周囲の環境、いわばTPOに合わせている。今回、ピストルカービンでは大振りにすぎた。

今回の減音器。いわゆるサプレッサーはFD九一七と呼ばれる。オーストリアのメーカーであるフィッシャーディベロップメント製。グロック専用に開発された。同じ国の製品だからだ。

映画やドラマでは、銃口の中へねじ込む。誤りだ。銃腔《じゅうこう》が狭まり、弾頭が詰まってしまう。

装着には加工が必要だ。バレルを延長しスレッデッド、ねじ切りバレルにする。ねじ込むのではなく、サプレッサーを飛び出した銃口に被せる形だ。暗殺者も前回は使用した。FD九一七には加工が必要ない。箱型で、尾部からロッキングスライダーが飛び出ている。拳銃下部のレイルに固定するだけだ。サイズは、グロックに合わされている。

銃口は押しつけられているだけだ。発射時には、サプレッサーと離れてしまう。隙間から、音が漏れる。減音効果は、銃口に密着する円筒形より落ちる。今回は、携帯性を重視していた。

「相手は有名人です」上司は言った。「一人になる機会は少ないでしょう。路地でお願いします。それに向いた装備も用意しますので」

減音効果も比較の問題だ。銃声、マズルフラッシュともに充分抑えられる。

暗殺者は、グロック一七とFD九一七を取り出した。拳銃を下に向け、サプレッサーを装着する。視線は向けない。銃口から、レイルに沿って差し込むだけだ。

円筒形の場合、銃を上に向けなければねじ込めない。視認も必要だ。較《くら》べて、ＦＤ九一七の装着は簡便だった。練習も積んでいる。

路地に人影はない。背後五メートルまで近づく。拳銃の有効射程距離内。銃口を向けた。照準を合わせる。エイミングも問題ない。ＦＤ九一七は、グロックの照星を活用できる設計だ。円筒形の場合、邪魔するケースがある。

頭部に五発撃ち込んだ。くぐもった発射音。ドアをノックするような。

中国スパイの鼻から上が消し飛んだ。長い頭髪が散り散りに舞う。

即死だろう。ゾンビでも死ぬパターンだ。愛国者に擬態した売国奴でも。

守屋は道路に伏していた。身体《からだ》が左にねじれている。横向きの顔は頭部が砕け、血と脳《のう》漿《しょう》が流れ出る。アスファルトの黒い染み。周囲に断ち切られた髪。街灯が照らし出す。

カードを取り出した。右手人差し指と中指の間に挟む。コサチョフと同じく、名刺大の白無地。銀文字も同様だった。ただし、今度は漢字。北京語だ。

〝スパイに死を〟。

序章その三　八月二日　火曜日　一四：三三

神奈川県横浜市《よこはま》。中華街。

夏休みの観光客で混雑している。高立政《ガオ・リージョン》は、路地裏で汗を拭った。尾《つ》けられている。白人のカップル。夫婦連れに見えたが、恐らく偽装だ。

スラブ系の二人組。ロシア人の尾行だろう。今度は自分が狙われている。

高は、張偉龍《ヂャン・ウエイロン》の下で働き始めた。一ヵ月前からだった。若くして在日華僑《かきょう》の重鎮であり、優秀なビジネスマン。何より中国国家安全部の諜報員だ。

劉永福《リイウ・ヨンフー》から紹介された。張の部下。右腕といっていい人物だ。

高は、劉を大哥《タイコー》と慕ってきた。いろいろなことを教えてくれる。世話になっていた。

先月末、ロシア人スパイが射殺された。報復のように、中国の日本人エージェントも。

高の父は、日本企業に勤めている。元々は、祖国からの留学生だった。

改革開放後、日本へ定住した新華僑だ。対して、改革以前からの定住者は老華僑という。中国に住んだことのない華僑は、華人と呼ばれる。

高は、華人にして華眷だ。後者は、扶養者や親族を意味する。

「お前の父親は、祖国への協力を拒んだ」劉が告げた。「短い期間だけ帰国し、日本の科学技術を提供するにすぎない。給与も日本の五倍出す。それにもかかわらずだ。祖国への忠誠心が皆無といっていい。愛国者のお前と違ってな、高」

　高は恥ずかしかった。悔しくもあった。許せなかった。その晩、父親を問い質した。「〝二つの基地〟方式には賛成できない」父は、きっぱりと答えた。「外国で研究を行い、成果だけ祖国に渡すことは」

　何が問題なのか。祖国への忠誠は。高は怒った。

　父は続けた。「日本の研究成果は、日本のものだ。正式な手続きもなく、渡せない」

〝中体西用〟。中国の本質を保ったまま、西洋の知識を利用する。劉が教えてくれた。祖国発展のためには必要なことだ、と。日本においても同様だ。

　張は若くして、中華街の実力者だ。重鎮の老華僑にも負けない。大哥こと劉は続く存在。羨望の眼差しで見てきた。自分もなりたい。華人などと馬鹿にさせない。高は小柄だ。友人にも軽く見られてきた。

〝為国服務〟。祖国に尽くし、任務を果たす。忠誠心を示し、大物にのし上がってやる。

　高はジーンズのポケットから、バタフライ・ナイフを抜いた。劉から貰《もら》った物だ。

「銃は、まだ早い」劉は言った。「文句言うなよ。おれでさえ持ってないんだ」

　ナイフで充分だ。危機的状況を乗り越える。実力を見せてやる。

※

　アレクセイ・ペトロフは、夏のバカンス中だった。観光で訪れている。妻のアリーナを連れて。アロハにチノパン。シャツの柄は〝ウタマロ〟だ。多少浮かれすぎか。

六十三歳。小さな貿易商を営んでいた。主に、アジア全域の雑貨を取り扱っている。ビジネスなら頻繁に来日するが、観光は初めてだった。

東アジア地域が好きだった。エキゾチックな街並み。北京に香港、マカオや台北。そして、日本各地の中華街。

日本と中国の魅力が、同時に味わえる。混沌とした文化的融合があった。明日は、新大《しんおお》久保《くぼ》のコリアンタウンを訪れる予定だ。楽しみだった。

先刻、少年を見かけた。映画で見た中国人そのものだった。アメコミのTシャツに、ジーンズ姿。まだ十代だろう。小柄で、少し神経質そうだったが。

写真を撮りたくて追ったが、路地へ駆け込まれてしまった。

シャイなのだろうか。怖がらせてしまったらしい。ペトロフは背こそないが、肩幅が広い。腹は突き出ている。顔立ちも、アジアでは冷たく受け取られるようだ。

路地から、先刻の中国人少年が飛び出してきた。話しかけようとして、立ち止まった。

少年が手にしていたのは、ナイフだった。ペトロフは避《よ》けようとした。が、間に合わなかった。

アリーナの悲鳴が聞こえた。ナイフが腹を切り裂いている。ペトロフは膝をついた。

薄れていく意識の中、ペトロフは見た。中国人少年の憎悪に満ちた瞳を。

第一章　八月三日　水曜日

1　八：五九

来栖《くるす》惟臣《これおみ》は、《カモメ第三ビル》最上階の大会議室に座っている。

磨かれた円卓。高級品ではない。椅子も、一般的オフィス用より少し上等なくらいだ。

神奈川県警警備部外事課警部補。七月から本庁勤務に戻っていた。以前は、戸部《とべ》警察署横浜駅相鉄《そうてつ》口交番配属だった。

《カモメ第三ビル》は元々、非常事態用の緊急拠点だった。公安協力者所有の民間施設。県警庁舎が使用できないようなケースだけ使う。そうした事案が頻繁に起こったので、慣れてしまった。最近は、気軽に使うようになった。本部が半ば、移転したようなものだ。

室内。右隣には、熊川亘《くまかわわたる》。外事課巡査部長がいた。県警初採用の攻撃型ハッカー。背が高い。一九〇センチ弱はある。広い肩幅に、厚い胸板。学生時代はラグビー部。体育会系だ。仕事はインドアのはずだが、いつ鍛《きた》えているのか。

元は、公安第一課所属。来栖とばかり組むからだろうか。外事課に異動となった。これ幸いと譲られた。そんなところか。以前の部署では、持て余し気味だったと聞いている。

他には二人。

左隣は、しょぼくれた男。痩せているが、最近は血色がよくなった。今田宏《いまだひろし》。外事課長代理。キャリア出向組の課長に代わり、課を仕切るのが伝統だ。

向こう正面。恰幅《かっぷく》のいい男が鎮座している。厚川聡史《あつかわさとし》。警備部長。県警公安の責任者。部長の背後は、ガラス越しの横浜港。青い空には雲一つない。気温は三十度を超える。

室内には冷房が効いている。協力者のオーナーが、早朝から稼働させていたようだ。全員が、ポロシャツにスラックスと軽装だ。盛夏。クールビズの季節だった。

簡単な挨拶だけで、全員が席に着いていた。

「来栖」厚川が口を開く。威勢のいい声が響いた。「東京の連続スパイ殺害。知ってるな?」

「話だけは」来栖は答えた。「ニュースで言われている程度のことです。現場が東京都内。警視庁の管轄ですから。あんまり仲良くないんですよ。情報《ネタ》の仕入れ先もないですし」

「それはいかんねえ。もう、東京と神奈川でいがみ合うような時代じゃないよ」

今田が口を挟んだ。嫌味に、今までの切れ味がない。最近は、いつもそうだ。

ビクトル・コサチョフはロシア人スパイ。守屋康史も中国の日本人エージェント。連続で殺害されていた。

表向きは、独立した射殺事案二件。マスコミやネットでも関連づけられてはいない。〝日本も銃社会となった〟。その程度の認識だ。在日ロシア大使館員に人気エッセイスト。普通は結びつけない。諜報や公安の世界でなければ。

大ニュースではあった。短期間の射殺。犯人像や動機始め、様々な憶測が流れていた。

コサチョフに関しては、スパイ事件の側面も報道されている。大使館員だ。〝被害者は諜報関係者だ〟。識者には力説する者もいた。

守屋は、怨恨の線が強く主張されていた。普段の言説から、敵が多いと見られている。〝愛国者〟を売りとして、各種方面で活躍。中韓朝等へ対するヘイトまがいの著作多数。中国や韓国始め、日本人でも嫌う者は多い。

ネット右翼や、右派の識者が騒ぎ始めている。〝中国、韓国、北朝鮮等。守屋を目の敵《かたき》にしていた国の仕業だ〟。〝いや。パヨクの日本人売国奴が犯人に違いない〟。変な形で、外交問題や国内対立に発展しかねなかった。中国のエージェントだったと知らないからだ。

来栖は訊《き》き返した。「部長は、何か摑《つか》んでないんですか？」

「使用された銃器は、どちらも口径九ミリ。拳銃弾だ」厚川は答えた。「だが、旋条痕が一致しねえ。同一犯かどうかも定かじゃない。違う拳銃が使用されたことだけは確かだけどよ。おれが持ってる警視庁《東京》のチャンネルでは、その程度さ。カードの件は知ってるか？」

「いえ」初耳だった。

「被害者は、二人ともカードを手にしてた。マル被の仕業だろう。名刺ぐらいな大きさで、純白の銀文字入り」厚川は息を吐いた。「ンな気取ったカードに、メッセージが書かれてたんだと。それぞれロシア語と北京語で」

「何てあったんです？」

「〝スパイに死を〟」

厚川は、無表情に吐き捨てた。ほか三人は、揃《そろ》って部長を見た。

「……〝スパイに死を〟」熊川がおうむ返しをする。「まるでスパイ狩りですね」

「そんな映画か小説があったねえ」と今田。

「カードの件は伏せられてるんですか？」と来栖。

「〝犯人のみが知りうる事実〟ちゅうやつだ」厚川が答えた。「これを公表しちまったら、たちまちマスコミやネットも二つの事件を繋げちまう。県警《うち》はもちろん、警視庁でも知る者は少ねえ。秘密裏に得た情報だからよ」

「お疲れ様です」来栖は軽く頭を下げた。厚川は舌を鳴らした。嫌味と思ったらしい。「ですが、そうなると面倒ですね。コサチョフはもちろんですが、守屋も」

守屋が、中国のエージェント《火付け役》であること。公安の世界では常識だった。ばれていないと思っていたのは、本人ぐらいだろう。ただし、表向きのことだ。一般には、日本を代表する有名な愛国エッセイストで通っていた。

「売国奴は、守屋の方なんだけどな」厚川は述べた。「特に害はないから放ってきちゃったけどよ。まあ、右寄り思想は今のトレンドだ。日本に限らず、世界中で蔓延《まんえん》してやがる」

「カードの件が漏れたら、妙な誤解を生むかも知れませんね。〝守屋は日本の諜報関係者だ〟とか。北京語で書かれていたなら、〝殺害は中国の仕業だ〟なんて言い出す奴も出てきかねませんよ」来栖は頬を歪《ゆが》めた。「奴の正体を、ばらしたらどうですか？」

「そんな真似《まね》したら、余計こじれちゃうだろ」厚川は息を吐いた。「警視庁も、これ以上の面倒はごめんだろうしな」

ですね、と来栖は納得した。

「守屋の本は面白いんだけどねえ」今田が遠い目をした。「ほら、『神の国を侵す特定外来人種を駆除せよ！』。結構、感動した。いいこと書いてるよ。最近の韓国は、ふざけとるからねえ。何が〝日韓経済戦争〟だね。あれくらいガツンと言ってやった方がいいんだよ、ガツンと」

単なる中国の世論操作だ。香港情勢から、日本人の目を逸らすため。その辺りが目的だろう。あえて説明する気にもなれなかった。

「それは、そうと……」今田が眉をひそめた。「守屋の件は報復でしょうかねえ？　コサチョフを殺されたロシア側の。同じ手口で仕返しした、とか？」

「逆に、同一犯かも知れませんよ」熊川が口を開く。「推理ごっこを面白がっているようだ。「露中を争わせて、得する第三者の罠《わな》とか。漁夫の利ですよ。だって、あざとい気がしませんか？　カードの手口は一緒なのに、拳銃は違うっていうのが」

何らかの意図を持った攪乱《かくらん》工作か。口には出さなかった。来栖の意見は熊川に近い。

「まあ。そっちは警視庁に任せとくべ」厚川が、指で机を叩《たた》いた。「この二件だけなら、東京都内だ。神奈川《うち》の知ったことじゃない。昨日、中華街で起こった事案はそうもいかん」

ロシア人貿易商アレクセイ・ペトロフが、中国人の高立政に刺殺された件。

マル被は現行犯逮捕。犯行は素直に認めた。自供も続けている。

問題が多々あった。高は、まだ十七歳だった。中流階級の在日中国人子息。父親は元留学生。日本企業で研究職に就いている。

「あのロシア人はスパイさ」高は、ペトロフを諜報員と主張。「七月末の事件。ロシアの大使館員。あいつもスパイだけど。コサチョフだっけ？ 多磨霊園で殺された奴。で、中国が殺《や》ったと思い込んで。報復におれの命を狙った。刺したのは正当防衛だよ」

「何でロシアのスパイが、報復にお前を狙う？」取調官は訊いた。

「そいつは言えないね」高は笑ってさえいた。暗に、中国のスパイだと言いたいらしい。

殺意については否認。薬物反応もシロ。刑事部は頭を抱えている。

「来栖くん」今田が顔を歪めている。「ペトロフは諜報関係者ではないのかね？」

「知る限りでは」来栖は答えた。「ただの一般人です。観光客。個人経営の貿易商とか」

熊川は平然と呟《つぶや》いた。「単なる妄想ですかね？」

「だが、的を射てはいやがる」厚川もしかめ面だ。「このガキの供述公表しちまうと、守屋に関する素性へ波及せざるを得ねえ。それじゃあ、ややこしいことになっちゃうだろ？ で、警察庁《サッチョウ》の警備局長《ビキョクチョウ》から、直々に電話があってな」

警察庁警備局長。光井《みつい》賢治《けんじ》。日本の全公安を束ねる男だ。

来栖は嫌な予感がした。「何て言ってきたんです？」

「〝来栖を使って、露中の諜報関係者に接触させろ〟」厚川の表情が明るくなった。部下の不幸が嬉しいらしい。「〝情報収集及び事態の鎮静化を図れ。手段は問わない〟とよ」

「何で、こっちに振ってくるんですかね。あのおっさん」来栖の顔は、逆に歪む。「警視庁にやらせりゃいいじゃないですか」

「今の〝上官反逆罪〟は見逃してやる」厚川は嗤った。

平穏な暮らしも終わりか。来栖は、視線を天井に向けた。冷房が効きすぎていた。


外事課復帰後は、落ち着いた日々だった。

警察内部の極右勢力。来栖を目の敵にしている連中だ。日々、視察と追尾をされてきた。厚川の威光だろう。外事課では行われなかった。一歩外に出れば、事態は一変する。監視に尾行、行動確認その他。他部からはもちろん、公安内にさえ存在した。

直接手を下してこないだけ、安心ではあった。数か月前には暗殺されかけた。今は沈静化しているようだ。油断はできないが。

「頑張ってくれたまえ」今田に肩を叩かれた。「暑い中大変だ。身体には気をつけて」

今田が激励してくれた。嫌味にキレがない。不気味なほどいい上司だ。

横浜連続爆破事案での活躍ぶりは、高く評価されていた。同期の仲間も祝ってくれたという。〝神奈川公安に今田あり！〟。とことん持ち上げられたらしい。

加えて、孫娘の誕生。名前は萌音《もね》という。有名な画家から取ったらしい。

公安とはいえ、普通の地方公務員だ。孫が生まれれば、祝宴ぐらい開く。祝いの品も送る。来栖は、熊川と連名にした。

「本当に可憐《かれん》でね」写真を見せて回りながら、デレる。「まるで『睡蓮』のようだよ。まあ、君たちに言ったところで理解できないだろうがね」

「ホント。〝マゴにも衣裳〟ですね」

熊川が、にこやかに呟いた。今田の顔が、怒りに燃え上がった。額には太い血管。

「バカ!」来栖は、熊川の耳に呟いた。〝馬子にも衣装〟の意味を。

さすがの熊川も蒼《あお》くなった。しどろもどろに言い訳する。

「ふん」今田は鼻を鳴らした。「君たちに正しい日本語や、審美眼など期待しとらんよ」

この頃は、まだ嫌味にキレがあった。美術マニアだとは知らなかったけれど。

今日も上機嫌だ。人生絶好調といったところか。孫から骨抜きにされている感はあるが。

連続爆破事案。来栖は指定暴力団を巻き込んだ。手を組んだといっていい。不問とされた。当該組織は、今も細々と続いているそうだ。

「警察庁《サッチョウ》も今、大変だからねえ」今田が何度も頷《うなず》く。「話したろ。権力闘争だよ」

警察庁上層部にポスト争いがある。今田は、この手の話が大好物だ。

キャリア官僚の最高峰である内閣官房副長官【事務方】。その座を巡る争いだ。警察庁次長・日高徹朗《ひだかてつろう》VS内閣情報官・長沢博隆《ながさわひろたか》。

官房長官を補佐する役職だ。戦前の内務省系から選ばれる伝統がある。警察庁や旧自治省、旧厚生省など。警察官僚には有利なポストだった。最近は旧建設省等、例外も増えつつある。副長官は三名いて、一名が事務方。残り二名は政務。政治家が就任する。上司である警察庁長官・新條勉《しんじようつとむ》は、昇進の芽を閉ざされているという。警察による不祥事が、全国の都道府県警で続発していた。誤認逮捕。情報漏洩《ろうえい》。パワハラによる職員の自殺まで。あとは、定年後の天下りを待つのみといわれている。引責辞任に至らなかっただけ幸いだ、と。

「次長の日高さんは五十七歳。人たらしとして有名なんだよ。スキャンダルが相次いだとき、上司である長官の新條さんを見限った。現在は対立してるって」今田が声を潜めて語る。「対する内閣情報官の長沢さんは五十六歳。日高さんの一期後輩で、以前からライバル視してたらしい。怖いねえ、男の嫉妬」

来栖は、警察組織の人事になど関心がない。ましてや雲の上。トップ中のトップだ。名前や人となりを聞いたことがある程度だった。噂《うわさ》や、雑談レベルでも興味は持てなかった。孫誕生の祝宴で、今田は得意気に喋《しやべ》っていた。内閣官房副長官レースも、そこで聞かされた。どこで情報を仕入れてくるのか。外事関連の情報チャンネルは、ほとんど持っていないのに。

来栖は短く息を吐いた。

「警備局長《ビキヨクチヨウ》自身は、気にしてねえだろうけどよ」上層部人事には、厚川も興味がないようだ。来栖を向く。「それより光井の親分から、お前に贈り物が届いてる。熊川、頼む」

熊川は、傍らのブリーフケースに手を伸ばした。座ったまま取り出した。ホルスターに収められた拳銃だった。受け取り、来栖は本体を抜いた。

黒いセミオート。デザインは、武骨といえば武骨。スマートといえばスマート。

「今朝、警察庁《サッチヨウ》から届きました」熊川は告げた。「H&K《ヘッケラーアンドコッホ》・P二〇〇〇。口径九ミリ×一九。装弾数は弾倉に一三発、薬室へ一発です。まだ装塡はしていません。マガジンは予備含め三個。残りの実包も渡しておきます」

弾倉三個が、円卓に置かれた。一つはむき出し。残りは、革製のマガジンポーチに収められていた。続いて紙箱。〝九ミリ・パラベラム〟と弾種の表記がある。

H&K・P二〇〇〇。噂は聞いていた。見るのは初めてだ。ドイツ製。発売が二〇〇一年というから、さほど新しいわけではない。日本警察でも、警備関係を中心に数百挺導入したという。配備先は聞かされていなかった。

「全長は一七センチ強」熊川が説明を続ける。「重量も七〇〇グラム強。かなりコンパクトなタイプです。同社には一連のシリーズがあり、中でも人間工学に沿ったモデルといわれています」

「このサイズで九ミリ口径なら、撃ちにくいんじゃないか？」

来栖は眉を寄せた。拳銃本体が小さいほど、発射時の反動は鋭くなるといわれている。銃の重さが、反作用《リコイル》を吸収しないからだ。

熊川は微笑んだ。「大丈夫。こいつは反動もマイルドで、撃ち易いって評判です」

来栖は、銃の左右を見た。尾部両側にレバーがある。熊川が補足する。

「オリジナルは最後部、ハンマー横に小さなデコッキングレバーがあるだけなんですが。日本警察仕様で、左に通常サイズのデコッキングレバー。右にコントロールレバー。安全装置を付け加えるのが、我が国の伝統だそうで。握った感じ、どうです？」

来栖は、両手と片手の保持を繰り返した。「悪くない」

「よかった」熊川が頷く。「P二〇〇〇はバックストラップを交換することで、グリップの太さが変えられるんですよ。来栖さんは手がでかいので、最初からXLサイズにしておいたんですけど。使ってるうちに、しっくりこなくなったら言ってください」

分かった、と来栖は答えた。再度、銃を眺める。銃口下に、アクセサリーレイルが切ってある。軍事用にも使用可能。コンバット・オートだ。

「充分、でかいよ」来栖は、P二〇〇〇をホルスターに戻した。「どうやって持ち運ぶ？真夏の薄着じゃあ、隠して携帯なんてできないぞ」

来栖はネイビーのポロシャツに、黒いスラックスという軽装だった。連日の猛暑だ。クールビズを大いに活用していた。裾は出している。

ヒップホルスターを、腰のベルト後方に装着してみた。マガジン・ポーチも同じ着け方だ。秘匿携帯《コンシールドキャリー》は無理だろう。ポロシャツの裾では隠し切れない。

「そりゃあ、二インチの廻転式よりはでかいですけど……」

「わがまま言うな」厚川が口を挟んだ。「常に持っとけ。例の暗殺騒動を心配してのことだ。

前みてえに身内から狙われるだけじゃなく、外注される恐れもある。装弾数はSAKURA《サクラ》の三倍近くだからよ。それくらいのファイアパワーがねえと、局長も不安なんだろ」

S&W《スミスアンドウエッソン》・M三六〇J。通称SAKURA。P二〇〇〇と違い、一般的な制式拳銃だ。三八口径の廻転式で、五連発。威力はあるが、確かに弾数が少ない。厚川から常時携帯を命じられていた。特製のアンクルホルスターで、足首に巻いてある。

来栖に対する暗殺。連続爆破事案時は、制服警官に襲われた。警察内部の極右組織は、諦めていないはずだ。誰が、どんな手に出てくるか。武装強化は、賢明な選択といえた。

「分かりました」来栖は腰からホルスターを外した。拳銃始め弾倉や実包をまとめて、ブリーフケースに収めた。装塡は、会議室退出後に行うつもりだ。

「気をつけるんだよ、来栖くん」今田が真顔で心配してくる。

「何か調子狂いますね」熊川が耳元で囁《ささや》く。「嫌味も冴《さ》えないし」

「夏バテじゃないか？」

「それはそうと。《ピーガルくんバッジ》、つけてないですね」

熊川が、来栖の胸元に視線を向けてきた。神奈川県警本部長の提案だ。〝クールビズ期間中において、全県警職員は《ピーガルくんバッジ》を着用。県民から親しみを持っていただくよう、自覚的な職務に励むこと〟。

《ピーガルくん》は神奈川県警のシンボル・マスコットだ。私服警察官は内偵等身分を悟らせないとき以外、着用が義務づけられていた。

来栖は公安の《作業員》だ。身分を隠蔽《いんぺい》するケースの方が多い。つけたり外したりが面倒なので無視していた。いつもの独断専行と比べれば、罪も軽いだろう。

「これ、どうぞ」

熊川が差し出したのは、《ピーガルくんバッジ》だった。本物より厚みがある。

「GPS発信器が内蔵されてます」熊川が説明した。「どこにいても位置が分かります」

位置は知らせるより、隠したい方だ。「どうやれば切れる?」

「裏を見てください」

言われたとおりにした。バッジ裏に、小さなON/OFFのスイッチがあった。

「そこで切り替えてください」

熊川は得意気に続けた。来栖は訊いた。「予備はあるか?」

「あと三個ほど」

「全部くれ」

「いいですけど」熊川が訝《いぶか》った。「どうするんです?」

「面白い使い道がありそうだ」バッジを胸につけ、予備を受け取った。「悪いな」

「あと、これも」熊川が、さらに取り出す。「併せて作りました。バッジとセットなので」

黒いスマートウォッチ。細長いブレスレット型。通販なら、数千円で買える代物だ。中心に、付け爪大のディスプレイがあった。色鮮やかな文字が輝いている。時刻以外にも歩数や心拍、血圧等が測れるウェアラブル端末だった。

来栖は眉を寄せた。「血圧計や万歩計に用はないぞ」

「そういう自分の身体を過信してる中年が、年老いてから病院で長年のたうち回るんですよ。で、後悔しながら孤独に死んでいくんです」

「………」

「ま。来栖さんの健康に興味はないですけど」熊川は平然と述べた。「興味があるのは生死です」

「？」

「使用者の心拍が停止すると」熊川は続ける。「ウォッチから、バッジ経由で信号が送られます」

「……」来栖は訊いた。「……それ、何か意味があるのか？」

「ありますよ」熊川が胸を張る。「いつ、どこで殺されても即座に分かります」

「………」

「じゃあ、スマートフォンを貸してください。同期させる必要があるので」

大きく息を吐き、来栖はスマートフォンを渡した。熊川が作業を始める。

「装備の貸与が済んだら」厚川が声をかけてきた。「動き始めてくれ。暑い中すまねえが」

「来栖くん、殺されないようにね」

優しい今田。背筋が寒くなった。いつになれば、元の調子へ戻るのか。

セッティングが完了した。バッジのＧＰＳにスマートブレスレット、スマートフォンまで。すべて同期しているという。熊川から受け取った。

早々に立ち去ることとした。「じゃ、行ってきます」

残る三人が立ち上がる。熊川は、気楽に笑ってさえいた。「お元気で！」

2　九：四八

我々は戦争をしている。

午前十時前。外に出た途端、殺人的な陽光が降り注ぐ。額に汗が浮かぶ。若い頃から、厳しい訓練を受けてきた。年老いたか、身体がなまったか。

志田晴彦《しだはるひこ》は、東京都新宿区《しんじゆく》市谷《いちがや》に到着した。

防衛省本省正門前。

自宅は、神奈川県横浜市保土ケ谷区《ほどがや》天王町《てんのうちよう》のマンション四階にある。通勤には電車を使う。相鉄線からJRに乗り換える。東海道本線を経由し、中央本線の四ツ谷駅《よつや》で降りた。あとは徒歩で一〇分。外堀《そとぼり》通りから、靖国《やすくに》通りへと抜ける。

毎日、同じルートだ。元来、現所属には〝通勤方法は毎日変更〟とのルールがあった。他にも〝年賀状不可〟〝同窓会等参加禁止〟〝表札をかけてはならない〟等々。今の上司が否定してくれた。守らなくてよい。〝そんな真似したら、かえって怪しまれます〟と。

「そんな生活してたら、〝僕はスパイです〟と吹聴《ふいちよう》しているようなものじゃありませんか」

上司は言った。「年賀状、同窓会、大いに結構。表札なんか外したって、調べる方法はいくらでもあります。〝木は森に〟ですよ。一般人と思わせるためには、普通の生活をしてください」

志田には、納得のいく指示だった。

現在の所属名は、情報本部統合情報部統合情報三課。二等陸曹。五十三歳の情報員だ。背は高くないが、がっしりした体格。学生時代は、柔道の有段者。入隊後も、格闘技全般に精通。特に銃剣道の名手だった。各種大会の優勝経験もある。射撃にも秀でていた。

実家は、現住所と同じ天王町。町工場だった。大企業の下請けとして、各種部品の製造を行っていた。一人息子。実家の工場が倒産。父親が病死。大学進学を断念し、自衛隊へ入隊。景気の悪い時代ではなかった。元請け大企業のエゴを、押しつけられた形だ。

服装は夏用のスーツ。色は紺。シャツは白だ。ネクタイも地味。普通の勤め人と区別はつかない。上着は脱いで、腕にかけていた。

我々は戦争を行っている。

入隊当初は、国防に関心などなかった。身体を使う仕事がしたかった。体力と運動神経には自信があった。恥ずかしながら学力よりは。日本中の駐屯地や基地を転々とした。

仕事に誇りを持つきっかけは、震災その他災害派遣だった。自衛官の本分は、救援活動にあるとさえ感じた。充分、能力を発揮できたと自負している。

現場部隊の最後は、中央即応連隊だった。〝中即連〟と略される。栃木県の宇都宮《うつのみや》駐屯地に所在する。ゲリラや特殊部隊攻撃時に、各方面及び首都防衛の増援部隊となる。国際平和活動等にも、先遣部隊として派遣される。

大規模災害時には、人命救助などの派遣活動も行う。性に合っていた部署だった。半面、几帳面《きちょうめん》な性格でもあった。書類整理等の事務も優秀だった。周囲には意外がられていたが。そこが評価されたらしい。四十代から、情報資料隊に配属された。

初めは面食らったが、考えを改めた。身体能力の衰えは感じつつあった。体力勝負の現場は、若手に任せよう。老兵は去るのみ。苦笑交じりに割り切った。

新しい任務も、思ったより性に合っていた。

埼玉県熊谷《くまがや》基地にある航空自衛隊第四術科学校の情報員課程を修了。陸上自衛隊小平《こだいら》駐屯地の情報学校で学ぶ。語学員となるためだ。英語、北京語や広東語にハングル等を習得。本省配属前には、やはり小平で実施される『心理戦防護課程』を修了した。課報及び防課に関する訓練だ。トップクラスの成績だった。

今では、公開情報収集いわゆるＯＳＩＮＴ《オシント》。Open Source Intelligence のプロとなった。内閣情報調査室等の情報機関は、よく揶揄される。新聞の切り抜きをしているだけだ、と。オシントにとっては重要なことだった。公開情報を収集・分析すれば、対象国の情勢は九割以上把握できる。単に集めるだけでなく、緻密な解析が要だが。

実直で寡黙。石のような仕事ぶり。入隊したばかりの若い頃。明るく豪放磊落《らいらく》な性格と思われていた。今は、人付き合いさえ避けている。

情報官になって数年。志田は変わった。他人からの注目を嫌うようになった。職場の人間関係にも関心は消えた。元々、出世に興味はない。仕事が変わったからではなかった。別の理由だ。

何が、現在の上司である伊原千由太《いはらちゆた》の目に留まったのだろう。

情報本部統合情報部統合情報三課は、自衛隊内部でも最高レベルの秘密情報機関だ。通称『別班』。または、幕僚長直轄であることから『直轄』とも呼ばれる。英略称は、『DIT Defence Intelligence Team』という。

配属されて一年。あまたいる情報資料隊員からの抜擢《ばってき》。出世と見る者もいるだろう。志田に喜びはなかった。単なる異動。粛々と、与えられる任務をこなすだけだ。転勤当初は、その程度にしか考えていなかった。あえて引き抜いたと聞かされ、伊原を深く知るようになるまでは。

我々は日々、戦争を行っている。

志田は、汗を拭いながら歩く。防衛省A～F二棟まで、全てを無視する。デスクは、通常の統合情報三課内にはない。地下の一室にあった。選ばれた者だけが入れる施設。市ヶ谷記念館。旧陸軍省の建物。戦後の昭和期は、旧防衛庁庁舎でもあった。楯《たて》の会を率いて、自衛官にクーデターを訴えた——作家・三島由紀夫《みしまゆきお》が、自決した場所としても有名だ。東京裁判が行われた講堂もある。

防衛省。市ヶ谷の本省は、一般イメージより開かれた施設だ。見学もできる。売店には、洒落の利いた土産物も売っている。

記念館一階。廊下の突き当たり。ハンカチで、額の汗を拭う。志田は、顔をモニターに近づけた。生体セキュリティ。最新の顔認証システムが導入されている。眼鏡の有無に化粧。太った、痩せた等。すべて問題なかった。二日酔いで、顔がむくんでいても平気だ。逆に、変装や整形は通用しない。

地下に下り再度、同じ手続きをする。堅牢《けんろう》な自動ドアが開いた。

室内は明るく広く、かつ涼しい。地下とは思えなかった。十数脚のデスクが整然と並ぶ。大半が埋まっていた。志田は、全身の汗が冷えるのを感じた。

特に変わった点はない。一般的な役所の風景。秘密情報機関の中枢には見えなかった。

「おはようございます」

大場《おおば》友幸《ともゆき》二等空尉が、ＰＣから顔を上げた。二十九歳で東京大学卒。防衛省背広組。キャリア官僚だ。伊原にスカウトされた。中背で筋肉質。眼鏡をかけ、頭は丸刈り。生真面目な印象。同じオシントの情報員。主に、ネット情報を担当する電算機処理員でもある。

「おはようございます。いつも早いですね」

「自宅が近いので」大場は微笑んだ。「父も防衛省の役人でしたから。〝若手は、誰より早く出勤せよ〟と。定年を迎えてからも、元気で困ります」

大場の父親は、防衛関連シンクタンクに再就職している。

「いいことですよ」志田はデスクへ。床に、ブリーフケースを置く。「健康が一番です」

新聞情報が、志田の担当だった。全国五大紙及び神奈川県地方紙は、すべて目を通してある。自宅を出る前の習慣となっていた。東京始め、残りの関東圏地方紙も届いている。素早く目を通し、整理及び分析する必要があった。

スポーツ紙と関東以外の地方紙には、違う担当がいる。数をこなすことに意味はない。深く読み込み、きめ細かく解析していく。

デスクの電話が鳴った。

内線。伊原だ。志田は、即座に受話器を取った。「はい、志田です」

「始業前に、すみません」定時は午前十時。数分だけ早い。いつもの穏やかな口調。「こちらに来ていただけますか？」

志田は奥の部屋に向かった。個室だった。インタフォンを押す。室内は完全防音だ。ノックしても聞こえない。答えがあった。

「どうぞ」

ドアを開ける。伊原専用のオフィス。デスクの向こう。スーツ姿の男が立っていた。夏になって、淡い色合いの上下が多い。ネクタイも、だ。涼やかな微笑を浮かべている。

長身で痩せ型だが、筋肉質。整った顔立ち。頭はクルーカットにしている。旧軍の青年将校を思わせる容貌だった。

伊原千由太。情報本部統合情報部一等陸佐。四十二歳。『別班』／『直轄』のリーダー。

省内には、《伊原学校》と呼ぶ者も多い。

頭脳明晰《めいせき》。スポーツ万能。居合道の達人。防衛大学首席卒業。エリート中のエリートだ。未だ独身。ハンサム――最近はイケメンというのか――ゆえに、ゲイとの噂もあった。若々しく、四十を超えているようには見えない。

志田もスーツで通勤し始めてから、髪を伸ばした。長髪は好きではないが、仕方なかった。制服の頃は五分刈りだった。加えて、いかつい顔立ち。前の髪型に背広では、反社会的勢力そのものだ。伊原を真似たつもりだが、上手くいかない。

伊原家は代々、政治家及び官僚一族だった。亡き祖父は、閣僚経験のある衆議院議員。引退した父は、旧大蔵省事務次官。現在では、参議院の重鎮だ。長兄は財務省。次兄は総務省を経て、茨城県知事を務めている。ただし、伊原本人は養子との噂もある。

《伊原学校》には、二種類の意味があった。一つは、伊原自身のニックネーム。まるで旧陸軍スパイ養成学校出身。そんな雰囲気を纏《まと》っている。

もう一つは、伊原の側近を指す。『別班』／『直轄』の中でも、中核をなすグループ。志田も含まれているはずだ。皆、リーダーの薫陶を受けた者ばかりだった。

「おはようございます」微笑んだまま、伊原は頭を下げた。「週末はお疲れ様でした」

「いえ」志田も頭を下げる。「お気遣い、ありがとうございます」

十歳以上年下の上司。日本の省庁はキャリア制度を持つ。珍しくない光景だろう。防衛省は特に顕著だ。自衛隊も。法律上、軍ではない。人事や命令系統は、ほぼ同じだ。

部下に対しても、伊原は敬語を使う。口調も丁寧だ。気品さえ感じられる。

週末。コサチョフ及び守屋殺害の件。

伊原の指示だった。二種類の拳銃も用意された。

『別班』／『直轄』においても射撃の腕は、トップクラスとの自負がある。〝中即連〟出身者ならでは、だ。伊原の命にも、志田は即座に応じた。

指示された際、娘の顔が浮かんだ。続いて、妻。二人とも微笑《わら》っていた。ふり払った。

狙撃による暗殺。銃の感触。反動。硝煙の匂い。身体に染みついて消えない。

伊原は、殺害の件を続けなかった。表情は変わらない。「お昼は空いていますか？」

唐突な質問に戸惑った。昼食は省内の売店か、コンビニエンス・ストアで済ませている。

「昼食に、お付き合いいただきたいのですが。会って欲しい人物がいます」

労《ねぎら》いに、ランチをご馳走《ちそう》する。場末の営業課長みたいな真似を伊原はしない。

続けての指示か。志田は答えた。「了解しました」

「お忙しいところ、すみません」

伊原は、恭しく頭を下げる。部下の方が恐縮してしまう。「……あの」

考えを読んだように、伊原は告げる。笑みは浮かべたままだ。「例の道具は、まだ持っていてください。お願いしてあるとおり、次のプランがあります」

「はい。分かりました」

すべて見透かされている。空調の効いた部屋。冷凍庫のように感じられた。

表情は変えずに、伊原は話題を変えた。「横浜の件、ご存知ですか？」

即座に返答した。中国人のチンピラが昨日、ロシア人観光客を刺殺した。

「困りました」まったく困っていない表情で、伊原は続けた。「神奈川県警には、来栖惟臣という刑事がいましてね。少々厄介な輩と聞いています。面倒なことになりそうです」

伊原の笑みが大きくなった。喜んでいるようにさえ見えた。「今後の対策を練ります。お昼は、よろしくお願いします」

「今後のプランに、変更の可能性はあるのでしょうか？」

志田の質問。伊原は、すぐに答えた。爽やかな表情と声音で。「ありません」

我々は戦争をしている。ただし、敵は諸外国にあらず。

3

一〇：三五

神奈川県警庁舎一階ロビーも、午前中とはいえ人が少なかった。

来栖は周囲に目を配った。同期の赤木《あかぎ》久也《ひさや》、刑事部捜査第一課警部補を待っている。

赤木の浮気癖は直っていない。交通課の女性巡査とは別れた。今は、出入りしている地方銀行営業員と密会を続けている。

ネタは簡単に摑めた。隠す気がないようにさえ思える。よく女房殿にばれないものだ。

嫁は、県警上層部の娘だった。良妻賢母とはいえず、ビジュアルも今一つ。同情する気はなかった。政略結婚。伴侶《はんりよ》も出世も、自分の選択だ。

結果、刑事部内の協力者として運営継続中だった。

待つ間の数分。来栖はロビーの様子を窺《うかが》った。視察者数名。視察は相変わらず。暗殺の動きは収まっていた。最近、身の危険を感じたことはない。

〝監視は続けろ。手は出すな〟。何者かが指示をしているのか。

警察庁警備局長からのプレゼント。H&K・P二〇〇〇。予備弾倉とともに、ブリーフケースに収めている。実包入りのマガジンは装填しているが、薬室《チェンバー》は空だ。発射するには、スライドを引く必要がある。日本警察独自の仕様である安全装置《セイフティ》もかけていた。二十一世紀開発の拳銃だ。暴発の心配はないだろう。念のため行った措置だった。

ブリーフケースは三ウェイタイプだ。背中に背負うこともできる。しばらくは、手で提げることになるだろう。いざというときに拳銃が抜けない。秋になれば、上着をはおる。肩からホルスターを吊《つ》ることもできる。秘匿携帯も可能だった。

「来栖ちゃん、待った？」

陽気な声。間が抜けてさえ聞こえる。赤木が現れた。長身の優男。身体は締まっている。剣道が上手い。甘いマスクは緩んでいた。

「ああ。待った」来栖は素っ気なく答えた。

「またまた」赤木が軽く肘打ちしてくる。「それで何？　忙しいんだよね、おれ。今夜も予定入っててさあ。のんびりできないのよ。お仕事しないと」

「不倫中の奴はいいな。勤労意欲も旺盛で」来栖は鼻を鳴らした。「公務員でよかったな。

芸能人なら袋叩きで、仕事どころじゃなくなってる」

「そういうこと言わないの、来栖ちゃん」赤木は人差し指を唇に当てる。「まるで不倫したタレントがTV出たからって、局にクレーム入れるオバハンだよ。それじゃあ」

「…………」

声を潜め、赤木は周囲を窺う。「で、用件は？　前も言ったけどさあ。公安《ハム》と会ってると、おれも立場的に厳しいんだよね」

「中華街の件だ」来栖は告げた。「昨日、ロシア人観光客が殺されたろ？　情報《ネタ》が欲しい」

「えーと、ちょっと待ってね」

赤木は、スマートフォンを取り出した。〝メモ帳〟に記してあるようだ。

「マル被は、名前が高立政《こうりつせい》」赤木は喋り始めた。被疑者名を日本語読みした。「中国人で未成年。身元も明らか。父親は中国からの元留学生。日本の有名電機メーカーに勤務する研究職。横浜市西《にし》区在住。自称諜報員だけどさ。本人や父親に疑いがあるかは、外事課のマターじゃない？」

「マル害は？」

「刑事部《こっち》の調べでは、単なる観光客。露大使館にも確認済み。ホントかどうかは、おれが来栖ちゃんに訊きたいくらいよ。マジで」

「マル被は、何て言ってる？」

「マル害の名は、えっとアレクセイ・ペトロフか。女房ともどもロシアのスパイと主張してはばからない。ラリってんのかとも思ったけど。薬物反応はなし。一種の中二病って感じ？　ほら、多磨霊園でロシア大使館員が殺害されたでしょ？　名前、何てったっけ？　あの人もスパイ？」

「知らん」平然ととぼけた。

「答えるわけないか」赤木はため息を吐《つ》いた。「マル被は、妄想癖の小心な子供。露大使館の件で疑心暗鬼に陥り、凶行へ及んだ。捜査一課《ソウイチ》の筋立ては、そんなとこ。外事課《そっち》は？」

「刑事部《ジ》と大体同じだ」

刑事部との違いは、諜報の線を捨てていないことぐらいだ。ペトロフ殺害に関する情報。既知のものしか出てこなかった。

「あのガキ。マジで、スパイなの？」

赤木が訊く。好奇心むき出し。加えて多少の功名心。手柄と出世には貪欲な性質《タチ》だ。

「さあな」このあと確認する。中華街へ向かう予定だ。

「東京で起こった二件の殺しって、ホントにスパイ狩り？」次々と訊いてくる。「カードが残されてたんでしょう？　〝スパイに死を〟ってヤツ。大使館員はともかく、守屋もスパイだったの？　おれ、結構ファンだったんだけど」

「誰から聞いた？」

「おれにだって、警視庁《東京》に友達ぐらいいるのよ」

「警視庁も、情報管理がなってないな」話題を変えた方がいい。「おれも噂で聞いてる程度さ。それより、例の銀行員とはどうだ？　美人と評判らしいじゃないか」

「お陰様でねえ」一瞬でニヤけ面になる。好奇心も功名心も、色気には勝てないらしい。

「写真見る？　この前、東京ディズニーシー行ったんだあ」

いらない、と答えた。顔も名前も把握している。でなければ、脅しに使えない。いろいろと調べはついている。「定期預金作ったんだって？　二百万」

「よくご存知で！」驚いた顔になった。「怖いなあ。そこまで調査済みかあ。さすが《クルス機関》！　銀行も厳しいらしくて。頼まれちゃってさ。断れないじゃん。愛だよ、愛」

「金回りのいいことで」

「来栖ちゃんもしてくれない？　定期。ダメなら積立預金でもいいから。月二万円。おれなんか、両方やっちゃってんだよ」

「冗談じゃねえよ。そんな金が、どこにある？」

「つれないなあ」赤木は口を尖《とが》らせた。

「新たな動きがあったら知らせろ」来栖は言い捨てた。「上司《うえ》や同僚に悟られるなよ」

「はいはい」赤木は不満気だった。残したまま、来栖は踵《きびす》を返した。

外に出る。海側の空には、入道雲が出ていた。さらに暑くなりそうだった。

4　一一：一三

徒歩で、来栖は県警本部庁舎から移動した。全身が汗ばんでいた。

中華街に入る。身近な異界。目的の中華風カフェなら、何度も通っている。中洋折衷といった造りだった。外にテラス席。全身白い男が、烏龍茶を飲んでいる。ほかに客の姿はない。自然と貸し切りになるらしい。

小さな急須ごと、湯で温める淹《い》れ方だ。スーツも白。シャツも白。靴も白。ネクタイだけが赤い。長い脚を組んでいた。

歳は同じくらい。若く見えるのも一緒だ。長身で面長。太い眉の下、目は二重。顎は逞しく、乱れなく分けられた短髪。驚異的に暑い中、汗一つかいていない。

張偉龍。中華人民共和国国家安全部工作担当官。表向きはフリー・ジャーナリスト。元は新華社の記者。中華料理店等も経営。好調らしく、どちらが副業か分からない。横浜中華街でも若手の重鎮だ。

手下だろうか。背後に、男が立っていた。三十代前半。中肉中背。鍛えられてはいる。顔は小さく、目つきが鋭い。アロハにジーンズという格好だ。

「何しに来た?」

張は茶を啜《すす》った。視線も上げない。アポは取ってある。電話で所在を確認しただけだが。

「よくそんな熱いもの飲めるな」

来栖はハンドタオルで、汗を拭った。張が薄く嗤う。「熱い方が体にいい。知ってるか? 中国人へ冷めた飯を出すと、大変な失礼に当たる。日本人は、冷めた白米も好物なようだが。でも、〝冷や飯喰らい〟は日本語だよな?」

「日本語が上達するのはいいことだ」来栖も嗤う。「《孔子学院》で講師でも始めたか」

「キャンパスライフか」張は視線を上げた。口元を歪める。「憧れるよな。残念ながら、その手のアカデミックなヤツは専門外でね。性に合わないと思われてるらしい」

「じゃあ、どう思われてるんだ？」勝手に、来栖は椅子を引いた。向かいに腰を落とす。「カネ勘定専門の守銭奴か？」

背後の三十男がいきなり立った。勝手に座ったためか。守銭奴呼ばわりしたためか。

「何とでも言え」張が男を手で制した。踏み出しかけていたが、直立不動に戻る。「何の用だ？　前にも言っただろう？　ティータイムの邪魔をするな、と」

「そいつは用心棒か？　えらく血の気が多いようだが」

「ビジネス・パートナーさ」張は短く笑う。「おれは商売人だ。用心棒なんて、物騒な者は要らない。こいつは劉永福。以後お見知りおきを。おい挨拶しろ」

劉が頭を下げた。不承不承ではない。張に忠誠を誓っているようだ。

張が告げた。「茶を注文してこい」

来栖は手を振り、断った。「この暑いのに、そんなもん飲めるか」

「おれの、だ」張が鼻を鳴らす。「何で、お前なんかにご馳走しなきゃならん？　どうせ味も分からないだろう。用事済ませて、とっとと帰ってくれ」

「商売繁盛は羨ましいが」来栖も足を組んだ。「諜報方面では、あんたも落ち目らしいな」

劉が足を止めた。張も視線を向けてくる。「何だと？」

「高立政」来栖は嗤った。「あんなイカれたガキまで使うほど、人手不足とはな」

劉が睨《にら》みつけてきた。顔が赤いのは、暑さのせいではない。額に血管が浮かんでいる。

「いいから、注文してこい」張は平静だった。「おつかいには、ちょうどよくてね。あんなガキでも。人手不足は日本も同じだろう？　低賃金で、外国人をこき使いやがって」

「とぼけなかったのは褒めてやるよ」来栖は口元を歪めた。「高はマジで諜報員なのか？　ロシア人観光客を刺したのも、あんたの指示で？」

「やっちまったもんは仕方がない」張は直截《ちょくせつ》には答えなかった。「被害者のロシア人遺族には、充分な補償をする。在日大使館《元麻布》はもちろん本国も、その線で動いてる。外交ルートで謝罪もするそうだ。口先だけで、責任逃ればかりの日本人とは違うのさ」

「大丈夫か？　高は、ずいぶんペラペラ自白《うた》ってるようだが。口封じとかはうんざりだぞ。十代の子どもが、大岡《おおおか》川に浮かぶのは見たくない」

「あんたに心配されることじゃない」張は鼻を鳴らした。「弁護士経由で、ありのまま供述するよう指示してるんだ。観光客を刺した孤独な少年が、我が超大国の諜報員だ？　誰も信用しないだろ。上手くすれば、心神耗弱で無罪だ。素直に喋った方が得なんだよ」

チャイナドレスの女性店員が、急須を運んできた。張は烏龍茶を淹れ始める。

「お疲れか？」来栖は言った。「香港の民主化運動で、対応に追われてるのか？」

「別に。若者は、あれくらい元気な方がいいのさ。日本のガキは行儀がよすぎる。かと思えば、就職氷河期で職にあぶれた中年が、人を刺したり放火したり。そっちの方が心配だね。そんな状況でも、この国の政府は呑気《のんき》なもんだしな。日本人は。どいつもこいつも」

「《火付け役》の件は?」来栖は畳みかけた。「香港から日本の目を逸らそうとしたろ?」

「あんなクソみてえな本が売れるとは」張は嘲笑《あざわら》った。「日本は、やっぱりイカれてる」

「守屋康史が中国のエージェントなのは」来栖は続けた。「公安では常識だった。視察程度で、ほとんど放置状態だったが。取り締まれる法律もないし。表向きは病的に祖国を愛する日本人が、好き勝手書き散らしてただけ。国家安全部《あんたら》が裏でカネを渡そうが、そっちの勝手だしな」

「散々、我が国を侮辱してくれたな」平然と述べた。とぼけ続けるつもりらしい。「困った御仁さ。だが、亡くなったことは残念だ。中国人は、死者への礼節を重んじるんでね」

「ビクトル・コサチョフは? 多磨霊園で射殺されたロシア大使館員だ」

「どうせGRUだろ?」鼻で嗤う。「大使館員の公式偽装身分《オフィシャル・カヴァー》。古き良き、いや悪きか。黴《かび》が生えたような諜報界の伝統を、律義に守ってやがる。あの国にも困ったもんだ。中国は関係ない。ロシアなんかにちょっかい出して、何の得がある?」

大使館員等、公的偽装身分をオフィシャル・カヴァーという。民間人を装っている場合はノン・オフィシャル・カヴァー。張は、これに当たる。

「警視庁は大騒ぎだぞ、スパイ狩りだって」来栖は足を組み替えた。暑い。「今は伏せてるが、いずれ世間の知るところとなる。知らぬ存ぜぬで突っ張れるのか?」

「知らないんだから仕方ないさ」

「いいだろう。こいつは特別サービスだ。オフレコだぞ」

「死体にはそれぞれ、ロシア語と北京語のカードが残されていた。意味は、どちらも同じ」来栖は張を見た。「〝スパイに死を〟」

「？」

「イギリスのスパイ小説や、映画に出てくるヤツだろ？」張は顔をしかめた。「旧ソ連の暗殺機関を意味するとか何とか。何にせよ、おれはまったく知らん。あのヒーローは嫌いなんだ。プレイボーイすぎる。おれはフェミニストなんでね」

「まあ、いい」来栖は首を左右に振った。カードの情報。張は、すでに得ていたようだ。警視庁にもチャンネルがあるらしい。予想していたことではあった。

来栖は視線を向けた。張のビジネス・パートナーという劉。直立不動。額の血管は静まっている。目が泳いだ。汗もかいている。涼しい顔の親玉とは対照的だ。

こいつの方が落とし易い。来栖は声をかけた。「あんたはどうだ？　何か知らないか？」

劉の顔つきが険しくなった。視線がさまよう。

張が鋭く告げた。「答えなくていい」

スマートウォッチが震える。電話着信。この機能と、時刻表示が大きいことだけは気に入っている。立ち上がった。

「くだらん真似は考えないことだ。事態を鎮静化しろって、上から厳命されてるんでね」

「ロシアに言ってくれ」張は肩を竦《すく》めた。「中華街の件では、中国《こっち》が加害者なんだ。謝って、赦《ゆる》してもらう方なんでね」

「他人事《ひとごと》みたいに言うな」来栖は鼻を鳴らした。「インバウンドへ力を入れている最中に、あんな真似されたら商売あがったりだ。それは、あんたらも一緒だろ？」

「日本は、戦後最長の好景気などと浮かれているが」張は茶を啜った。「儲けてるのは大企業だけだ。それと、そいつ等に媚《こ》びへつらう政治家や官僚。庶民は大不況のまっただ中。我々、在日華僑も含めてな。観光客が減って困ってるのは、確かにお互い様だな」

来栖は、スマートウォッチを見た。金雄治郎《キム・ウンチラン》からだった。通称はキム。協力者だ。スマートフォンを取り出した。留守電メッセージが届いている。

「そこまで分かってるなら」来栖は立ち上がった。「手下や若いのを抑えとけ。自分で、自分の首を絞める羽目になるぞ」

「言われるまでもないね」張は湯呑みを置いた。「ビジネスマンは平和主義者だ。確かに、戦争は傍観者を儲けさせる。戦後の日本みたいにな。だが、当事者は損をするだけさ」

「じゃあな。大人しくしてろよ」言い捨てて、来栖は立ち去った。

5　一一：四二

関内《かんない》のファストフード店。

中華街からさほど遠くない。徒歩で数分だが、来栖は汗だくになった。鍛えてはいるが、盛夏。一年でもっとも暑い季節だ。

冷房は心地よかった。レジの前を通りすぎる。注文はしない。時間はかからないだろう。

客席は混み合い始めていた。満席に近かった。昼食だろう。正午が近い。

最奥の席。二十代前半の男が座っていた。小柄で天然パーマ。暑い中、ヴェルサーチのスーツで固めている。就職後はいつもそうだ。フリーター時代はジーンズ姿だった。

金雄治郎。在日コリアン四世。来栖始め、皆からキムと呼ばれている。

金田《かねだ》雄治郎《ゆうじろう》という通名も持っている。在日社会に精通し、情報網を築き上げた。

協力者となったのは、キム自身が言い寄ってきたからだ。来栖が落としたわけではない。

実家はラブホテルチェーンを経営していた。裕福な家庭の出身だ。放蕩三昧《ほうとうざんまい》だったらしい。両親に泣きつかれ、家業を継いだという。当初は文句ばかりだったが、半年近くが経った。ビジネスも、性に合い始めたようだ。

キムの顔は蒼ざめ、眼が泳いでいる。テーブルの上には、アイスコーヒーが二つ。

向かいに、長身の女がいた。三十代後半。病的な痩せ型。縁なし眼鏡をかけている。髪は肩まで。茶のカラーが差してあった。お洒落というより、白髪隠しのようだ。

白い半袖ブラウス。薄いベージュのパンツ。ヒールが低い同系色のパンプス。

キムに負けず劣らず、決めている。詳しくないが、高級なブランド品だろう。一分の隙もなかった。服装だけではない。目つきも、だ。

立ち上がろうとしたキムの肩を、手で押さえつけた。女が口を開く。

「来栖惟臣。神奈川県警の外事課。警部補ね」

「あんたか。おれの協力者《タマ》へ、ちょっかいかけてくれてるのは」来栖は息を吐いた。キムの横に腰を落とす。「名前は？」

女は答えた。「趙水麗《チヨ・スリヨ》」

流暢《りゅうちょう》な日本語だった。韓国訛《なま》りが全くない。

前任者は訛りが強かった。わざと残していたという。日本の韓流好きにウケがいいとか。

趙は、来栖をまっすぐに見据えている。

「ＮＩＳ」来栖は言った。「大韓民国国家情報院。朴慶星《パク・ギヨンソン》の後任か」

趙は頷いた。動作に余裕が窺える。

朴は、来栖の協力者だった。中国のハニー・トラップに墜ちたところを、救ってやった。政権交代により失脚。帰国したという。

席の左は壁。右の席には若い女性。まだ高校生ぐらいに見える。四人組で嬌声《きょうせい》を上げていた。話を聞かれる心配はないだろう。耳に入っても、分からない内容となるだろうが。

趙は、長い脚を組んでいた。パンツの裾から、素肌が見える。ストッキングは穿《は》いていないようだ。上半身は壁に凭《もた》れかけている。

「暑い中ご苦労なこった」来栖から口を開いた。「で、用件は？」

「金雄治郎から、聞いていると思ったけど？」

趙は、キムを本名で呼んだ。来栖は続けた。「自分で言えよ」

「金雄治郎が、あなたの協力者《エージエント》であることは摑んでいる」視線を逸らさずに、趙は告げた。

「率直に言うわ。運営から手を引きなさい」

強圧的な口調だった。

「そんなこと言われてもな」来栖は鼻で嗤った。「あんたに指示される謂《いわ》れはない」

「同胞が、下劣な日本人から」趙は平静だ。「いいようにされてるのを、見すごせない」

「同胞？」キムを、来栖は顎で指した。「こいつは朝鮮籍だぞ。韓国人じゃない。越権行為だろ？」

「民族分断に関して、日本人の意見は不要」趙は、キムと来栖を交互に見た。「不幸な歴史だけど、一時的なもの。日本人の諜報活動へ、強制的に従わされるなどあってはならない」

「こいつは好きでやってるんだぜ」来栖はキムを見た。本当だった。「自分から志願してきたんだ。嘘《うそ》じゃない。麗しい国際交流さ」

「戯言《ざれごと》を」趙は吐き捨てた。

「あんたの立場も分からないわけじゃない」来栖は肩を竦めて見せた。「本国の反日政策を意識してのことだろ。だが、ここは一つ。放っておいてもらえないか」

「あなたはどうなの？」

キムに、趙の鋭い視線が向いた。

「……ぼ、僕は、その」しどろもどろに答える。肩が窄《すぼ》まり、下を向いた。

「たとえ、パンチョッパリでも」

趙が続けた。唾棄するような口調。韓国本土の人間は、在日コリアンをそう呼ぶ。チョッパリは、日本人への侮蔑語《ぶべつご》。〝半分クソ日本人〟というところか。「もう少し民族的な誇りを持ちなさい。こんな輩の言いなりになって。恥を知ることね」

キムと来栖。ともに反応を示さなかった。噴き出したら、すべてが終わる。

「日本人が、好き勝手できる時代は終わるわ」趙は胸を張った。「今般の〝日韓経済戦争〟は、我が国が勝利する。負けるはずがない。アメリカへ尻尾を振るしか能がない国に。非人道的な国家だと世界へ恥を晒《さら》した挙句、屈辱に塗《まみ》れるでしょう。今後はひたすら、誇り高き大韓民国の顔色を窺うことになる」

キムを見た。笑いを堪えている。来栖は、右の頬を少しだけ震わせた。耐えろ。

「今後は、分をわきまえなさい」趙は立ち上がった。「公安だからって、何でも思いどおりになると思ったら大間違い。いつまでも調子に乗らないことよ。時流を読みなさい」

言い捨てて、立ち上がる。意気揚々と、趙は立ち去った。姿が見えなくなるのを待つ。

一つ噴き出してから、キムは爆笑し始めた。隣の女子高生が、奇異な目を向けてきた。

「ははは。……どうする、来栖さん？」

「しょうがねえよなあ。本人が、ああ言うんだ」来栖は苦笑した。「予定どおりに」

6　一一：五五

伊原とともに、志田は都内のホテルにいた。《東京シー・オブ・クラウズ》。

東京五輪を狙って、新設された施設。八十階建て。雲海《うんかい》。文字どおり、雲の上に突き出ている。最上階には、世界的に有名なレストランが入っていた。ネットで調べた情報だ。丸の内から少し外れた位置になる。移動にはタクシーを使った。エレベータで最上階へ。レストランというよりは、会議室に近い。一番奥の個室に通された。ドアを開くと、東京のパノラマが広がった。遠くには富士山もあった。地上何メートルなのか。

「お疲れ様です」

五十がらみの男が立ち上がった。軽く会釈をする。

志田と同年配か。中背の痩身。銀縁眼鏡をかけている。高級だが、嫌味のないスーツ。髪は分けられ、半分白い。生真面目な金融マンを思わせる。マスコミや広告関係者ではない。どれも志田には縁のない職種だったが。イメージというより偏見だ。

「お待たせしました」伊原の口調は丁寧だ。慇懃《いんぎん》無礼ともいえる。上司のような立ち居振る舞い。「こちらは……」

「志田二等陸曹さんですね」男は、志田にも頭を下げた。十歳以上、伊原より年上のはずだ。部下のように見えた。「伊原一佐から、お話は伺っています。週末はお疲れ様でした」

慌てて、志田も頭を下げた。思わず、最敬礼になった。週末。ロシア人スパイと中国エージェント。志田が二人を殺害したことまで知っている。何者か。

「こちらは上村亮輔《うえむらりょうすけ》さん」伊原が紹介した。「内閣情報調査室の内閣審議官。警視監さんです。総務部門を取り仕切っています」

内閣情報調査室。内調と略すことが多い。英略称はCIRO《サイロ》。Cabinet Intelligence and Research Office。

警視監なら、警察庁キャリア官僚でもトップクラスだ。雲の上にいることだけは間違いない。このホテルのように。

同じ情報機関。内調に関する知識は多少あった。

官邸直属の情報組織。各省庁事務次官と同レベルの内閣情報官に率いられている。代々、警察庁キャリア官僚が就任していた。

国内と国際、経済及び総務。各部門からの情報を集約。A四数枚のインテリジェンスペーパーにまとめる。週二回、内閣情報官が総理を訪問。定例報告を行う。要請があれば随時報告もする。

総務部門は人事及び予算。広報に研究提言のまとめ。総合分析や特定秘密保護等まで担当する。内閣審議官ならば、組織内の人とカネをすべて掌握している。内調の大番頭といったところか。

「僕の盟友といっていい方です」伊原は続けた。「阪口《さかぐち》くんも、ご一緒ですか」

上村の隣に、長身で筋肉質な男が立っていた。まだ若い。三十前後だろう。短髪の頭を、志田に深々と下げる。自己紹介をした。

「阪口謙也《けんや》。内閣情報調査室秘書官。警視です。よろしくお願いします」

「彼は、伊原さんに心酔してましてね」上村が微笑した。「今日も昼食をともにするって告げたら、行くと言ってきかないんですよ。まったく誰の部下なんだか」

阪口は微笑んでいた。たぶん冗談なのだろう。『別班』と内調。トップ同士の会食に、関係ない部下を連れてくるはずもない。ならば、志田が同席している理由は。

伊原も微笑を返した。「さすがに空腹です。食事にしましょう」

部屋の広さは十二畳ほど。さして広くなかった。壁は白く、中央にクロス付きのテーブル。染みどころか、皺《しわ》一つない。席は四つだけだった。皿とともに、食器類が並べられていた。空調は効きすぎている。寒いほどだ。

平然と、伊原は奥に座った。志田を横に誘う。恐縮しながら、隣に腰を落とした。やはり白い椅子。沈み込むかと思った。

パワーランチといったところか。実質、昼食を摂りながらの会議だ。ならば、議題は。

テーブル横に、TVが据えられていた。高級レストランの一室。異物感があった。

「お昼のニュースを確認されたいだろうと思いまして」上村が微笑した。「店に用意させました。多少、行儀は悪いですが。カジュアルな店ですから」

店の名は《ボーダーレス》。文字どおり、世界各国の文化を取り入れた創作料理がメインだ。世界三大料理を始め和食、アフリカや中南米の郷土料理まで。

「さすが。気が利きますね」

正午。上村はリモコンを手にした。

公共放送のニュース。画面に、岸井《きしい》善太郎《ぜんたろう》が大写しとなった。

防衛大臣。衆議院議員の六十六歳。まだ当選二回での初入閣だ。高齢での出馬といい、異色な代議士だった。

「我がボスのお出ましです」

伊原は微笑んだ。岸井大臣の記者会見。

岸井家は、戦前からの官僚一族だ。官界の重鎮を多く輩出している。善太郎自身も、元は経済産業省の事務次官だ。

退職後、還暦すぎて立候補。岸井一族では、初めての政治家となる。

政治家としては新人でも、官界では大物の血筋だ。その威光で、一気に大臣就任となった。経済通との評価は高い。出身官庁とのコネが敬遠され、防衛大臣となった。典型的な族議員との批判を避けるためだろう。

中背で肥満体。ぱっとしない風体だった。加えて、薄い頭髪をすだれにしている。ついたあだ名が〝バーコード大臣〟。経済通ゆえの揶揄でもある。

右寄りで、タカ派な発言が目立つ。国防関係の能力や知識は、未知数との評価だった。

「……以前から、提唱しておりました日本版『愛国者法』でございますが」岸井が語る。

「その法案を、次期臨時国会に提出したいと考えております」

露中諜報関係者の死。志田の行為には触れていない。

『愛国者法』。正確には『国民の情報保護に関する特別措置法』という。既存の『特定秘密保護法』から、さらに踏み込んだ内容となっている。

対象は国民一般。すべての情報が対象となる。『特定秘密』の四分野。防衛及び外交、特定有害活動の防止、テロリズムの防止。そこから、一段と拡大された内容だ。防衛や外交だけではない。国民生活全般を対象としている。電子情報及び各種通信内容、SNSやキャッシュレス決済等まで。政府が必要と判断すれば、対象の情報はすべて傍受可能となる。

「国民のプライバシー侵害や、日常生活を脅かす目的ではございません」

岸井は主張を続ける。「『特定秘密』のうち、特定有害活動いわゆるスパイ行為や、テロリズム防止を徹底することが目的であります。そのため、広く国民の情報を保護。治安の安定と穏やかな生活、財産保護等を目指しておるところです」

『愛国者法』の愛称は、岸井自ら編み出したものだ。とりあえず、アメリカの真似をしておけばいい。日本の国防における安易な側面だ。

画面が、女性の顔に切り替わった。

参議院議員の小瀬田綾乃《こせたあやの》。外務大臣を務めている。

長身かつスレンダー。ブランド品しか身に着けない。今年五十三歳とは思えない美貌は、一部に根強い人気がある。戦前から続く小瀬田財閥。現グループの御令嬢。独身。

小瀬田財閥は鉱業、石炭や鉄鉱石採掘等により発展した。現グループは小瀬田商事を中心に、各種貿易がメインとなっている。女系一族で、祖母も母も婿を取った。現在は、綾乃の妹婿を長に据えている。実権はなく、某人気時代劇の婿いびりよりひどいという噂だ。

代々、欧米ハーフのような美女家系。目鼻立ちがはっきりしている。若い頃にはバタ臭い、今は厚化粧と揶揄される。実際にはそれほどでもないらしい。顔立ちが派手なだけだ。

女性初の総理候補と評判だが、アンチも多い。

囲み取材を受けていた。小瀬田は、『愛国者法』に反対の立場だ。正面切って、攻勢を繰り返している。岸井と同じ与党所属だが、護憲重視のハト派だった。

「『愛国者法』は、言ってみれば『国民監視法』です」小瀬田は主張する。「国民の全生活を監視。情報を政府の管理下に置く。そうすることで、政府にとって望ましくない思想や言論は排除する。自分たちに都合のよい世論を形成すること。それこそが真の目的と言えるでしょう」

小瀬田の姿勢は、世論を二分していた。

主張が続く。「重要なのは、グローバル化です。各国との協調関係を築いていくこと。世界平和を第一として。ほかに、日本が生き残る道はございません」

経済を始めとするグローバル化。現外務大臣が、もっとも力を入れている政策だった。

貿易を主とする小瀬田一族らしいとはいえる。政権も推進の立場だ。

前菜が届いた。蝶ネクタイのウェイターが手際よく配膳する。志田は、オードブルの皿を観察する。刺身に油状のソースがかかっている。白身だが、魚の種類は分からない。

志田は伊原を見た。ウェイターが説明する。「〝オコゼのカルパッチョ〟です」

オコゼは食べたことがなかった。刺身は、鯛と平目の区別もつかない。

「見たところ」伊原がウェイターに話しかける。「オコゼは瀬戸内産ですか？」

はい、とウェイターは答えた。グラスを配る。

「素晴らしい」伊原が感嘆する。「この鮮度を保ったまま、東京まで輸送できる。大した技術です。新鮮な魚介類を食べたいという日本人の執念。その賜物《たまもの》でしょう」

銀色のアイスバケットに入っていたシャンパン。ウェイターが栓を抜いた。全員に注ぎ、退出する。志田はグラスを凝視した。薄い琥珀《こはく》色。爽やかに立つ泡。昼からいいのか。

「それでは」伊原がグラスを掲げた。「乾杯といきましょう」

上村と阪口も倣う。志田も。グラスに口を付けた。辛口。よく冷えている。

伊原が語りかけてくる。「どうぞ。遠慮なく」

「はい」志田は〝オコゼのカルパッチョ〟を口に入れた。美味い。

数分、食事が進んだ。伊原が口を開いた。「官邸の動向はどうです？」

「《情報関心》は『愛国者法』に関するものが多いですね。総理や官房長官は賛成派です」

上村は、手を休めて答えた。部下にしか見えない。防衛省と警察庁。単純比較はできないが、警視監ならば伊原より階級も上だろう。年齢も、だ。

《情報関心》は、官邸が求めるテーマだ。内調は総理の意向に沿って、活動を行う。中には、選挙対策等も含まれる。マスコミ通じ、世論を形成していくこともある。『愛国者法』成立へ向けても、同じように動いているのだろう。

時には、国の治安より政権維持を優先する。ゆえに、内調は総理の私的機関と陰口を叩かれることもある。目や耳、手足となって働いている。誰のために、何のために。

志田の心は冷えていった。情報機関同士だが、相容れない部分が多い。少なくとも、『別班』ひいては《伊原学校》の理念とは。

北朝鮮テロ及び横浜連続爆破事案。ともに官邸の動きは鈍かった。外務省の国際テロ情報収集ユニットや、内閣情報調査室も同様だ。型通りの情報収集に終始したらしい。

官邸、つまり総理と縁の深い二機関。足並みを揃えるように静観していた。政権にとって、触れられたくないことがあったのではないか。一部で噂が流れていた。徹底したオフレコだったが。

他の情報機関はどうか。防衛省情報本部は警察マターとして動かず。捜査権及び逮捕権のない公安調査庁も同様。結局、公安警察が主導権を握った。

内閣情報調査室が二の足を踏んだ訳。総理から、何らかの指示があったと考える方が自然だ。権力の闇。陳腐な言い方だが、ほかに表現がない。

どうして、こんな連中と。志田は、伊原を見た。涼し気な表情から、真意は窺えない。

志田は、疑問や不満を抑え込んだ。考えるのは、己の仕事でない。若い上司と提示された目標。信じてついていくだけだ。

ニュースは、海外の情勢に変わった。

朝鮮半島南北首脳会談が中止となったニュース。韓国と北朝鮮の関係は停滞している。

続いて、アメリカ大統領のコメント。対イラン政策に関することだけだ。北朝鮮一辺倒だった以前の姿勢は、鳴りを潜めている。

一時期、米韓は北朝鮮に急接近していた。核開発問題は後回し。友好関係の構築を優先していた。民放のワイドショーも〝米韓両大統領の熱烈ラブコール〟と揶揄したほどだ。

ニュースは終わった。伊原はTVを消した。

「チャンスですね」誰に語りかけるでもなく、伊原は呟いた。「急がないといけません」

「阪口くん」上村が声をかけた。「料理の進行を止めてください。例の男に関する報告を」

「ペーパーにまとめた方がよろしいでしょうか？」

阪口が一同を見回す。内線電話で料理は止めてあった。連絡するまで入室しないように。

「痕跡を残したくありません」伊原が応じた。「口頭で結構です。始めてください」

「分かりました」阪口がタブレットを取り出す。「今から写真をお回しします」

阪口はタブレットを渡した。上村から伊原へ。二人とも、ちらりと見ただけだった。

志田も受け取った。ディスプレイを見る。

写真は数枚あった。まずは顔のアップ。齢は三十代か。短髪。整った顔立ちに切れ長の目。彫りが深かった。いかにも日本人風だが、ハーフを思わせる面持ちでもあった。

指先で操作し、次の写真へ。全身像だ。黒の上下に、薄い赤のYシャツ。ネクタイはしていなかった。長身で痩軀。脚も長い。鍛え抜かれた感がある。

志田は伊原を見た。同じく彫りが深い。趣が共通している。和風かつ西洋的。昭和初期の二枚目俳優を思わせた。違いは、来栖が新劇向き。伊原は伝統芸能か。能や狂言、歌舞伎等を連想させる。

「その男が、神奈川県警外事課の来栖です」阪口が口を開いた。「調べれば調べるほど、面倒な評判しか出てきません。相当に厄介な人物のようです。ご存知のとおり、以前から視察は続けていますが……」

「一時期、暗殺も試みられたようですね」伊原の発言に、場が凍りついた。冷静なのは、言葉を発した人物だけだ。「続けてください」

「あ、はい」阪口も軽く詰まった。「来栖惟臣は四十三歳。父親は不詳。母親も早くに亡くしています。教員だったそうです。親類もなし。母親の友人が後見人でした。横浜市立の小中学校、神奈川県立高校へ進みます。同県内の国立大学から、神奈川県警へ入庁。数年の交番勤務後、警備部外事課に配属」

四十を超えているならば、若く見える。

阪口が続ける。「外事課配属当時から、命令無視や独断専行が当たり前。問題児扱いだったとのこと。警備部内の各課をたらい回しにされました。その間に外国諜報員だけでなく、極右や極左等様々な分野の人脈を築いたようです。そして、外事課に戻ります」

阪口が室内を見回した。反応を待つように。伊原も上村も、特に動かなかった。

「上司の受け及び評価。ともに最悪です。しかし、正式な形での懲戒処分はありません。

なぜか《警察大学校警備専科教養講習》を受講できました。結果、《ウラ》の《作業員》となります。調べるほど、不可解な人物と言わざるを得ません」

何者だ、この男は。志田は訝った。《警察大学校警備専科教養講習》は、優秀かつ評価の高い公安捜査員しか受けられない。受講後は協力者の獲得・運営工作を行う。《作業》と呼ばれる行為だ。《作業員》は警察庁《四係》いわゆる《ゼロ》の一員となり、指揮・管理される。

《ウラ》の捜査員は、単独行動も可能だ。存在を秘匿して、活動に当たる。講習後ならともかく、以前から単独捜査や命令無視を行っていたという。日本の警察は、組織捜査が原則だ。どうして、公安のエース級となれたのか。

「北朝鮮テロ事案後、半年近く横浜駅西口の交番勤務となっていました。違法捜査に伴う懲罰人事との噂もありますが、正確なところは不明。横浜市内で発生した連続爆破事案を経て、再び外事課勤務となっています。庁内では一部を除いて、浮き上がった存在です。親しくしている人間は限られるとか」

「《CIA教養》には参加していないのですか？」伊原は訊いた。「優秀な公安捜査員なら、アメリカのCIA本部で半年間ほど研修を受けるはずです。海外の課報員と個人的に情報交換している場合、そこで対外ルートを築いてくるのが通例ですが」

「調べた限りではありません」阪口は答えた。首を軽く傾《かし》げる。「一体どうやって、これほど広範なネットワークを構築したのか？　高い情報収集能力を持っているうえ、手段は選びません。旧軍の特務機関みたいだということで、《クルス機関》と呼ばれるようになりました。〝歩く一人諜報組織〟です」

「《クルス機関》」上村が口を挟んだ。「《伊原学校》と同じですね」

上村の軽口にも、伊原は反応を示さなかった。微笑を浮かべているだけだ。

「長くなりそうですね」おもむろに、伊原が告げた。「少し食事を進めませんか？　続きは食べながらで。次の料理をお願いしましょう」

阪口が内線で連絡した。

数分でスープが届いた。ウェイターが告げる。「〝オマール海老のトムヤムクン〟です」

ウェイターが去った。少しの間、無言で食事が続いた。スープも美味い。

「サイコパスについては、ご存知ですか？」上村が訊いた。「精神病質者と訳されますが」

「言葉程度なら」伊原は微笑んだまま答えた。「いきなり高笑いしながら、犯行を告白する連続殺人犯。そんな安っぽい映画や、ドラマに出てくるような人物ではないそうですが」

「サイコパスだからといって悪人、犯罪者やその予備軍ではありません」上村が述べる。

「アメリカには百人に一人存在するといわれています。良心の呵責《かしやく》や罪悪感、共感能力が欠如している。狡猾《こうかつ》で、他人を操作する。興奮がないとやっていけない。そうした特質を備えた存在です」

「この来栖という人物がそうだ、と？」

伊原の質問に、上村は頷いた。「最近の研究では……」

恐怖や不安、緊張を感じにくい。ためらいや、危険を感じる事柄を平然と行う。病的な嘘つき。高慢で尊大。批判を気にせず懲りることがない。妄想や幻覚といった症状はなし、など。サイコパスの特徴を説明していった。

「阪口くんも申し上げたとおり」近所に住む悪戯小僧の話でもしているかのようだ。「来栖は、情報収集のためなら手段を選びません。裏取引や、他人を罠にかけるのは朝飯前。ハッタリ《ブラフ》に偽情報《ディスインフォメーション》。弱みを摑んで恫喝《どうかつ》。嘘は趣味みたいなものです。何のためらいもなく行います」

「なるほど」

「そう考えれば、来栖の病的な独断専行や命令無視も説明がつきます」上村が続ける。「良心や共感がない。ゆえに、冷徹に合理的な行動ができる。外国の諜報員や左右両派の過激派といった連中とも渡り合える。サイコパスの行動原理はスリルと興奮。刺激だけを追い求めているので」

「北朝鮮テロや連続爆破。来栖氏には、スリル満点のお遊びでしかないというわけですか」

「そうです。さらに、特徴的な性質があります」上村は頷く。「〝ルールハック〟です」

「ネットからのスラングですね」伊原が言葉を継いだ。「社会のルールや秩序から抜け穴を見つけ、規則に従わない。人を出し抜き、美味しいところだけ取る。筋金入りの掟《おきて》破り」

「規則違反は、来栖最大の特徴です」再び上村が頷く。「違法捜査も平気で行います」

「具体的には、どのような？」

「以前、来栖は覚醒剤に関する囮《おとり》捜査を実施しました。当然、警察においては違法です。さらに指定暴力団や闇金など、反社会的勢力と手を結ぶような真似も。必要なら平然とやってのけます。対象を誘《おび》き出すためなら、一般人でも餌にするとか」

囮捜査。ヤクザや闇金と手を組む。一般人を餌にする。定食屋においてある劇画の刑事ものでも、ボッとなるキャラだろう。そんな警察官が存在するのか。志田は目を瞠《みは》った。

「そんな人間が、どうして県警から追放されないのでしょう？」

思わず、志田は口を挟んでいた。上村の視線が向く。伊原に変化はない。スプーンを、口元に運び続けている。

「サイコパスは有力者を味方につけたり、崇拝者を作ることが得意だと言われています」

上村は口元を歪めた。志田の発言は気にしていないようだ。「来栖はかなり上の上司、県警警備部長や警察庁警備局長などには信頼されているようです。直属の上司からは忌み嫌われていますが」

伊原も、志田の行動を意に介してはいない。手を止めた。「友人もいるのですか？」

「県警初の攻撃型ハッカーとは親しいようです。公安関係者からは浮き上がっていますが。他の部署、例えば組織犯罪対策本部等にも付き合いのある人物はいます」

「ほう。完全に孤立してはいないのですね」

「サイコパスは自己中心的ではありますが、まったく他人を気にしないわけではありません。仲間に対してなら、直接には得とならない事柄でも行動することがあります。いずれ、自分の利益になると知っているからです」

「性的に奔放だと聞いたことがありますが」

「来栖自身はそれほど、プレイボーイというわけではありません」上村は苦笑した。「ですが、禁欲的というわけでもない。北朝鮮テロ事案では、警察庁の女性職員と唐突に関係を持ったそうです。淫乱《いんらん》ではないが、抑制もしない。といったところでしょうか」

女性関係まで。志田は驚いていた。どうして、来栖という男にここまで詳しいのか。内閣情報調査室の実力か。それとも――

別の組織や情報網があるのか。

伊原は微笑みを絶やさない。面白がってさえいるようだ。「どうしたら、そういう人物ができ上がるのでしょう？」

「最近の研究では生育環境よりも、生物学的なものによるといわれています。脳の扁桃体《へんとうたい》。大脳辺縁系の一部ですが、一般人より活動が低い。恐怖や不安よりも、理性と知性が優先するとか。それが、合理的な方向性を選ばせているようです」

「面白い人物ですね。彼を主人公にして、映画か小説にでもすればいいのでは」

「そうでもないとか」上村の苦笑が大きくなった。「研究者によると、性格が平面的といわれています。感情や葛藤《かっとう》、苦悩といった人間的深みがない。それでは、魅力的なキャラクターとはなりません。ステレオタイプで無味乾燥。行動原理が曖昧なため、興味深い人物とならないそうです」

「難しいんですね」

「サイコパスといえば、連続殺人鬼などを思い浮かべますが」少し言葉を切った。「エリートや、社会的な成功者も多いとのことです。起業家としてのセンスもありますし。とすれば厄介ですよ。彼らが、日本始め世界の秩序を蝕《むしば》んでいるということですから」

上村が例示する。権力者に経営者。ジャーナリストや大学教授。炎上ブロガー、小説家その他。

「公安捜査員や諜報員」上村の笑みが大きくなる。「彼らも当てはまるそうです。来栖はある意味、適材適所といえるかもしれません」

「敵に回すと苦労しそうですね」伊原も笑った。「計算どおりにはいかないものです。中華街の件はイレギュラーな出来事でした。被害者もお気の毒ですし。ロシアからの観光客が減少するのではと心配しています。何事も一寸先は闇。困ったものですよ」

困っているように見えない。楽しげでさえあった。サイコパスはどちらなのか――

志田は考えないことにした。伊原についていけばいい。指示に従い任務を果たせば、〝約束の地〟へと運んでくれる。

「視察はどうしますか?」上村が訊いた。

「継続願います」料理を追加するような口ぶりだった。「ただし連続爆破事案のときみたいな、来栖氏に対する暗殺騒ぎなどは避けたいですね。元気がよすぎる若手は、上村さんの方で抑えていただければ助かります。勝手な真似は控えてください、とお願いしていただけますか？」

「了解しました」上村は軽く頭を下げた。「徹底させます。五月には神奈川の若い巡査を動かしましたが、あとの処置に困りました。逆に、来栖自身はどこまで抑えられるか。本格的に動き始めたら、こちらでのコントロールは不可能と思われます」

志田には意味が分からない。伊原はスプーンを止めた。「できる限りで構いません。あまり、お気になさらずに」

「さらに、お恥ずかしいのですが」上村が続けた。「警察庁《サッチョウ》の公安トップ。警備局長に光井という人物がいます。これも、一筋縄ではいかない男です。申しましたとおり、来栖と親密にしている旨の情報もありまして。早い段階で排除した方がよいかも知れません」

「警察内部のことはお任せします」伊原はスープを飲み干した。「僕は門外漢ですから。まずいようなら、早めにご相談ください。頼りになる部下もいますし」

伊原の視線が向いたことに、志田は気づいた。胃の中に、鉛が横たわった。銃を撃った感触は、まだ手に残っている。食欲は消し飛んでいた。

軽く息を吐き、志田はスプーンを動かした。機械的にスープを飲む。味はしなかった。

「ところで」伊原が話題を変えた。「内閣情報官の長沢さん。ご機嫌はいかがですか？」

「悪いですよ」上村は苦笑した。「伊原さんへ伝言を頼まれました。〝急いでください〟と」

「なるほど」伊原も苦笑した。「それは大変だ。例の彼女は、どうなりましたか？」

「餌に喰いつきました」笑みを浮かべて、上村は答えた。

「ほう」伊原はグラスを手にした。「それは素晴らしい」

「阪口くん」

上村は、部下の阪口を促した。代わって報告する。「昨日、ニューヨークから帰国しました。現在は、都内のホテルに滞在中です。別の者が視察を続けています」

志田には、会話の内容が分からなかった。誰も説明するつもりはないようだ。

「分かりました」伊原は答えた。「彼女が全ての要です。よろしくお願いします」

上村が答えた。「了解しました」

志田を除く、三人が微笑みあった。含みのある表情。

「では」伊原が、全員に視線を巡らせた。「食事を続けましょう」

7　一三：二九

来栖は一度、自宅に戻った。

関内にある洋風のアパートメント。自家用車を出した。黒い日産スカイラインGTS。

国道一六号から旭区《あさひ》白根《しらね》へ。巨大な団地の隅に、車を路上駐車する。

暑さは一段と厳しくなっていた。ボンネットで卵が焼ける。眩《まぶ》しくもある。運転にはサングラスが必須だ。車に乗るときは、いつもポロシャツの胸ポケットへ入れてあった。

　車を降り、来栖は住宅街へ向かった。宮部《みやべ》文子《ふみこ》の自宅がある。《宮部ピアノ教室》。煉瓦《れんが》造りの二階建て。洋風の民家だった。ブロック塀と錬鉄製の柵は、鉄条門へと続いている。インタフォンを押そうとすると、スマートウォッチが震えた。宮部からLINEが入っている。〝ガレージへ回れ。鍵は開いてる〟。

鉄条門は開いていた。灌木と薔薇《ばら》の庭。レンガ積みの階段を、途中から向かって右へ。住宅の隣に、大きなガレージがあった。個人宅としては、かなりの規模だ。シャッターは開いている。正面には、玄関と別の鉄条門。車を出入りさせるためのゲートだった。

「いるか?」

　来栖は、ガレージ内に声をかけた。工具やパーツ類が並ぶ。油の匂いもする。

「おう」女が顔を出した。白いツナギ姿。薄暗い。顔にも服にも、油の染みがついていた。

六十代半ばだが、若く見える。声も同様だ。小柄で顔も小さい。目鼻立ちも整っている。

昔から美人と評判だったそうだ。自己申告だが。虚偽と主張するには、証拠が足りない。

今でもそこそこだ。体形はスレンダーだった。

髪は作業用キャップで見えない。ほとんどが白髪のはずだ。以前は背中まであった。レストアを始めてから、短くカットしていた。

ガレージ内は蒸し暑かった。「よく、こんな蒸し風呂耐えられるな」

「軟弱なあんたとは、鍛え方が違うのさ」

「熱中症になるなよ」来栖は薄く微笑った。「もう歳なんだ。その車と同じでポンコツ。

直ったか？」

「失礼な子だね」宮部は顎で奥を指した。「見てのとおりさ」

宮部が指した先。一台の旧車があった。エンジンの修理中か。ボンネットは全開だ。日産スカイラインHT二〇〇〇GT-R。KPGC一〇型。七〇年式クーペ。二ドアハードトップ。車体の色はシルバーメタリック。いわゆる〝ハコスカ〟だ。

来栖が生まれる前の車だった。自家用スカイラインも型は古いが、平成の製品だ。

「水冷直列六気筒DOHC」宮部が語る。「S二〇型エンジン。総排気量一九八九cc。たまたま、ほぼ〝現役〟のままで入手できそうだったんでね。最後のチャンスと思ってさ。高かったけど」

「頼まれてたキャブレターのパーツ。注文しといたぞ」来栖は言った。「今週中には届くはずだ。熊川が見つけてくれた」

「熊川って、あのハッカーの？」宮部の言葉に、来栖は頷いた。「助かるよ。どうも、ネットショッピングってのは薄気味悪くてね」

「年寄りは気をつけた方がいい。振り込め詐欺に引っかかる」

「うるさいよ。直接お礼が言いたいね。熊川って子の連絡先教えてくれるかい？」

熊川の携帯番号を告げた。

「修理に手こずってるようだが」来栖は言った。「エンジン丸ごと替えちまったらどうだ？その方がパワーも出るだろう？」

「当時のままがいいんだよ」慈しむような口調だ。「こいつのエンジンは、元々レース用に開発されてる。チューンナップすれば、サーキットに出せたからね。今は、そのレベルにまでする気はないけど。〝仕事〟で使ってた頃とは違うから。逃げ回る必要もないし」

元新左翼活動家。公務執行妨害で逮捕歴もある。強者だ。全共闘から脱退。《R・D》――《Runaway Driver》という組織を結成した。

ベトナム戦争を忌避し、在日米軍から脱走。旧ソ連亡命希望の兵士を、北へと運ぶ。秘密裏に。若い頃、宮部がやっていた〝仕事〟だ。パワーのある車が必要だった。

当時使用していたのが、同車種だという。プレミア価格で購入したそうだ。

「昔を懐かしがり始めると」来栖は鼻を鳴らした。「お迎えが近いっていうぞ。墓に入れてやってもいいが、ちょいとでかすぎる」

「可愛《かわい》くないね」宮部が舌打ちする。「あんたこそ、あんなAT車乗り回しやがって。恥を知りな、恥を。男のくせに情けない」

「そういうのは性差別らしいぞ」来栖は口元を歪めた。「もうちょっと、ジェンダーに関して学べよ。今日、ピアノ教室は？」

「臨時休業」臆面もなく答える。「作業が大詰めだからさ。夏休みを兼ねてね。子どもには、夏を満喫させないと。習い事なんか後回しだよ。もちろん、私もだけど。で、用事は？キャブレターの件なら電話で済む話だしね」

「ビクトル・コサチョフだ」来栖は告げた。「先週殺害されたロシア人スパイの」

「死んだ奴に、何の用があるのさ?」

宮部が、隅の洗面台に向かう。油塗れの手を洗う。続いて顔も。すっぴんであることには気づいていた。「墓から掘り出す手伝いでもしろと?」

「職務代理者を紹介して欲しい」来栖は答えた。「殺されてから、まだ一週間にも満たない。後任は着任していないはずだ。代わりの奴でいい」

洗面台から答える。「代わりの奴はいないよ。タオル取って」

バックミラーに、白いタオルがかかっていた。手に取る。柔らかく、吸水性も高そうだ。宮部に放ってやる。「いいタオルだな」

「だろ?」宮部が受け取る。「今治《いまばり》タオルさ。あんたには、雑巾や油布と区別つかないだろうけど」

「車の作業にはもったいないな。で、代わりはいないって?」

「後任が来日してるのさ」宮部は顔と手を拭う。惜しげもなく、高級タオルで油汚れを落としていく。「バリバリ働いてるよ。非常事態だからね。ロシアも、のんびり構えてられなかったんだろ」

「名前は?」

「ボリス・チェルネンコ。ＧＲＵ大佐。表向きは露大使館駐在海軍武官。肩書と公式偽装身分《オフィシャル・カヴァー》も、コサチョフと同じさ」

「連絡は取れるか？」来栖は訊いた。「会ってみたい」

「一昨日だったかな」宮部は、タオルを洗濯籠に放り込んだ。かなり黒ずんでいた。「チエルネンコがやって来てね。直々にさ」

「何しに？」

「挨拶だよ」

「まさか」来栖は鼻を鳴らした。「婆アの自慢は大げさだ」

GRU大佐が、宮部の元を訪問した。着任早々に。あり得ることだ。口先では茶化しながらも、来栖は納得していた。

宮部は旧ソ連ひいては現ロシアと、親密な関係を築いている。七〇年代から四十年以上に亘《わた》って。特別な存在だ。協力者というより始末屋《フィクサー》に近い。下手な親露派政治家より優先するだろう。

「いろいろと〝貸し〟があるからね」

「だろうな」来栖は素直に答えた。

「携帯番号も聞いてるよ」作業で喉が渇いていたのだろう。宮部はペットボトルのミネラルウォーターを呷《あお》る。「……連絡するかい？」

「頼む」

「時間と場所は？」

「言い値でいい」

宮部はスマートフォンを手にした。数分の会話。ロシア語だった。

「今晩、会えるってさ」チェルネンコは宮部経由で答えた。「時間と場所は、あとで連絡すると言ってる。それでいいかい？」

「上等だ」来栖は答えた。「ありがとう」

宮部が会話を終えた。スマートフォンを作業台に置く。

「あと、ほかのチャンネルから聞いた話なんだけど」宮部が続けた。「殺害されたコサチヨフが、防衛省職員に積極工作《アクティブ・メジャーズ》を仕掛けていたそうだよ」

「誰に？」

「石神孝樹《いしがみたかき》。防衛省情報本部統合情報三課に属してるらしい」

「防衛省の情報本部付けを二重スパイ《ダブル》に仕立てる。連中にはルーティンワークさ。ピザ屋がデリバリーするようなもんだろ？　通常営業。でも、まあ当たってみるよ」

来栖はスマートフォンで、熊川を呼び出した。「防衛省の石神孝樹って奴を調べてくれ」

「誰です、それ？」

「防衛省情報本部統合情報三課所属らしい」

「……防衛省ですか」熊川が、少し高めの声を上げた。「それも情報本部。大事にならなきゃいいんですけどね」

防衛省情報本部。高度な諜報機関だ。公安警察に勝るとも劣らない。「気をつけろよ」

「了解です」

来栖は電話を切った。宮部に向き直る。「悪いな。助かるよ」

宮部が語りかけてくる。「中国は突いてみたのかい？」

「ああ」来栖は自嘲《じちょう》した。「相手が張だからな。大した成果はなかったが」

「気をつけな。最近まで、米韓が北に急接近してた。ただでさえ、中露は神経質になってる。下手な真似は危険だからね」

「肝に銘じておくよ」

来栖は立ち去ろうとした。宮部が問うた。「墓参りはしたかい？」

「誰の？」

「誰の？」宮部の両眉が吊り上がった。「お盆だろうが。母親への墓参は当たり前さ。お墓はチェックしとくからね。ゴミ一つ落ちてたら承知しないよ」

ぼそっと呟く。「……うるせえな、小姑婆ァ」

「何だって！」

「分かった、分かった」来栖は両腕を上げる。「近いうちに行くから、勘弁してくれ」

早々に退散した。

8　一四：四六

来栖はスカイラインに戻った。国道一六号に出る。横浜市から大和《やまと》市内へ向かった。

大和市役所傍《そば》のファミリー・レストラン。駐車場は空《す》いていた。スカイラインを入れた。

車を降りた途端、熱気に包まれる。サングラスを外し、入口へと歩いた。近づいてきた店員を制した。勝手に、店の奥へ進んだ。昼食時はすぎている。店内は、さほど混み合っていなかった。

奥のボックス席。周囲は空席だ。厨房《ちゅうぼう》からも死角になる。防犯カメラはあったが。三人の男女が座っていた。全員、六十歳は超えている。顔だけは見たことがあった。極左活動家救対組織《アザミの会》横浜支部の会員。主に、日本航空《しらとり》号事件の犯人グループ支援を行っている。七〇年代初頭。ハイジャックのうえ、北朝鮮へ渡った連中だ。

「暑い中ご苦労なことだな。年寄りが趣味に生きるのも大変だ」来栖は嘲笑った。自己紹介は不要だろう。「こいつらを席から立たせろ」

来栖は、中央の男に告げた。支部長・高見《たかみ》雅春《まさはる》。「店から出ていけとまでは言わない。隅っこで、おとなしくさせとけ」

年老いた男女二人が、いきり立つ。高見が抑え、席を移動させた。

「まったく、ゴキブリみたいに湧いて出る」会員の高齢女性が悪態を吐く。「どこから情報《ネタ》拾ってくるんだか。あんたら公安は」

お前らのボスが教えてくれるのさ。口にはしなかった。

高見は来栖の協力者だった。六十代後半。長身で、髪はオール・バック。鼈甲《べっこう》縁眼鏡の奥に細い目。薄いグレーのチノパンと白い半袖シャツ。体格もよかった。

高見の裏切り。《アザミの会》メンバーは、誰も知らないことだ。

来栖は常に、高圧的な態度に出る。公安の横暴という立ち位置。関係を知られたら、高見の身が危うくなるからだ。

当時。先鋭化するセクトの活動に、高見は臆した。挙句、警察への密告に及んだ。来栖が摑んだのは偶然に近い。以来、獲得のうえ運営及び管理している。

北朝鮮テロ事案以降。高見は半年以上、姿を隠していた。第一線に戻ったのは最近だ。

二人は、対角線上の席についた。周囲に、ほかの客はいない。

「調べはついたか?」来栖は声を落とした。「スパイ狩りに、北朝鮮の関与は?」

高見には、北朝鮮関連の情報を調べさせていた。昔の仲間がいるため、ルートがある。

「東京の殺しだろ?」高見も声を落とす。「何で、神奈川のあんたが動く?」

「昨日起こった中華街の件。知ってるだろ?」

「あれこそ関係ないだろ? 刑事部マターのはずだ。少なくとも、あんたほどの人間が動くようなことじゃない」

「おべんちゃらはいい。あんたが持ってる北のルートは、何て言ってる」

「何も」小さな声だが、高見は言い切った。「まったく関係ないそうだ。何の情報も出てこなかった。もっとも、おれのネタ元なんてケチな代物だが」

「ほかには?」

「関係ないかもしれんが」高見の表情が、深刻さを増す。「北の勢力図に変化があった」

「？」来栖は目を上げた。「どんな？」

「偵察総局の太道春《テ・トチユン》って男を知ってるか？」さらに声を落とす。「かなりのお偉いさんだ」


太道春。朝鮮人民軍偵察総局高官。北の秘密情報機関を仕切る男だ。

北朝鮮トップを支える世襲前衛集団である烽火組《ボンファチョ》のリーダー格。北京大学に留学経験もあるパワーエリート。国際情勢に明るいとも言われている。

そして、北朝鮮テロ事案の首謀者。

日本側の首謀者は三ヶ月前、自滅して表舞台から去った。太だけを取り逃がした形だ。

来栖は訊いた。「知ってる。太がどうした」

「旧勢力が盛り返してきてるそうだ。権力基盤が揺らいでいるらしい」

「対抗馬の名は？」

「洪哲海《ホン・チョルヘ》」聞き取れないほど、高見の声は小さかった。「朝鮮労働党組織指導部高官。旧体制時には、飛ぶ鳥を落とす勢いだった。現政権の後見役に連なる世代だ。いわゆる霊柩車七人組の系列だよ。知ってるだろ？　前指導者の葬儀で、霊柩車を護衛した七人のパワーエリート」

来栖は頷いた。高見が続ける。「新体制発足後。七人組の粛清と失脚が相次いだ。それに伴う形で、洪も表舞台から姿を消していた。が、風向きが変わった」

「組織指導部への配属か」

「ああ」高見が答える。「どんな伝手《つて》を使ったのかは知らん。組織指導部は『党の中の党』。

あらゆる中央機関を統制している。一層の権力強化が図られてるそうだ。部の隆盛に伴って、洪自身も盛り返しているらしい。米韓に強いルートを持っていることも、復活の一因だとか」

「太は、その洪とやらに追い打ちを喰らってるのか？」

「新世代が、かなり閑職に追いやられている」高見は続けた。「だが、その中でも、太は一筋縄ではいかないらしい。かなりの財力を持っているのが要因だそうだ。その資金源は日本で、極秘の送金ルートが存在するというんだが。そこまでになると正直、情報があやふやで……」

高見の情報は、常に正確だった。太は日本からの極秘送金ルートを持っている。金の動き等、詳細は不明だ。ほかのことを訊いた。「あんた。そんな情報、誰から聞いた？」

「悪いが、言えない」高見は眉をひそめた。「おれにも守秘義務みたいなものがある。ネタ元をお巡りにチクったとなったら、身が危うくなる」

「だろうな」情報源保秘が、重要であることは身に沁みている。「ほかには？」

「……東京のどこか知らんが、北朝鮮のフロント企業がある。カヴァー・カンパニー、代理会社だ。そこに出入りしている人間からの情報だよ。《渡航チーム》のメンバーから紹介された」

《しらとり》号の犯人を、高見たちは《渡航チーム》と呼ぶ。「フロントの所在と、企業名は？」

「知らない……」少し言葉に詰まる。「本当に聞いてないんだ。そこまで探ったら、おれが危ない」

「……分かった」来栖は席を立った。「こっちでも、少し調べてみる。あんたも、もう少しあちこち突《つつ》いてみてくれ」

「これ以上無理だ」高見は懇願する。「おれに、累が及ぶような真似はやめてくれ」

一応、頷いて見せた。店員が注文を取りに来た。来栖は無視した。歩き出す。

《アザミの会》の女性メンバーが、中指を突き立ててきた。

北朝鮮偵察総局の太道春。北朝鮮テロ事案の首謀者。テロは阻止し、実行者も死んだ。親玉だけ、取り逃がした形だった。

いずれ潰《つぶ》す。来栖は、そう誓っていた。

狙い続けてきた太が、本国内で権力闘争に巻き込まれている。加えて、中露のスパイ殺害。真相究明を命じられた。一石二鳥の好機かも知れなかった。

来栖は、暗い考えを巡らせ始めた。

9　一五：五四

元町《もとまち》外れの老舗ホテル。一階のバー《白夜《びやくや》》前に、来栖はいた。車を自宅アパートの駐車場に入れ、タクシーで移動した。

記録的な猛暑日だ。元町まで歩く気にはなれなかった。一日分以上の汗をかいていた。

夏休みだからか。元町は老若男女、さまざまな人々で溢《あふ》れていた。暑さなど、まったく意に介していないようだ。

バーに入ると、馴染《なじ》みのバーテンダーがグラスを磨いていた。かなりの高齢。元共産党員で、公安の協力者でもあった。その縁で、よく使う店だ。開店時刻には間があるが、正装していた。

閉店時間帯を狙った。他に客のいない方がいい。いつものことだ。頼めば開けてくれる。

カウンター席の一番奥にあるストゥール。目当ての人間は、先に到着していた。アポは、早い段階で取ってあった。

送迎車もボディガードも見当たらなかった。どこかで待機しているのだろう。

待っているのは、大柄な白人一人だった。老人と呼んでもいい。小太り。白髪の薄い頭。温厚な笑み。流暢な日本語を操る。来日から二十年以上になるという。

ウィリアム・クルーニー。アメリカ合衆国中央情報局いわゆるＣＩＡの工作担当官《ケース・オフィサー》。通称《ビル爺《じい》》。表向きは、在日アメリカ大使館職員。日本国内に、多くの協力者《エージェント》を持っている。

「何を呑みます？」

隣に腰を落とす。バーテンダーではなく、《ビル爺》が訊いてきた。カウンターには、ショットグラスとワイルドターキーのボトルがあった。

「ジンジャーエールを」

「呑まないんですか?」《ビル爺》が大げさに驚いた。「よくやれますね。日本暮らしも長いですが、夏の猛暑にだけは慣れません。年々ひどくなっている気がします」

「地球温暖化じゃないですか?」来栖は嗤った。「おたくのえらい人たちがお嫌いな」

「Oh! 私は科学的な人間ですよ、来栖さん」

夜まで予定が詰まっていた。今から酔うことはできない。

ジンジャーエールのグラスが、恭しく出された。薄い琥珀の液体。炭酸の泡と、砕いた氷が浮かんでいる。

乾杯し、単刀直入に切り出した。「東京のスパイ狩り、どう思います?」

「ニュースで見た程度ですよ」《ビル爺》は微笑った。「情報収集は命じてありますが。今のところは、特に何も」

「ずいぶん呑気ですね」

「忙しかったので」《ビル爺》はため息を吐いた。「東アジア情勢について、本国から勅命を受けていましたから。大統領《ボス》が、北との関係改善にご執心だったのはご存知でしょう?」

「ええ」

「それが、対イラン政策に取って代わられました。今や、主役は中東情勢です。せっかくなので、ゆっくりさせてもらうことにしましたよ。今まで働いた分を取り返します。ロシアや中国に構う気はありませんね。亡くなった方々には気の毒ですが」

嘘だ。露中の諜報関係者が、担当地域内で殺害された。指を銜《くわ》えて見ているはずがない。

《ビル爺》は、約束より早く現れた。待ち合わせは一六時ジャストだった。

「〝赤坂〟は休暇ですか?」

「まさか」《ビル爺》は大げさに応えた。両掌を天井へ向ける。「うちの支局長は、そんなに優しくありません。アメリカの女性管理職は厳しいのです。A四のペーパーで、細々と報告しないと。いちいちタイトルまでつけさせられて。暑い中、辛《つら》い日々ですよ」

在日CIA支局長は、二代続けて女性だ。東京・赤坂の在日米国大使館に控えている。

《ビル爺》は〝再任用〟だ。定年退職後も古巣で雇われている。日本の一般的な官庁や企業でも、よく見られる少子高齢化対策だ。アメリカも、同じ問題を抱えているかどうかは知らないが。

《ビル爺》は伝説的なスパイだった。大使館員の公式偽装身分《オフィシャル・カヴァー》も持っている。

搦《から》め手で攻めてみる。「北朝鮮まで担当してるんですか?」

「日本というより、極東全体の担当なんですよ。これでも、多少は楽になりました。昔は、中国まで任されてましたから。もう老体です。多少は労《いたわ》ってもらわないと」

「優秀な方に、年齢は関係ないでしょう」

「お世辞でも嬉しいですね」

「お世辞じゃありませんよ」来栖は答えた。「日本のCIA要員は五十名。空軍等軍人に偽装した各オペレーションズ・オフィサーは、三人の現地協力者《エージェント》を指揮。現地協力者は三名の配下を。配下は、それぞれ三名の部下を持つ。一人の工作担当官は四十名近くを束ねることになる。組織の規模総数は千名を超えます」

「ほう」《ビル爺》は笑った。目だけが笑っていない。「さすが。お詳しい」

「だが、あなたは桁が違う。軽く見積もっても、一人で数百名単位の情報網を持ってる。老化も、ましてや引退なんか縁のない言葉でしょう。第一、《赤坂》が許すはずがない」

「ですが、時は止まるものではありませんよ、来栖さん。いずれ終わりが来る」

沈黙が下りた。来栖はジンジャーエールを飲んだ。


「話を戻しますが」話題を変えた。「北とは、かなり仲良くなったのでは？」

「政治屋だけですよ」《ビル爺》は肩を竦めた。「私は別に。友人でも何でもありません」

「米韓の親北ブームですが」来栖は《ビル爺》を見た。「トロ臭い日本はともかく。歴史的に関係の深いロシアや、中国まで置き去りな感じでした。今は多少停滞しているとしても。北朝鮮が昔からの縁は無視して、中露へ三行半《みくだりはん》を下した。不思議はない気がしますが」

「何のために？」

「再び米韓へ接近するために」

「で、北が中露のスパイに手を下した」《ビル爺》の視線も、来栖を向いた。「なかなか、大胆な意見ですね。証拠はあるんですか？　例えば、実行犯の情報とか？」

「あれば、お教えするとでも？」

そんなものはない。ただのハッタリ。誰が手を下したのか。来栖が訊きたいくらいだ。
「なるほど」教え子にやり返された教師のような顔をした。「それは困りますね。北が昔馴染みの露中に宣戦布告しているようなものです。我が国と北朝鮮の関係停滞に繋がりかねません。大統領直々に、大目玉を喰らいます。まゆつばな気はしてますがね。合ってますよね、日本語」

喰いついた。「合ってますよ」

一連のスパイ狩りに、北朝鮮が絡んでいる。証拠などない。ブラフとディスインフォメーション。ハッタリと偽情報だ。

北朝鮮テロ事案の首謀者。偵察総局の太道春。穴倉から引きずり出すための罠だった。アメリカ始め、日本駐留の諜報員に北を追わせる。関係各国が動き始めれば、北の太も無視することはできない。特に、組織指導部と権力争いを繰り広げている今なら。

各国の諜報員にはタダ働きしてもらう。滞在経費の一部だ。

併せて、スパイ狩りを再燃させる。誰が企《たくら》んだのか。何のために。一緒に炙《あぶ》り出せるだろう。首謀者の想定以上に、抗争が激化すれば――

諜報の世界は騙《だま》し合いだ。唯一のルールは〝誰も信じるな〟。それだけだ。

毒饅頭《まんじゆう》を食わされても、相手は責められない。サッカーでゴールを決められる。野球でホームランを打たれる。ラグビーでトライされる。己の未熟さを恥じるだけだ。諜報活動も同じだった。

「洗うだけは洗ってみましょう」《ビル爺》が微笑んだ。「貴重な情報をどうも。見返りは要求しないんですか？」

「上司から、事態の収拾を仰せつかってましてね」来栖は答えた。「昨日の中華街みたいな事件。あんな凶行の再発は困ります。ここは一つ、世界一の超大国に目を光らせていただけたらと」

「私にロシアや中国を見張れ、と」

来栖は頷いた。「北朝鮮も、です。中露朝三国ともお願いします。アメリカに睨まれたままなら、勝手な真似は控えるでしょうから」

「なるほど」《ビル爺》は立ち上がった。「ボトルはいただいていきますよ。来栖さんのお話が本当なら、面倒なことになります。ガソリンが必要なようです」

《ビル爺》はワイルドターキー、アメリカ人のガソリンを摑み上げた。開拓時代から、バーボンこそが心の燃料らしい。

「お会計を」《ビル爺》はボトルを手に、バーテンダーへ話しかけた。来栖の方を向く。「その日本人の燃料は奢《おご》らせていただきます」

「どうも」ジンジャーエールのグラスを、来栖は掲げた。「恐縮です」

軽く頭を傾け、《ビル爺》は立ち去った。薄暗い店内から、外が見える。道路に陽炎《かげろう》が揺らぐ。

「じゃあ。おれもそろそろ」来栖は立ち上がった。「いつもお世話になります」

バーテンダーは答えなかった。無言で、一礼しただけだった。

店を出た。アスファルトが溶けそうだ。ジンジャーエールも、ボトルでもらったらよかったかも知れない。諦めて、歩を進める。

ブリーフケースから、スマートフォンを取り出した。履歴を探す。

中国・張偉龍。

「何だ？」ぶっきらぼうに、張が出た。来栖は日陰を探した。洋風雑貨屋の隣に、狭い路地がある。陽は当たっていないようだ。

「例のスパイ狩り」来栖も即座に切り出した。路地に入る。「アメリカが、北犯行の線で動き始めたらしいぞ」

「どこから聞いた？」

こちらも喰いついた。来栖は後悔した。路地は、却《かえ》って蒸し暑かった。「言うわけないだろ」

「証拠はないのか？」

「自分で調べろ」

「おれは、見返りの要求がない情報を信じない」

「こいつは貸しだ」今は、北朝鮮に対する疑念を植えつけるだけでいい。「お前らは捨てられたんだ。北は本格的に、米韓へ乗り換えるつもりさ。熱い告白が続いてたからな。口説き落とされても仕方ない。中国は、もう用済みってことだ。つらいな、失恋は」

北朝鮮を堂々と支援している大国は、中国のみだ。ロシアは冷戦後、立場を曖昧にした。米韓は最大の敵だった。過去形となったが。

「現在の北朝鮮にとって」来栖は続けた。「アメリカや韓国との友好は、今でも最重要課題だ。大きな進展は見られないが。このまま停滞し続けるはずもないしな」

張の声は平静なままだった。「借りはどう返せばいい？」

「北の工作員に手を出すな」来栖は告げた。「事態を鎮静化しろと、上司から仰せつかってる。分かるだろ？　お互い、辛い宮仕えなんだ。当面は中華街のど真ん中で、青龍刀振り回したりしなけりゃそれでいい。手下のガキどもを教育しろ。紳士的にふるまえ、と」

来栖は電話を切った。ブリーフケースへスマートフォンをしまい、蒸し暑い路地から出る。この気温だ。湿度だけでも低い方がいい。

米中ともに乗ってくる。来栖は確信していた。

10　一六：一二

来栖はタクシーを探した。

気温は下がる気配がない。今夜も熱帯夜になるだろう。

人通りは多い。タクシーは見当たらなかった。車自体が少ない。今日の元町は、歩行者天国ではないようだが。

スマートウォッチが震えた。手首を見る。電話着信。熊川だった。

店舗の前は避け、歩を止めた。再度、スマートフォンを取り出した。「おれだ」

「防衛省の石神ですが」単刀直入だが、呑気な口調。「仰《おつしや》るとおり情報本部統合情報本部
統合情報三課の三等陸佐です。防衛大学校卒。成績優秀。背広組ですが、文武両道を絵に
描いたようなエリートですよ。三十五歳。独身。経歴等に関して、特に不審な点は見当た
りません。ただ……」

「何だ？」

「『別班』って知ってます？」

「名前程度なら」来栖は答えた。『別班』または『直轄』とも呼ぶ。「防衛省の秘密情報機
関だろ？　旧帝国陸軍中野学校の流れを汲《く》むとか。最近、一部マスコミが話題にしたな。

本も出てたし。それくらいしか知らないが」

「これは不確かな情報なんですが、どうも石神はそこに属してるんじゃないかと」

「そんな怪しげな奴なのか？」

「来栖さん、他人《ひと》のこと言えないでしょ」あくまでも、他人事のような口振りだ。

ロシアから、積極工作を受けていた防衛省の職員。秘密情報機関に属しているという。

エージェントとして、すでにリクルート済みか。途中だったか。当初、考えていた以上に
深刻だったか。

「面倒なことになってきたな」

「来栖さんが絡んで、面倒じゃなかったことなんかないじゃないですか」熊川が笑った。

「じゃ。僕も、もう少し調べてみますから」

「ああ。助かる。こっちでも当たってみる」スマートフォンを切った。急いだ方がいい。

タクシーを諦め、電車移動にした。駅に向かって、歩き始めた。

11　一七：三四

電車移動は正解だった。

タクシーで自宅に戻り、自家用車を使おうとしていた。ならば、夕方の渋滞に巻き込まれていただろう。

海老名《えびな》市までは、乗り継ぎが続いた。徒歩移動も。目的地へ着いた頃には汗だくだった。市の中心部からは少し離れた場所。十四階建てのマンション。新右翼団体《五晴会《ごせいかい》》元代表。藤山剛士《ふじやまたけし》のオフィスが入っている。

インタフォンを押した。

「はいよ」威勢のいい声が帰ってきた。「来栖か？　今、開ける」

ドアが開いた。タンクトップに短パン。「暑い中、大変だな。まあ入れよ」

口調も顔立ちも柔和。中肉中背。動作もきびきびして、六十代半ばには見えなかった。

訪問は前もって告げてあった。

「汗臭えな」

部屋へ入った途端、藤山に文句を言われた。「この暑さです。勘弁してください」

「旨い四国の酒を冷やしてる。呑《や》るか？」

応接室に通された。空調は効いている。合成皮革のソファとガラステーブル。七百五十ミリリットルくらいの瓶が、アイスバケットに刺さっている。

「土佐鶴《とさつる》の大吟醸《だいぎんじょう》だ」藤山が説明する。「高知の酒。暑い時期は、こう冷やすのが好きでな。邪道な呑み方かも知れんが。学生時代、サークルの先輩が教えてくれた」

高知の酒は辛口だ。冷やすと、キレが増すかも知れない。「右翼サークルですか？」

「そういう言い方すんなよ」藤山が眉を寄せた。「こう暑いと、呑まなきゃやってられん。アテにはマグロの山かけがある」

まだ一日は長い。「麦茶でお願いします」

「付き合い悪いな」

ぼやきながら、藤山はキッチンに消えた。

来栖は応接室を見回した。有名な新右翼。日の丸も、勇ましい書も見当たらない。代わりに、写真が多かった。仲間と集合しているものが大半だ。時に、最近の若者と写っていたりする。藤山は笑顔で、ダブルピースだった。

現在、様々な人々と交流していることは知っていた。昔なら敵対するような団体などとも。女性とツーショットの写真もあった。左派の著名な論客だ。

藤山が、盆を手に戻ってくる。麦茶が入ったグラス。氷が浮かんでいた。意外と気が利く性質《タチ》だ。あとはガラスのぐい呑みと、マグロの山かけ。

冷えた大吟醸と麦茶で乾杯した。藤山が先に口を開いた。「宮部の婆ァ、元気か?」

宮部文子。来栖の極左情報源。「……知り合いですか?」

「昔、ちょっとな」藤山は微笑んだ。「恋仲どころか、友人でさえなかったが」

六〇年代末から七〇年代を代表する極右と極左。面識があっても不思議はない。敵としてだが。来栖との関係まで知っているとは気づかなかった。

「元気ですよ」来栖は答えた。どうして知ったのか。訊くだけ無駄だ。答えはしないだろう。業界の掟だ。「自分で、古いスカGを直すんだって張り切ってますよ」

「スカイライン?」藤山の表情が輝いた。「〝ケンメリ〟か?」

「いや。もう一個、前のヤツ」

「ああ」少し顔が曇った。「〝ハコスカ〟か。レース用のGT-R。パワー重視の実用一辺倒だろ。極左の女狐には似合いだな。米兵逃がすのに使ってたヤツ。〝ケンメリ〟の方がいいのにな。デザインもかっこいいし。で、今日は何の用だ?」

麦茶を飲み干した。「防衛省の『別班』について、教えて欲しいんですが」

「何で右翼のおれに、それを訊く?」藤山はぐい呑みを空けた。注ぎ足してやる。「しかも、引退した身の。本でも読め」

「確かに、《五晴会》は解散してますが。講演に執筆活動。各種イベントと、精力的に活動してるじゃないですか。知りたいのは、表に出ていない情報です。『別班』に関する書籍を執筆したのは、お知り合いですよね。《五晴会》に関する本も書いてた」

藤山は答えなかった。無言で、マグロの山かけに箸を伸ばす。

「オープン・ソースは必要ありません」来栖は続けた。「欲しいのは、オフレコの話です」

「無茶言うな」土佐鶴を呷る。「皆長生きしたいから、表に出さねえだけなんだぞ」

「昔は、暴れ回ってた新右翼」来栖は嗤った。「太く短く。で、いいじゃないですか」

「口の減らねえガキだ」藤山は舌打ちした。「この歳になるとな。自分の終わりが、気になり始めるんだよ。健康とか長生きとか。若い頃はどうでもよかったことが、ちょっとずつ頭をよぎるようになる。オヤジ週刊誌の特集とか読み漁《あさ》ったりしてよ」

「〝死ぬまでセックス〟ですか？」

「馬鹿野郎」藤山は大きく息を吐いた。「しょうがねえ。かなり確度の低い話だぞ。それでいいな？」

来栖は頷いた。藤山は続けた。「実質的に『別班』を率いているのは、伊原千由太って男だ。四十代前半の一等陸佐。戦前から続く政官界名門の出身。背広組でも、エリート中のエリートだそうだ。《伊原学校》なんて呼ばれてるらしい」

「《伊原学校》？」

「お前と同じだ」藤山は短く嗤った。「旧陸軍のスパイ養成学校にひっかけて、そんなあだ名がついたそうだ。違う点は一匹狼じゃないこと。優秀な側近に囲まれてる。そいつらは皆、伊原に心酔し、薫陶を受けてるって話だ。『別班』の中核をなす一団さ。そのグループを《伊原学校》と呼ぶって説もある」

「『別班』は、『直轄』とも呼ばれてましたね。幕僚長が直接指示しているとか。なら、その伊原とやらの上役がいるのでは？」

「幕僚長殿が『直轄』するんじゃなくて、されてるのかもな」藤山は鼻を鳴らした。「言っちゃあ悪いが。今の幕僚長は、歴代でも一、二を争う能なしとの噂だ。伊原なら、上司を手懐けるぐらい容易《たやす》いかも知れん。もしくは、もっと強力なバックがついてるとかな」

「例えば……」来栖は言葉を切った。「防衛大臣の岸井善太郎」

藤山は答えなかった。来栖は続けた。「『愛国者法』か。多少、輪郭が見えてきましたね」

「勘弁してくれ。おれは天寿を全うしたい。ンなもんに関わるのはごめんだ」

「ありがとうございました」来栖は微笑んだ。「大変、参考になりましたよ」

スマートウォッチが震えた。着信。表示された番号に覚えはない。藤山に断り、スマートフォンを手にする。「はい」

「来栖様、ですか？」丁寧な口調。慇懃無礼に近かった。「ロシア連邦大使館駐在海軍武官のボリス・チェルネンコと申します」

12　一九：二一

「ただいま」

志田は、横浜市保土ケ谷区天王町のマンションへ帰った。

相鉄線天王町駅の傍。電車の空調で、身体は冷えている。駅から汗ばむ距離ではない。帰途は、通勤の逆を辿《たど》った。ルートに変更なし。『別班』の伝統は、ことごとく破っている。いつものことだった。伊原の指示どおりだ。

伊原は合理的だ。単に楽でもある。近所付き合いは皆無に等しい。どんな生活をしようとも、実害はないだろう。

早い帰宅だった。最近はいつもそうだ。〝例の件〟を命じられてからは。

マンションを見上げた。十階建てだ。四階に自宅がある。賃貸ではなく分譲だった。

購入したのは五年前のこと。死んだ親父が残していた負債を一段落させた頃だった。配属のタイミングもよかった。異動した情報資料隊の駐屯地は通勤圏内にあった。お袋も、すでに亡くなっていた。

蓄えなどなかった。〝清水の舞台から飛び下りる〟とは、よく言ったものだ。そんな心境だった。それでよかった。妻も娘も喜んでくれた。貧しかったが、幸せだった。

今は貯金もある。残ったローンも返済に困ることはない。

手元にあるのは、夢と幸福の残骸だ。

四階は呼び出さず、一階のセキュリティを通過した。階段を使った。

自宅の四〇三号は、上り切ってすぐだった。インタフォンは押さなかった。ディンプル錠を差し込み、回す。朝も、自ら施錠していた。

ドアを開いた。声だけはかけた。習慣のレガシーだ。

まるで一人暮らしだ。家の中に、妻がいることは分かっている。セキュリティ解除を依頼しても。インタフォンを押しても。携帯等で連絡しても。反応があることはない。帰宅ごとに出迎えられたのは、何年前のことか。

中に入った。三LDKだった。無人のようだ。

志田の書斎に入った。寝泊まりも、同室で済ませている。スーツを脱ぎ、丁寧にタンスの中へ。皺《しわ》一つつけなかった。若い頃の訓練が習慣化していた。

厳しい教官がいた。その目を盗もうとする悪い仲間も。あの頃に戻れたら。考えない日はない。

下着や部屋着、タオルを手にし浴室へ。シャワーを浴びた。機械的に身体を洗った。

キッチンに入り、冷蔵庫を開けた。缶ビールが冷えている。志田の好きな銘柄だ。ラップに包まれた夕食もある。電子レンジで温めれば、すぐに食べられる。炊飯器内では、白米も炊けているだろう。毎日のことだ。テーブルに着き、手を合わせた。

「いただきます」

聞こえているのか、いないのか。これも習慣だ。

料理を電子レンジへ。デミグラスソースのハンバーグ。娘の大好物。缶ビールを呷る。

今日の昼食は豪勢だった〝南米原産野菜のトルコ風サラダ《チョバン・サラタス》〟〝ナイルパーチのポワレ〟〝七面鳥の油淋鶏《ユーリンチー》〟〝干し鮑《あわび》入りのクスクス〟〝紅まどんなのジェラート〟。

シャンパンに続いて、赤と白のワインも出た。かなり呑まされたが、酔いはまったく感じなかった。

キッチンからは、三つの居室が見える。左端の和室は夫婦の寝室だった。今は、妻が一人で使っている。右端が志田の書斎兼寝室。真ん中が娘の部屋だった。「洋室でなきゃ、絶対に嫌」「絶対にフローリングがいい」娘の未悠《みゆ》は言い張った。可愛くて仕方なかった。躾《しつけ》は厳しくしたかったが、無理だった。三十代後半になっていた。遅くにできた子どもだ。妻から、娘に甘いと叱られることも度々あった。

ノックもせずに、ノブへ手をかけた。そっとドアを開く。怒る娘は、もういない。娘の部屋でさえなかった。

仏間だ。

暗い部屋。仏壇の前で、妻の友恵《ともえ》が手を合わせている。何事か呟き続けているが、聞き取ることはできない。視線は一点に集中している。未悠の遺影へ。

朝出かけるときも、同じ姿勢だった。家事全般を、妻は完璧にこなす。炊事に掃除、洗濯や買い物等。いつ行うのか。いつ寝ているのか。いつ食事を摂っているのか。何も知らなかった。この状態しか、ここ三年見ていない。

目覚めると、妻は仏壇に向かっている。朝食は準備済み。帰宅すれば夕食もある。志田の就寝時も同じ体勢だ。仏間で正座し、呟き続けている。

やめさせようとしたこともあった。その度に修羅場となった。もう諦めている。

今日も、夕食は志田一人で摂る。何年も、食卓を共にしていなかった。会話もない。夫婦としては、破綻しているのだろう。

いつから。三年前、未悠が死んでからだ。当時、中学一年生。地元の公立に通っていた。未悠の死は事故とされている。実際には被災だ。台風上陸の際、増水した川に転落した。当該台風の犠牲者は、未悠一人。誰に顧みられることもなかった。慰霊碑も鎮魂歌もない。小さなお地蔵様を設置しただけだ。

娘を奪った台風。記録的な規模ではなかった。最近の被災状況から鑑みれば、軽い方だといえる。誰も、発生時の日付や番号など覚えていないだろう。犠牲者がいたことさえ。

なぜ、娘は死んだのか。志田は状況を探った。未悠が被災した箇所は、以前から危険性を指摘されていた。地元住民の反対により、対応が遅れていた。

地価が下がる。用地買収の提示額が低い。工事で、生活の利便性が疎外される等々。

娘の死後も、特別な見直しはなされていない。

お地蔵様の設置さえ、阻もうとする動きがあった。イメージが悪くなる。生活の平穏が奪われる。気味が悪いその他。何とか説得した。何度も頭を下げて。

娘は、軽い障がいがあった。脚の長さが違う。右が少し短かった。常時介護が必要なほどではないが、女の子だ。コンプレックスを持って欲しくなかった。未悠は明るく元気な少女に育った。志田と妻の努力。少し我は強かったが、思いやりのある娘だった。

娘は、障がいに負けなかった。学校でも皆に溶け込み、明るく過ごしていたという。未悠の親友という少女からの情報だ。

志田は思い出す。社会科の授業で、自由研究による発表があった。娘が選んだ題材は、『自衛隊の災害派遣』だった。

娘から取材を受け、面映《おもは》ゆかった。真摯に語ったつもりだ。災害の恐ろしさ。防災の重要性。今後の課題。何より強調したかったのは、復興を目指す人々の血が滲《にじ》むような努力だった。被災者にボランティア。行政、消防、警察。そして自衛隊。

発表は成功したという。多くの生徒が感動し、拍手も起こったそうだ。嬉しかったことを、志田は覚えている。

未悠はいつも、気丈に登校していた。弱音を吐くことはなかった。

被災した日。未悠は、たまたま一人で下校していた。暴風雨の中、歩きにくい足を懸命に動かしていたことだろう。

そして、増水した川に落ちた。死因は溺死《できし》。

市教育長始め校長や担任。皆、弔問に訪れた。口調は丁寧だったが、虚《むな》しく聞こえた。学校及び教育委員会に責任はない。そう言っているだけのようだった。

誰を憎めばいい。何に復讐すれば。人気取りにしか興味のない政治家か。危険地帯を野放しにしていた行政か。対策に反対した住民か。責任逃れに終始する学校や教育委員会か。

それとも、娘を救えなかった自分自身か。

大志を抱いて、奉職したわけではない。それでも厳しい訓練に耐え、有事には命を捧げる覚悟もできていた。必要とあらば、戦闘行為も躊躇《ちゅうちょ》しないつもりだった。

災害派遣時には、心身を酷使した。限界を超えるまで。人の役に立った自負もある。

なぜ、障がいを持つ娘一人救えなかったのか――

妻のことばかり言えない。未悠の死後、自身も寡黙な石となった。人付き合いは絶った。

職場でも、近所でも。豪放磊落と言われた体力自慢の自衛官。昔の志田は消えていた。

仏間に座り込むようになってから、妻の涙は見ていない。志田も泣くことはなくなった。

互いに、涙さえ涸《か》れ果てたか。

我々は戦争を行っている。

敵は諸外国ではない。誰もいない海に落ちる北朝鮮のミサイル。週末の暴走族よろしく、
無人島近海を航行する中国艦船。飽きもせず、積極工作を繰り返すロシア諜報員。

何の脅威でもない。放っておけばいい。

戦うべき相手は災害だ。

交渉は通用しない。休戦も終戦もない。勝利も戦後賠償もない。

台風に豪雨、地震その他。絶え間なく襲来し、甚大な被害を与えている。毎年のように。

近年では感染症対策も重要だ。

政府の対応は呑気そのものだ。不幸な事故程度にしか考えていない。諸外国を仮想敵国
にすれば、人気が上がる。災害は後手に回るしかないため、政治家のポイントとならない。

下手な対応をすれば、逆に命取りだ。触れないに限る。

日本の国土は世界の〇・二五%。自然災害による被害総額は、全世界の一五%から二〇%を占めるといわれている。異常な数値だ。

我々は最前線にいる。敗走を続けるしかない地獄のような戦線において。

災害や感染症で亡くなった者は皆、英霊だ。彼らの犠牲が未来を拓く。そう信じている。

伊原に着目されたのは、その頃だった。

独自のアンテナが、伊原にはあるのだろう。志田の心情をキャッチしたかのようだった。普段は隠している。災害に対する異常な執着。やり場のない敵愾心《てきがいしん》。

「国防最大の課題は、災害といえます」見透かしたように、伊原は告げた。「まさしく、我が国は〝災害大国〟。仮にも防衛省を名乗る以上、国民にもっとも被害を与えるものと敵対しなければなりません。ですが、諸外国の動向も見すごすことはできないのです」

伊原は冷静沈着だった。紳士的でもある。口調だけが熱かった。「そのためには、強力な情報機関が必要です。情報を事前に察知して、政府に報告。対策を促します。専守防衛を旨とする自衛隊では、対応するにも限界がありますから。そのうえで、我が省は災害対策に集中していく」

志田は、伊原の視線をまっすぐに受け止めた。この男ならば、自分の〝無念〟を晴らしてくれるかも知れない。

「志田さんのような優秀な情報官」伊原は続ける。「そういう方には、是非ともご参加いただきたいのです。諸外国に対する徹底した情報収集。災害対応への後方支援ともいえるでしょう。戦前や戦時中は〝防諜〟と同義で、〝後方要員〟という言葉が使われていたぐらいですから」

「はい」直立不動のまま、志田は返事をした。

「安心して暮らせる国づくりには欠かせないものです。そのための構想を、いくつか私は考えています。決して、志田さんを失望はさせません、協力していただけますね？」

「了解しました」頭で考える前に答えていた。「私でお役に立つのであれば」

「ありがとうございます」伊原は、軽く頭を下げた。「……ですが、それだけでは不充分なのです」

志田は、伊原を見た。口調に少しだけ、厳しいものが混ざっていた。「地震や風水害が、毎年のように相次ぐ我が国の現状」

伊原の表情。目の色に、微《かす》かな変化があった。冷たい炎を帯びたような。

一拍置いて、言葉が紡がれる。「そうした日本の災害につけ込もうとする不逞な輩が、出てくる可能性もあります。ですが、自衛隊は災害対応が急務。人員も大きく割かれるでしょう。専守防衛という足かせも。組織全体としては、人命救助その他の対策に当たらねばなりません」

はい、とだけ志田は答えた。伊原の意図が読めない。

「災害対策へ集中するためには」伊原は続けた。「あらかじめ、排除しておくべき敵がいることも事実なのです」

「排除……」

「志田さんは、〝中即連〟にも所属していましたね。射撃の成績も優秀だったとか」

「……いえ、それほどでは」

「謙遜は不要です」表情は柔らかい。口調は断固としていた。「志田さんには、一歩踏み込んだ対応をお願いしたいのです」

「………」

「内密の〝状況〟です」〝状況〟は作戦を意味する。「防衛省及び自衛隊による公の任務ではありません。表彰どころか、何の論功行賞もない。他人に話すことさえ不可。全て極秘裏にお願いします。ですから成功しても、何も報いることができない。志田さんの使命感だけが頼りです」

伊原は微笑している。志田は思わず問うた。「それは、具体的にどのような……」

「実力行使です」

具体的に、どう返事したかは覚えていない。了解したことだけは確かだ。

〝構想〟の一つが、岸井防衛大臣提唱の『愛国者法』だ。内容の素案は、伊原が作った。並行して、志田に〝スパイ狩り〟を命じた。可決の後押しになると説明して。

法案が通れば、日本人の意識も変わる。情報収集体制は整い、多くの自衛官が災害対策に集中できる。防衛省の権限は強化。国の体質も変わっていくだろう。保身しか考えない政治家。権力に媚びを売る官僚。自身の利益のみに執着する財界。エゴ丸出しの地元住民。事なかれ主義の学校や教育委員会。

皆、進化を遂げるだろう。

志田は、行政には同情的だった。問題が多々あることは分かっている。それでも、だ。

一人の県庁職員が自殺している。娘が死んだ箇所の災害対策を担当していた。庁舎内で首を吊った。事業進捗《しんちょく》の遅れを気に病んでといわれている。娘の死を、真剣に受け止めた唯一の人間。若い男性だ。まだ新人だった。

娘や彼の死を無駄にしないためにも。

すべて正しい方向に統制していく。そのためなら何人でも殺す。外国人スパイに日本人売国奴。邪魔をする輩は、全員。

伊原から預かった二挺の拳銃。書斎に隠してある。中央即応連隊を離れてから、時間が経つ。練度が落ちていた。銃器の扱いに再度、慣れる必要があった。何度も訓練した。

隠密裏の状況。防衛省の施設は使えなかった。相鉄線の傍。帷子川《かたびらがわ》の畔《ほとり》に向かった。雑草で荒れた河原が練習場だった。人通りはない。減音器で落とされた銃声。通過する電車が、さらに隠してくれる。

伊原が与えてくれた任務。志田にはうってつけだった。頬が緩む。

ビールのためか、ゲップが出た。幼い頃を思い出す。

小学生のときだ。ある女子が、授業中に大きなおならをした。志田も含め、男子は囃《はや》し立てた〝臭え〟〝屁こき女〟〝毒ガス発射〟等々。女子は泣き出した。

担任の若い女性教諭は、囃した男子を黒板前へ一列に並べた。立て続けに、往復ビンタを浴びせた。唇が切れる者や泣き出す者もいた。志田も涙目になった。

女性教諭は一喝した。「貴様らは、それでも人間か！」

当時でも充分、問題だっただろう。女性教諭の体罰を、親や学校へ言いつける者はなかった。不思議なことだ。

体罰は許されない。それでも考える。

〝人間か！〟という言葉が忘れられなかった。誤った感じ方かも知れない。あのとき、志田は一つ大人になった気がする。あの女性教諭は、何という名前だったか。

仏壇へ向かう妻は、そのままにした。娘の部屋。志田は、そっとドアを閉めた。

13　二〇：〇七

ロシア人は呑気だな。

来栖は腕時計を見た。待ち合わせは二〇時だった。向こうが指定した。

六本木のこぢんまりしたレストランに、来栖はいた。奥に、一つだけある個室で座っている。ロシアの家庭料理専門店だ。

店名は《イダー》。ロシア語で食事を意味する。表の黒板に記されていた〝本日のウージン《タ食》〟。冷製ボルシチをメインとしたコースだった。

木製のテーブルに白いテーブルクロス。椅子も木製。四人がけだ。空調は効いている。店内は、ほどよい混み具合だった。カウンターはなく、テーブル席が数脚。長細い構造だ。穏やかなロシア民謡。明るすぎない照明。落ち着いた雰囲気を醸し出していた。家庭的でもある。

奥の個室は、BGMがカットされていた。軽く首を回す。少々待ちくたびれてきた。

ノックとともに、男が入ってきた。来栖は視線を向けた。

「お待たせいたしました。ロシア連邦大使館駐在海軍武官」ロシア連邦軍参謀本部情報総局。GRUの大佐とは名乗らなかった。「ボリス・チェルネンコでございます」

ロシア人といえば、熊のような大男を想像する。日露戦争の頃からあるイメージだ。偏見にすぎないかも知れないが。

チェルネンコは違った。年齢は五十歳前後。小柄で、頬がこけている。貧相な外見はネズミを思わせた。大柄なドブネズミではなく、キッチンを這《は》い回るイエネズミ。ダブついて見えるグレーのスーツが、さらに印象を暗くしていた。物腰からも、姑息な太鼓持ちにしか見えない。

来栖は訊いた。「どうして、直接連絡してきた？」

「宮部文子様からのご依頼では、お断りできません」流暢な日本語だった。電話と同じく、口調も丁寧だ。「あなた様とは、長いお付き合いになりそうでございますし。加えて、親密で深い関係を築かせていただきたいと考えておりますもので。宮部様にご無理を言って、ご連絡先まで教えていただきました」

チェルネンコは上目使いで微笑んだ。覗き込むような視線。媚びを売るごとく、下から見上げるのが癖らしい。性格を表しているのかも知れない。

連絡先は交換するつもりだった。手間が省けた。

「ウォトカでもいかがですか？」態度は卑屈にさえ見えた。上司からパワハラを受け続けた営業マンのようだ。「逸品でございますよ。ロシア産の純正です。欧米のメーカーが、アジアにある工場で造らせた代物とは違います。冷凍庫に入れて準備しておりますが」

「結構だ」まだ用件が残っている。

「お料理はいかがですか？　素朴な家庭料理でございますが。日本人のお口に合うよう、味も調整させていただいております」

「悪いが、満腹でね」

「では、失礼して。私は」

チェルネンコが、テーブル隅のベルを取った。銀色で、振ると澄んだ音がした。

タキシード姿の店員が現れた。若いスラブ系だった。手にした銀の盆には、凍りついたウォトカが載っている。

「一人で来たのか？」店員が去ってから、来栖は訊いた。「不用心だな。怖くないのか？」

「ここには、あなた様がいらっしゃいます」上目使いの微笑。「無敵の《クルス機関》様が」

嘘だ。GRU大佐が一人で、他国諜報員と会ったりしない。外に護衛を待たせている。媚びるような視線を向けてくる。一見卑屈な人間が、もっとも油断ならない。

「あんたは、レポート・オフィサーなのか？」来栖は続けた。「モスクワに、情報を分析して送る将校だと聞いているが」

「今は、そんな役職ございません」揉《も》み手でもしそうな調子だった。「それはKGB時代、旧ソ連のお話です。現ロシアは体制が違っております。それに私、そんな〝重役〟ではございません」

「今度の件、ロシアはどう考えてる？　日本国内で、ロシア人が二人も殺されているが？」

「もちろん、調査は進めております」チェルネンコは自らウォトカを注いだ。「ですが、殺人でございますので。基本、日本の司法へお任せしようかと。前任者コサチョフの件はもちろん、ペトロフさんも。特に、後者はただの観光客でございますから。中国への報復も考えてはおりません」

「観光客はともかく。コサチョフの件を放ってはおけないだろう。どうする気だ？」

チェルネンコは、おもねるように微笑んでいる。「平和裏かつ合法的に、解決を」

否定も肯定もしない。「すでに〝ルビヤンカ〟が動き始めているとか？」

「ご冗談を」グラスを口に運ぶ。舐《な》めるような呑み方。「以前は〝暗殺の聖地〟みたいに言われておりましたが。旧ソ連国家保安委員会《KGB》本部もございましたし。ですが、昔の話でございます」

「今でも、ロシア連邦保安庁《FSB》の本部があるだろ？　〝ルビヤンカ〟の毒物研究所も場所だけ変えて、健在だと聞いてる」

「シアン化合物のカプセルを空気銃で撃つ。で、ございますか？　お戯《たわむ》れを」

「時代遅れか？」来栖は嗤った。「ロシアでは、殺人ビジネスの民営化が進んでるとか」

チェルネンコの表情は変わらない。目の奥を覗き込んだが、何も読み取れなかった。

「コサチョフの死体。傍には、キリル文字のカードが残されていた」来栖は続けた。「知ってたか？」

「初耳でございますね」チェルネンコは、軽く頭を傾けた。顔に感情は表れていない。「情報提供、恐縮に存じます」

違う。チェルネンコは、カードの件を知っている。ロシアも、警視庁にチャンネルがある。来栖は短く息を吐き出した。「〝スパイに死を〟。暗殺機関〝スメルシュ〟の語源だな」

「〝スメルシ〟」チェルネンコは、違う発音で繰り返した。「それは、小説や映画の話でございます。実際は、スターリン直属の警察部隊。脱走兵や敗北主義者、敵国に加担した兵士等を追っておりました。失礼ですが、ご存知かと。何の悪ふざけがしたかったのか。恐らく意味などございません」

確かに意味はない。悪ふざけか、攪乱か。来栖は後者だと睨んでいた。

「私、所属が違いますが。GRU本部は」白々しい嘘。チェルネンコの笑みが大きくなる。「モスクワで〝水族館《アクヴァリウム》〟と呼ばれております。全面ガラス張りの建物でございまして。現ロシア政府の透明性を象徴しておるのですよ。来栖様も是非、一度お越しください」

「遠慮しとくよ。帰れなくなったら困る」

「またまた。ご冗談を」

来栖とチェルネンコは、微笑を交わし合った。

「アメリカと中国は」来栖は話題を変えた。「北朝鮮の線を洗い始めたそうだが」

「ほう」感心したように頷く。「それも初耳でございます」

「呑気だな。放置してたら、冷凍庫のウォトカが噴き出すぞ」

「脅かさないでください」両腕を抱える。「小心者なんでございます。あなた様とお会いするだけでも、しらふでいられないほど緊張しておりまして」

「北にしてみたら」来栖は薄く微笑った。「アメリカや韓国が、我先にすり寄ってきてたんだ。おたくらなんか物の数じゃないだろう。昔の恩も忘れて当然。冷戦ははるか遠くとなりにけり、か」

「寂しい話でございますね」チェルネンコはウォトカを舐めた。「何がお望みです？　無料《タダ》で、そんな情報を下さるわけございませんよね」

「協力し合わないか？　互換関係にある情報体制の構築。硬い言い方すれば、そうなるかな。平たく言えば、お互いのため。情報《ネタ》やり取りしてウィンウィンでいこうってことさ。手始めに、北朝鮮のフロント企業について調べて欲しい。都内にあるそうだ」

北のフロント企業。代理会社《カヴァー・カンパニー》とも呼ぶ。東京に存在する。高見からの情報だった。

「さようでございますか。さっそくお調べいたしましょう」

すでに掴んでいるかどうか。表情からは窺えなかった。「あと、コサチョフ。あんたの前任者が防衛省職員に、積極工作を仕掛けてたそうだが？」

「そのようなことが、行われていたのでございますか？」大げさに驚いて見せた。

「芝居が上手いな」来栖は鼻で嗤った。「もう引き継いでるんだろ？」

「本当に初耳でございます。コサチョフは、突然の不幸で神の御許に召されたのですから」

「共産主義は無神論じゃないのか？」

「古臭い嫌味を。私もコサチョフも、神を信じております。現代的ロシア人でございますから。無宗教なのは、日本人の方でございましょう？　で、それを中止しろとおっしゃるのですか？」

「逆だ。リクルート済みか、途中か知らんが。続けて欲しい」

「ほう」初めて顔に変化があった。わずかにだが。卑屈な目に、微かな警戒が交ざる。何度か瞬《まばた》きを繰り返した。「それは、どういうことでございますか？」

「知ってると思うが、日本の情報機関は一枚岩じゃない。一元化が建前でも基本、各組織がバラバラに動いてる。公安警察と防衛省なんて外国の組織みたいなもんだ」

「ライバルの情報は摑んでおきたい。そういうことでございますか？」

「それだけじゃない。おれはお巡り。殺人犯は放置できないんだ。その防衛省職員が追い詰められた挙句、コサチョフを殺《バラ》した。口封じのために。その線は捨て切れない。単に逆ギレしただけかもな。あんたたちにとっても悪い話じゃないだろ？　真犯人が分かるんだ」

「なるほどでございますね」チェルネンコは何度も頷いた。「結構でございます。ですが、私は把握していない事柄でございますので。お調べしまして、お返事いたしましょう」

あくまで、とぼけ続ける気のようだ。来栖は席を立った。「頼む」

「来栖様とは、良好な関係が築けそうで安心いたしました」チェルネンコは右手を差し出してきた。「今後とも是非、よろしくお願い申し上げます」

「よろしく」来栖は、相手の手を握った。

部屋を出るまで、チェルネンコの視線が外れることはなかった。

14　二〇：五三

真夏の六本木《ろっぽんぎ》は、夜も賑《にぎ》やかだった。

様々な年代の人々。金持ちが多いように思えた。加えて、高級な車の群れ。

街の灯りとヘッドライト。クラクションに嬌声。気温と人の熱気が、らせんを描く。

来栖は電車で来ていた。都内に、まだ寄るところがある。

数分歩く。追尾に気づいた。気づかされたというべきか。公安捜査員が本気で追尾してきたら、容易に察知はできない。ふり返った。

「神奈川が、他人の縄張りで何してる?」

中年の男がいた。来栖よりは年上か。濃い色合いのポロシャツとスラックス。整った髪。中肉中背。特徴のない顔立ち。眼鏡も地味だ。表情は消されていた。典型的な公安捜査員。それも《作業員》だ。

「都道府県警間の縄張り破りなんて、珍しくもないだろ?」来栖は鼻を鳴らした。「特に内偵時は。お互い様のはずさ。あんたは?」

男は名刺を差し出した。柿崎博史《かきざきひろし》。警視庁外事一課第四係長。警部。

警察官同士は名刺のやり取りをしない。バッジ型警察手帳。身分証を提示すれば済む。

「外事一課《ソトイチ》の四係」来栖は名刺をかざした。「ロシア担当か。おれの名刺もいるか?」

「もらおう」柿崎は微笑った。「有名な《クルス機関》の名刺だ。プレミアがつくかも」

「おだてても、何も出ないぞ」来栖も名刺を渡した。交番異動前に作っていたものだ。ほかの公務員同様、私費負担だ。「先刻の店では土産も持たせてくれなかった」

隠しても無駄だ。店を出るところから見られている。

「ロシア料理店《イダー》」ぶっきらぼうだが、喧嘩《けんか》腰ではない。嫌味もなかった。冷静な男。今夜は、油断のならない輩が続く。「チェルネンコと会ってたな?」

来栖は答えなかった。柿崎が続けた。「答えは結構。話さないのは分かってる。神奈川《そちら》も中華街の件があるしな。遠路はるばる上京してくださったんでね。ご挨拶しておこうと思っただけさ」

警告。神奈川《おまえら》の動きはお見通しだ。顔認証システムで、特定の人間が都内へ入ることは確認できる。電車移動でも、車を使おうと同じ。ただし、警視庁公安部でも全ての出入り把握は不可能だ。特定の人物のみ狙っていたのだろう。

都内で発生した二件のスパイ狩り。飛び火するように起こった中華街での一般観光客殺害。警視庁は神奈川県警、特に公安の動きへ目を光らせている。

数ヶ月前。連続爆破事案では、警視庁公安部公安一課の捜査員が拳銃自殺している。来栖の眼前で起こった。柿崎との関係は不明だ。遺恨を持っていても不思議はない。

「心配するな」柿崎は微笑した。来栖の考えを読んだように。「例の件は、何とも思っていない。あいつは嫌な奴だった。《テロリスト・ハンター》だって鼻にかけやがって」

少し耳元に近づいてくる。「……だが、気をつけた方がいい。警視庁《うち》には相当、あんたを恨んでる奴がいるのも事実だからな」

「ご忠告どうも」来栖は鼻を鳴らした。「最近は、《ドメ公》も存在感薄くなってイラついてるんだろ」

ドメスティック公安。日本国内の公安捜査活動だ。警視庁の場合、公安一課を指す。極左過激派も、高齢化と組織衰退が進んでいる。《ドメ公》も一時期のような勢いはない。

「まあ。お巡り同士だ。それも公安のな。上京するときは、連絡くれると助かる。それくらいの仁義を切っても、バチは当たらねえだろ？　〝二重橋〟くらい案内してやるぜ」

柿崎は、古い演歌を口ずさみ始めた。歌詞に〝二重橋〟が出てくる。来栖よりは年上だろうが、大差ないと思っていた。少なくとも、島倉千代子《しまくらちよこ》に熱中していた世代ではない。

来栖は答えた。「期待してるよ」

歌うのをやめ、柿崎は口元を歪めた。来栖は踵を返した。

次の用件。刻限が迫っていた。

15　二二：三四

部屋に入った途端、男の泣き声が耳を聾《ろう》した。

下手な芝居だ。

夜の秋葉原《あきはばら》。外は、うだるような暑さが続いている。カジュアルホテル《ファンシー・ラブランド》の一室。キムと連れ立って、来栖は飛び込んだ。

冷房の効いた室内は、気温も雰囲気も凍りついている。ピンクの電飾。若い男が、回転ベッドの横でうずくまっていた。線が細く、透き通るほど肌も白い。典型的な優男。十代でも通るほど、若々しく見えた。両腕で顔を覆っている。鼻から赤いものが垂れていた。

奥には、女。背が高く、病的に痩せている。身体にバスタオルを巻いただけの姿だ。キムが、すかさず写真を撮る。女が何事か叫んだ。やめろとでも言っているのか。正確には分からない。韓国語だったからだ。

女は趙水麗だった。大韓民国国家情報院。ＮＩＳの諜報員。

「どうしたの？」キムが、男の横に屈《かが》み込んだ。猫撫《な》で声。「何かあったの？」

「僕、何もしてないのに、あの女の人が……」棒読み。裁判では、証拠として採用されないだろう。「……いきなり殴りかかってきて……」

男が顔を上げた。鼻から赤い筋。キムが、すかさず写真を撮る。

来栖は、男の名前を知らない。青い全身タイツを着ている。身体にぴったりだ。ウェットスーツに近い。源氏名は〝シン太《た》〟。衣装は、ＳＦアニメ《魔装機兵デビルズ》の主人公と同じものだった。深夜枠で放送開始。瞬く間に、世界中のヲタもといアニメファンを熱狂させた。

〝シン太〟の勤務先は、アニキャラ・カフェ《あなたのコンシェルジュ》だった。店員は全員、人気アニメキャラのコスプレ姿で女性客を接待するそうだ。

問題は、気に入った従業員を店外に連れだせることだ。裏オプは本番まで。完璧な違法店。一応、公僕だ。警視庁へ報告する必要がある。一度だけ使わせてもらうことにした。

「違う！」趙が叫んだ。日本語だった。「その子が後ろから話しかけてきた。ふり返ったら、急に顔を押さえて悲鳴……」

来栖とキムは、顔を見合わせた。お互い、笑いを堪えるのに必死だ。

「……そうか」地の底から響くような声を、趙は絞った。呪詛《じゅそ》に満ちていた。「……あんたらの仕業ね。そんな写真、何の証拠にもならないわ。男の鼻血を見なさい。あんなケチャップ丸だしの血のりがあるわけない！　こんなちゃちな仕掛けで、我が国や我が機関は騙せないからね」

ハニートラップは好きではない。簡単だからだ。性癖をコントロールできない諜報員は、失格といえた。嵌《は》めるのも、容易すぎて面白味に欠ける。今回主導したのは、キムだった。

「パンチョッパリが、日本の公安ごときに懐きやがって。民族の誇りを失くしたか!」

云々と、何時間にも亘ってネチネチやられたらしい。

「あのマッコリ婆ァ」同じ民族とは思えない暴言を吐きながら、キムは激昂《げきこう》した。「煮えたぎったわかめスープに、厚化粧の顔突っ込んでやる!」

罠の大半は、キムが準備した。相当、憤慨していたようだ。金に糸目はつけなかった。趙を追尾し、いろいろと探り出した。《魔装機兵デビルズ》マニアであること。《あなたのコンシェルジュ》の常連であること。来店時は、毎回〝シン太〟を指名していること。

続いて、〝シン太〟を口説き落とす。《ファンシー・ラブランド》は、キムの親戚が東京に持つチェーンだ。五反田《ごたんだ》と池袋《いけぶくろ》にも支店がある。秋葉原店は《あなたのコンシェルジュ》御用達だ。

来栖は〝シン太〟のヘッドギアを取った。頭に被る。

「〝戦いは嫌だ〟〝戦いは嫌だ〟」来栖は、ヘッドギアの頭を傾げた。〝戦いは嫌だ〟は〝シン太〟の決め台詞だ。ネットで調べた。「〝おばさんの相手は、もっと嫌だ〟なんちゃって」

趙が掴みかかってきた。来栖は避けた。同時にキムが動く。脳天に〝かかと落とし〟を見舞った。頭を押さえ、動かなくなる。

キムは子供の頃から、テコンドーの達人。日本国内はもちろん、韓国の大会でも優勝歴がある。

「お前、女相手に〝かかと落とし〟って」

語りかけた来栖は、息を呑んだ。キムは、恐ろしい形相をしていた。

仕方ない。来栖は、うずくまる趙に近づいた。「まあ座れよ」

趙はバスタオルを巻き直す。大きく息を吐く。ベッドに腰を落とした。

「いいか」隣に来栖も座る。「日本の美少年アニメ沼にハマって、違法店へ出入りした。その段階でお前は諜報員どころか、韓国人として終わってるんだよ。おれたちがこの件を公表すれば、お前だけじゃ済まない。一族郎党、祖国に居場所はなくなる。分かるな？」

趙は微かに頷いた。来栖は続けた。

「おれの言うとおりにしろ。まず、キムから手を引け。そして、明日になれば、米中露からお前のところへ問い合わせが殺到する。おれの言うとおりに答えろ。ひらがな一つ間違えたら、地球の果てまで逃走する羽目になるぞ」

趙が顔を上げた。表情全体に諦念の色があった。全面降伏だ。「どう言えばいい？」

来栖は説明を始めた。

「はあ。スッキリした」

キムは満足気だった。秋葉原の外れ。来栖と、アメリカンスタイルのビアホールにいた。

丸くて高いテーブル席に、丸くて高い椅子。ともに木製だ。基本、外国の瓶ビールしか扱わない。アテはポップコーンのみ。BGMはアメリカのオールディーズだった。満席に近かった。空調の効きは今一つだった。真夏の夜だ。温度を下げていないとも思えない。人が多すぎるのだろう。

「まずは乾杯」

来栖はハイネケン。キムはバドワイザーだった。二つの瓶が、軽やかに触れ合った。

「でも、おれ思うんだけど」キムはポップコーンを頬張った。「北朝鮮ならともかくさあ。韓国のNISが手を伸ばしてくるなんて。そんなに、おれたち在日が羨ましいのかな」

「ん？」

「おれん家《ち》の商売なんか大したことないけど。日本を裏で動かしてる黒幕にはさ。在日が多くいたじゃん。昭和の頃とか。金村佐蔵《かねむらすけぞう》や《クイーン聖玉《せいぎょく》》なんかだよ。未だに偏見があるのかな？　金持ちのくせにみたいな。パンチョッパリとか馬鹿にしつつもさ。そんな時代じゃないのに」

「金村は死んだんだったな。《クイーン聖玉》も最近は聞かないが」

金村佐蔵。名前と基礎データぐらいは、来栖も知っている。

戦前は、満州から朝鮮半島で権勢をふるった。戦後は、昭和最大のフィクサーとして君臨した人物だ。大陸及び半島では、《金村機関》と呼ばれる組織を率いた。満州の阿片や、朝鮮半島北部開発による利権で荒稼ぎしたという。敗戦時には有力政治家や資産家たちと、潜水艦で帰国した云々の噂もある。

戦後の権勢は、《金村機関》によって生み出された資金が元手になっているという。

コリアンだが、本名や詳細な素性は不明。一九八九年、昭和の終焉《しゅうえん》とともに死亡。

《クイーン聖玉》。本名：朱聖玉《チュ・ソンオク》。

パチンコにカジュアルホテル。焼肉、タクシー等の一代チェーンを経営・展開。在日コリアン社会を裏で支配してきた大物だ。来栖の記憶が確かなら、今年八十八歳のはずだ。

昭和から平成にかけて、日朝関係の各局面で名前が挙がる。八〇年代まで続いた北朝鮮への帰国事業。九〇年代からゼロ年代には、政治家による訪朝団。対北朝鮮外交には欠かせない女性フィクサーだった。

聖玉の権勢は若い頃、戦後期に始まる。金村から目をかけられたことに、端を発する。

「知ってる？　金村佐蔵が朝鮮半島北部、今の北朝鮮にお宝埋めてるって話」

「まゆつばだな」来栖は短く嗤った。「戦後七十数年。そんなもんが本当に実在したら、とっくに北が掘り出してるさ」

「それがさ」キムは真剣だ。「金村は、その地図を《クイーン聖玉》に渡してるんだって」

「まさか。その朱聖玉自身が、今どこにいる？」

「《クイーン聖玉》は武蔵小杉《むさしこすぎ》にいるよ」

「何？」平然と答えるキムに、来栖は言った。「ああいう大物は、京都か鎌倉《かまくら》で隠遁《いんとん》生活だろ？」

「古いよ、来栖さん。武蔵小杉で、一番デカいタワマンの最上階に住んでるって。元々、あそこの再開発自体、聖玉が裏で糸引いてたって話だし」

「じゃあ、この間の台風で大変だったんだな」

先月の大型台風で、東日本各地は甚大な被害に見舞われていた。武蔵小杉も、だ。

「マンションが特別仕様なんだって」キムは、ため息を吐いた。「世の中、すべて金次第ってこと。日本は、お先真っ暗だよ。〝失われた三十年〟だか何だか知らないけど」

「だな」

「だからさあ。今すぐじゃないんだけど」キムは少しためらった。「商売が軌道に乗ったら、おれ、日本を離れようかと思ってる。東南アジア辺りに進出しようかと」

「？」来栖は、ビールの手を止めた。「どうして？」

「日本の状況、見てよ。ヨーロッパのリストラ屋には、億単位で報酬払ってさ。介護現場で親父やお袋のおむつ換えてくれるアジア人は、安い労働力呼ばわり。奴隷かよって。どっちが貴重か、ちょっと考えれば分かるじゃん。そんな国に未来はないね。おれは、希望の土地を目指すよ」

「そうか」来栖はハイネケンを呑んだ。「元気でな」

「あれ？」キムは目を丸くした。瞬きする。「引き止めにかかると思ったけど。何か、すげえ卑劣な手とか使って。〝この世界に一度踏み込んだ奴の足抜けは許さない〟とかさ」

「おれを何だと思ってる？」来栖は苦笑した。「確かに、お前の情報《ネタ》はいつも正確だった。

一緒にいて楽しかったし、寂しくはある。だが、お前は自分からやって来たんだ。去るときも自由さ。それに――」

「何？」

「嫌がる奴に無理やり言うことを聞かせる方が、おれは好きなんだ」

「はあ」キムは大げさに息を吐いた。「歪んでるなあ。まあいいや。乾杯」

二人は、また乾杯した。

第二章　八月四日　木曜日

16　六：四九

志田は一人、食卓に向かっていた。朝食は準備されている。妻は、すでに娘の部屋へ入っているようだ。すべて、いつもどおりだ。

朝五時に起床。書斎兼寝室で、全国五大紙及び神奈川地方紙の隅々にまで目を通した。キッチンから妻、友恵の炊事する気配が伝わる。あえて顔を合わせないようにしていた。

ダイニングキッチンのＴＶは、公共放送のニュース。情報の速度は、新聞より上だ。

男性キャスターが、スタッフからペーパーを受け取る。緊急速報のようだ。

「たった今、アメリカの大統領が、北朝鮮に関する声明を発表いたしました」

日本とワシントンの時差は、十三時間。アメリカは、十八時だった。中東情勢、特に対イランへかかりきりのはずだ。このタイミングで、北に関する緊急声明とは。

米大統領が大写しになる。満面の笑み。悪いニュースではないらしい。少なくともアメリカ、大統領自身にとっては。

大統領の発表に合わせ、たどたどしい同時通訳がつく。主旨はこうだ。アメリカは、北朝鮮との正式な経済協力関係をスタートさせるに至った。

まずは、北朝鮮の経済発展を優先。国内に眠っていると言われる地下資源の探査。並びに開発のサポートを開始する。そのため、派遣する企業の選定をただちに行う。

志田は、みそ汁を米飯にかけた。一気に流し込む。半分残った焼鮭と卵焼きはラップして、冷蔵庫に入れた。漬物も片づける。

急がなければならない。伊原には、朝イチで報告する必要がある。米朝関係の変化が、プランに影響するとは思えない。これは通常業務だ。しかし――

昨日、高級ホテル《東京シー・オブ・クラウズ》での昼食。アメリカに関するニュースのあと、伊原は言っていた。〝チャンスですね〟。そして、〝急がないといけません〟。

志田は、迷いを振り払った。至急、出勤することにした。家を飛び出していく。

仏間の妻に声はかけない。施錠しながら、呟くだけだ。消せない習慣だった。

「行ってきます」

17　八：三二

「昨日、指示どおり米中露の関係者に会ってきました」来栖は報告を始めた。「併せて韓国。それからロシアと、念のため北朝鮮筋も」

《カモメ第三ビル》十二階。窓からは横浜港。海と空の青が眩しい。今日も猛暑となるだろう。

室内には厚川と今田、熊川。来栖の説明は簡潔だった。

米中韓。今回のスパイ狩りについて、摑んでいる情報はなし。事態の鎮静化は要請した。

北朝鮮筋。特に動きなし。

ロシア筋。直接的な情報はない。殺害されたコサチョフが、防衛省職員に積極工作をかけていたとの情報あり。スパイ狩り事案との関連は不明。

「ざっと、こんなところです」来栖は報告を終えた。「めぼしい情報《ネタ》はありませんでした」

「成果なし、ちゅうことか？」

厚川は訊いた。顔に不信の色はない。来栖は平然と答えた。「そうですね」

北朝鮮を巻き込むための工作。スパイ狩りの再燃。報告できるはずもない。水面下で進める必要がある。知らせるのは、結果が出てからでいい。

「防衛省への積極工作に関しては？」

「それは僕から」厚川の質問を、熊川が引き受けた。「工作を受けていたのは、石神孝樹。情報本部統合情報本部統合情報三課の三等陸佐です。三十五歳。独身。防衛大学校出身のエリート。今までに、情報漏洩等の疑いを持たれたことはありません」

顔写真も入手していた。あとで、タブレットに送るという。

「いわゆる『別班』だが」厚川が続ける。「そっちはどうだ？」

「元《五晴会》の藤山から聞いてきた話ですが」来栖は報告する。「実質的に率いているのは、伊原千由太。背広組の一等陸佐。かなりの名門出身らしいです。《伊原学校》と呼ばれているとか」

「何だ、そりゃ？」厚川は苦笑した。「お前のパクリか？」

「いえいえ」来栖も苦笑する。「旧陸軍のスパイ養成学校から、ついたあだ名だそうです。優秀な側近が多く、忠実な一団をなしています。『別班』の中核グループでしょう。伊原個人でなく、彼らを《伊原学校》と呼ぶなんて話もあるとか」

「なるほど。熊川の方は？」

「『別班』及び《伊原学校》について、来栖さんが取ってきてくれた情報以上のことは分かりませんでした。異様にガードが固いです。ハッキングも阻まれました」

「まあ。防衛省の情報本部だからよ」厚川が眉を寄せる。「そう易々とサーバーへ入れちゃうんじゃあ、一国民として心配にはなっちまうがな」

「信頼できる側近に囲まれてるとは」今田が口を挟む。「人望あるんだねえ。誰かさんとは違って」

「嫌味にキレが戻ってきたな」来栖は熊川に囁いた。「夏バテ治ったかな？」

「お孫さんが、静岡に行っちゃったそうですよ」熊川が小声で言う。「夏休みで。お婿さんの実家があるんだとか。二週間は帰ってこないらしいです」

「〝萌音ちゃん〟がいた方が、いいのか悪いのか」

「何を、ぶつぶつ言っとるのかね！」

今田の一喝。来栖と熊川は無視した。

厚川が訊いてきた。「これから、どうする？」

「防衛省の石神を追ってみます」来栖は答えた。「スパイ狩りに関係あるかどうかは分かりませんが。ロシアが近づいているのなら、放置もできませんので」

「石神とやらが、ロシアの工作で追い詰められコサチョフを殺《バラ》した。そう考えてんのか？」

「分かりません。ですが、可能性はあると思います」

「いいだろう。その線も頼む」

「あと都内に北のフロントがある旨、情報を得ました。ついでに追ってみようと思います」

「……ロシアと北朝鮮」厚川が嘆息した。「さらに防衛省か。面倒だな。スパイ狩りとの関連も分からんし。お前さんのことだから、下手踏む心配は要らねえだろうが。まあ気をつけてな。熊川は、来栖のサポートを頼む。ここに待機して、身体空けといてくれ」

「いいなあ、涼しくて」

「相変わらず、器が小さいですね」

熊川以外は、来栖のぼやきを無視した。大げさに息を吐き、来栖は本部から出発した。

ビルを出る。真夏の陽光に目を細めた。

スマートウォッチが震えた。着信。メールだ。ブリーフケースからスマートフォンを取り出す。中国の張からだ。

〝北の件は確からしい。一三時三〇分。中華街、いつものカフェで〟。

来栖は一言、返信した。〝了解〟。

続けて、手首に振動。今度は電話だ。どこか涼しいところで、待機した方がいいかも知れない。舗道が熱で歪む。「はい」

「来栖さんの情報は、いつも正確ですね」《ビル爺》だった。「北に関しては、おっしゃるとおりのようです。つきましては、今後も協力し合いましょう」

「ええ、是非」

「Oh！　助かります。では、詳細を詰めましょう。一四時ではいかがですか？　お忙しいでしょうから、車でピックアップしますよ。場所を指定してください」

「また、あとで連絡します」

来栖は電話を切った。米中から続けての連絡。趙は言いつけを守っているようだ。

北朝鮮情勢について、韓国ＮＩＳの情報は絶大な信頼がある。今回のスパイ狩りに、北が関与している。そうなれば、米中露とも韓国に確認する。直接連絡するか、間接的に裏を取るだろう。

北を巻き込むためには、ＮＩＳの保証が必要だった。

来栖は、韓国の趙に厳命していた。昨夜の失態をバラされたくなければ、〝北に動きあり〟と答えろ。ＮＩＳ内へ情報を流せ。上司にも報告しておけ。

アメリカは同盟国だ。趙に直接確認すれば済む。中露も、ＮＩＳ内部に協力者を獲得しているだろう。その程度の芸当ができないようでは、本国に帰される。チャンネルは持っている。秘密裏に、確認へと動くはずだった。

あとは、ロシアだけだ。

地下鉄みなとみらい線日本大通り駅の入り口に、来栖は差しかかった。日陰を探し、チェルネンコに電話した。一コールで相手は出た。

「来栖様！」大げさに喜んでみせる。おもねるような口調。執事でも、もっと毅然《きぜん》としている。「こちらからご連絡差し上げねばならないところ、大変恐縮に存じます」

「北の件、どうだった？」

「はい。赦《ゆる》しがたい事態が進行しておるようでございまして。当方といたしましても、対応に苦慮しておるところでございました。来栖様のご厚意には、大変感謝しております」

ロシアも、韓国に確認済みということだ。米中露。すべて乗ってきた。

来栖は続けた。「フロントの方は？」

「はい。もちろん」チェルネンコの口調は明るい。電話でも上目遣いなのだろうか。「来栖様への感謝を込めまして。ただ今から申し上げます」

18　一〇：〇七

来栖は、東京・渋谷《しぶや》の道玄坂《どうげんざか》を上っている。

地下鉄みなとみらい線から直通の東急東横線。電車の空調が心地いい。

都内に入った途端、追尾の気配を感じた。どの駅で乗り込んだかは不明だ。警視庁か。

昨夜の柿崎ではない。電車の窓ガラスで、人着《にんちゃく》を確認する。

刑事としては小柄。小太りで角刈り。開襟シャツに、明るいグレーのスラックス。昭和の刑事みたいな匂いがする。公安捜査員として、能力は今一つ。すぐ感づかれるのが証左だ。昨夜の柿崎は、気配をまったく感じさせなかった。本人が明らかにしようとするまでは。今度の男は違う。

渋谷の雑踏を利用すれば、簡単に撒《ま》ける。放っておくことにした。都内へ入る度、相手をしていたらきりがない。

渋谷警察署道玄坂上交番を越え、繁華街とオフィス街、住宅街が交わる辺り。円山町《まるやまちょう》の手前だ。目的の企業はあった。

十階建てのオフィスビル。エントランスの案内板を見る。ビルの名は《SHIBUYAセントラルシティ》という。

《ジャパン・エレクトリック・トレード株式会社》は三階だった。略称だろう。横に《JET》と併記されている。

チェルネンコが伝えてきた北朝鮮のフロント企業。代理会社だった。

会社の調査は、熊川へ依頼しておいた。返答はまだない。並行して進めた方が早いだろう。直接当たってみる。来栖は階段を上った。

現代的な内装だった。ガラス張りで、明るい。会社名は、白文字で記されている。ガラス壁にも、白い大きな《JET》の文字がある。

ドアを開くと、受付があった。制服を着た若い女性がいる。白い半袖ブラウスに、紺のベストとスカート。名札はない。

「いらっしゃいませ」受付の女性が立ち上がった。明るく告げる。「どのようなご用件でしょう？」

「神奈川県警外事課の来栖です」

来栖は警察手帳を提示した。身元は偽っていない。下手に偽装すれば、法に触れる。

受付の女性は若い。二十代後半だろう。来栖の身分を見ても、顔色一つ変えなかった。一瞥《いちべつ》くれただけだ。「アポは、お持ちでしょうか？」

いいえ、と答えた。

「了解しました」落ち着き払って、奥に消えた。

来栖は、不審なものを感じた。慣れすぎている。突然の刑事来訪にも、慌てる素振りさえ見せない。生まれつき度胸があるのか。訓練済みか。

オフィスは、奥の窓まで見通せる。室内は明るかった。今風の事務デスク。ＯＡ用の回転椅子。ともにプラスティック製だ。色合いは明るい。

社員の姿は七人。半袖シャツにネクタイをしている。忙しそうには見えない。眩しいのか。南及び東側の窓は、ブラインドが下ろされている。

北と西には窓がない。前者はガラス壁。後者にはドアが並ぶ。

女性が戻ってきた。「どうぞ、こちらへ」

通されたのは、簡易なパネルで仕切られた応接室だった。納税か、就職の相談でもするような部屋だ。プラスティックのテーブルと椅子。机上には向日葵《ひまわり》の造花。座面は合成革だ。ともに高級品ではなかった。質素かつ実用的ではある。

　現れたのは、六十がらみの男だった。半袖シャツに淡い色のネクタイ。腕時計はブランド品。中肉中背。メタルフレームの眼鏡。馬面で頬がこけ、髪も薄い。ほとんどが白髪だ。貧相なうえに、目がおどおどと泳いでいる。顔中の汗を、ハンドタオルで拭っていた。

「《ジャパン・エレクトリック・トレード株式会社》CEOの飯塚《いいづか》と申します」

　名刺を渡された。手の汗が染みたか、少し湿っている。飯塚昭広《あきひろ》。代表取締役。名刺の隅には、大きく《JET》と記されていた。来栖は名乗って、身分証だけ提示した。

　煙草の臭いがした。先刻まで喫煙していたようだ。

　落ち着きのない様子で、飯塚は切り出した。忙《せわ》しなく瞬きしている。

「で、神奈川の刑事さんが何のご用でしょう？　私どもは東京、特に渋谷を拠点としておりまして。他には支店もございません。神奈川県内では懇意にしている取引先様もないのですが……」

　来栖は直接切り出した。神奈川県内なら腹芸を使う。しょせんは、警視庁《他人》の縄張りだ。

「本牧《ほんもく》埠頭からの輸出関係です。北朝鮮に対する制裁義務違反となる品が発見されました。国連安保理の。具体的な品名や、企業名は申し上げられませんが。その取引先等関係企業に、御社の名前が出ましてね。お話を伺いに来た次第でして」

「……とんでもない」首だけでなく、全身を左右に振った。「弊社は、決して違法な取引は行っておりません。そんな大それたことは一切。そんなニュースは聞いておりませんが」

「まだ、内偵段階ですので」呼吸するように嘘が出る。「御社の主要業務は何です？」

「電子機器の輸出です。品目は多岐に亘ります。TVやパソコンといった、いわゆる製品ではありません。そのパーツ、部品ですね。東京近郊の中小企業が製作していまして。組み立て自体は、現地電機メーカーが担っておりますから。日本の技術は人気ですので」

「主な取引先は？」

「東南アジアが多いですね。それに韓国、中国やインド。今の世界経済において、これらの国は欠かせませんから。海外メーカーだけでなく、日本企業の現地工場にも送っております。しかし、北朝鮮との取引は一切ございません」

「CEOは創業者ですか？」

「いえいえ。そんな才覚、私には」

元は、大手都市銀行に勤めていたらしい。定年時、渋谷支店長だったことが縁となった。CEO就任を乞われたという。「拾っていただいて、本当に感謝しております」

来栖が雇ったかのように、何度も頭を下げた。

「創業者は、どういう方です？」

「どうということもない日本の方ですが。お疑いでしたら、登記でもご確認いただいて」

訪問前に、法務局で登記を取ることも考えた。公式な手続きは、警視庁公安部へ筒抜けになる。先回りされることは避けたかった。

来栖は、雑談めいた話に切り替えた。飯塚の反応を窺う。こんな都市銀時代の話には乗ってくる。こんな苦労をした。こんな大融資をまとめた。こんな長時間労働をした等々。よくあるOBの自慢話だった。

肝心の《JET》に関しては、しどろもどろ。CEOでありながら、業務内容等の把握が曖昧だ。

〝お飾り〟。間違いない。《JET》は北のフロント。カヴァー・カンパニーだ。チェルネンコの情報に嘘はなかった。

礼を言い、来栖は席を立った。

「また、いつでもお越しください」

CEOは、満面の愛想笑いで送り出してくれた。早く厄介払いしたい。顔にあった。二度と来るな、とも。塩でも撒かれる前に、来栖は立ち去った。

オフィスビルを出ると、路地裏に飛び込む影があった。

電車で見た小太りの刑事。追尾を続けていたようだ。来栖は歩き出した。

通りすぎるかに見せて、踵を返した。刑事が狼狽《ろうばい》する。隙を逃さなかった。軽く突き、背後に回った。相手の右手を背中で固め、路地裏に引きずり込む。

湿った通路だった。雑草と段ボールがコントラストをなしている。

来栖は左手で、刑事の身体を探った。汗の匂いが鼻を衝く。開襟シャツの胸ポケット。

警察手帳を取り出した。開いて見る。

足立誠人《あだちまこと》。警視庁公安部外事二課巡査部長。

「外事二課《ソトニ》か」来栖は、足立に聞こえるよう鼻を鳴らした。腕を固めたまま、訊いた。「アジア担当。どこの国だ？」

返事はない。続けて訊く。「どうして、おれを尾《つ》けてる？」

やはり返事はなかった。後頭部しか見えないが、怯《おび》えが伝わってくる。優秀な公安捜査員ではない。足立の頭は混乱しているだろう。尋問を続けても、答えは〝沈黙〟だけだ。亀やヤドカリをいじめるようなものだった。甲羅や殻の中に引っ込んでしまう。

「いいこと教えてやるよ」来栖は腕を解放した。進展が期待できない相手。いたぶり続ける趣味も時間もない。「ここの《JET》って会社は、北のフロント企業だ」

足立がふり返った。身体も回す。来栖とオフィスビルに、視線を往復させる。驚きが勝っているのか。痛むはずの右腕を、かばう素振りもない。

《JET》への揺さぶりは多い方がいい。足立程度でも、多少の圧力にはなる。お飾りCEOの飯塚も、度胸のなさは似たようなレベルだ。慌てて動き出す可能性は大きい。いつまでも、とぼけたままではいられないだろう。

これで、警視庁も動き出す。フロントが逃げ出す恐れはあった。構わない。狙いは北本国。偵察総局の太道春だ。スパイ狩りに巻き込み、カヴァー・カンパニーへプレッシャーを与える。多方面から、刺激を与えていく。いずれ反応を見せるはずだった。

来栖は踵を返した。

「あの……」

呼び止められた。女の声だった。ふり返ると、長身の女が立っていた。向こうでは、足立がオフィスビルに飛び込んでいる。

うかつだった。足立に気を取られ、女性はレーダーの範疇《はんちゅう》外としていた。

それとも、女自身に何らかの心得があるのか――

女は視線を逸らさなかった。厚手のシャツは、白く長袖だった。黒いパンツ。パンプスも黒で、ヒールは中ぐらいの高さ。長い髪は、団子にまとめられていた。「今、《ジャパン・エレクトリック・トレード》社から出ていらっしゃいましたよね？」

答えなかった。質問ではなかった。物腰は丁寧だが、威圧感がある。

来栖の行動は見ていたはずだ。男を締め上げ、路地へ引きずり込んだ。まともな状況ではない。普通の女性なら逃げ出す場面だ。なのに、いや、だからこそ声をかけてきた。足立を放置して歩き去れば、見すごされただろう。

何者だろうか。二重に悔やみ、内心で舌打ちした。質問で返す。「あんたは？」

「失礼しました」

素早く、女は名刺を出してきた。まったく〝失礼〟と思っていない態度で。

すべて英語だった。単語の意味は分かるが、つなげると判読できない。というか、信じられなかった。最初の部分だけ理解できた。〝国連安保理〟。

「国際連合安全保障理事会」女は告げた。死刑判決のような響きがあった。「北朝鮮制裁委員会専門家パネル委員の香田瞳《こうだひとみ》です。あなたは？」

来栖の行動を見て、呼び止めた理由。度胸の根源も見えた気がした。とぼけても無駄だ。この女なら、即座に身元も調べ上げるだろう。警察手帳を提示した。

「神奈川県警外事課の来栖という者だ」

「神奈川県警？」香田も目を瞠った。驚きはあったのだろう。高偏差値を誇る女子大に、野生のサルが入り込んできたような。「警視庁ではなく？」

来栖は頷きさえしなかった。香田は、場違い以前のものを見る目つきだった。

香田の狙いは不明だ。警視庁なら地元。外事警察としては、日本一の規模を誇る。全国の都道府県警察で唯一、公安部を名乗ってもいる。多少の摩擦は覚悟していただろう。神奈川県警となれば、話は別だ。どうして東京にいるのか。立場が逆でも、不審に思う。

「いいでしょう」香田の視線が強くなった。「お時間いただけますか？　少しお話がしたいので」

19　一一：一六

歩いて、数分のカフェに入った。世界的なチェーン店。主な都市には必ず存在する。

この手の場所には、困らない街だ。注文した品を受け取り、一番隅の席に座った。

店内は混み合い始めていた。九割近くが埋まっている。正午が近い。学生か、同年代の人間が多かった。夏休みの時期だ。若者の街でもある。

小さな二人席だった。木製のイスとテーブル。来栖はアイスコーヒー。香田はカフェラテだった。この時期にホットだ。

前に座った香田は、座高でも来栖と大差ない。スレンダーだった。はっきりとした目鼻立ちで、全てのパーツが大きかった。

「この時期、長袖で暑くないか？」

来栖は訊いた。女は素っ気なく答えた。「冷え性なので。冷房は苦手です」

「ニューヨークも暑さじゃ負けないか」

「北朝鮮が、核実験や長距離ミサイルを発射するとしますね」来栖の戯言は無視された。嚙《か》んで含めるような口調だ。「国連安保理は、本会議で制裁決議を採択することとなります。安保理決議は、法的効力を持っているのです。ご存知ですね？」

「まあ。その程度なら」来栖は小さく鼻を鳴らした。「で、専門家パネル委員ってのは、具体的に何をしてるんだ？」

「専門家パネルは、国連内の独立した組織」反り返ったように見えたのは、気のせいか。「本部と同じくニューヨークにあります。事務総長から任命され、北朝鮮の制裁違反を捜査。企業や個人を制裁対象に追加する。さらに強化策の勧告を、安保理や加盟国等に対し行うこととなるのです」

「そいつは頼もしい」来栖は拍手の真似をした。「北は屁とも思ってないようだが」

「複雑なので」香田は不快感を露わにした。来栖に対してか。世界情勢に対してか。「安保理は、米英仏中露の常任理事国。十ヶ国の非常任理事国で成り立ちますが、それぞれ利害関係が絡んでくるのです。北の制裁に関しては基本、米英仏三国が賛成派。中露が反対派といわれています」

「なるほど」来栖は頷いた。わざとらしく。「勉強になる」

我慢強く、香田は続ける。「常任理事国の派閥に、各非常任理事国がつく。加えて、北朝鮮の資金源は全世界に存在する。様々な国の企業、個人、団体が違反と知りながら北に協力しているのです。自国のそうした違反が発覚した場合、関係国は勧告を止めようとするか否認します」

「だろうな」

「専門家パネル委員に違反国からの派遣者がいる場合、事務レベルで妨害を入れてきます。一枚岩ではないんです」

「で、《JET》の何を探ってる？」

香田は言いよどんだ。顔には警戒の色があった。「……あの会社は登記上、創業者始め現在の経営陣もすべて日本人名義となっています。ですが、調査の結果、実権を握っているのは北朝鮮の工作員でした。開設当初からです」

「CEOの飯塚昭広は、単なるお飾りにすぎないわけだ」

香田は頷く。「飯塚は銀行マン時代から、怪しい融資等を行っていた形跡があります。

《JET》へ対して後ろ暗い、それこそ国連制裁違反に当たるような。そこを見込まれたのでしょう。来栖さんもお会いになりましたか？　感想はどうでした？」

「あんたと同じだ」

正直に答えた。情報を引き出したい。ギブアンドテイクの姿勢を見せる必要があった。

「で、実際の経営者は？」

「李明禄《リ・ミョンロク》。この男です」

香田はブリーフケースを持ち上げた。黒く事務的な、素っ気ない代物だ。タブレット端末を取り出し、写真を開く。

隠し撮りのようだ。四十代前半。中肉で痩身。印象の薄い男だった。

「《JET》のCFO。最高財務責任者です。彼が実権を握っていて、表向きは武田《たけだ》明《あきら》名義。日本人として通っていますが、実態は朝鮮人民軍偵察総局の工作員。同社は、北朝鮮の経済活動に関する秘密機関『青松連合《チョンソン》』へ属していると思われます」

「《JET》は、どんな制裁違反をしてるんだ？」

「〝兵器および関連物資の禁輸〟」香田は少し言葉を切った。「兵器には、核、ミサイル、生物・化学・通常兵器が含まれます。軍事転用可能なIT関連機器を、日本国内から輸出している疑いが濃厚です」

北朝鮮に対する制裁措置は、多岐に亘る。主目的は核の資金源を断つこと。〝兵器及び関連物資の禁輸〟は最たるものだ。ほかには〝石炭や鉄鉱石の輸出禁止〟〝団体や個人に対する資産凍結及び渡航禁止〟〝金融支援の禁止〟等々数え出したらきりがない。批判する国も少なくない。今朝のニュースによると、アメリカは再び動き始めている。

一部制裁を強引に解除し、経済協力等を推し進めようとした米韓の姿勢を、《JET》は東京・渋谷から北朝鮮へ向けて、兵器関連部品を密輸していることになる。

「大したもんだ」来栖は賞賛の笑みを浮かべた。香田の調査能力に対してではない。北の堂々たる制裁違反に、だ。

「一から自分で調べ上げたのか。あの会社に目をつけて」

「いえ」香田は険しい視線を返してきた。下郎になめられた殿様の顔。「国連に対して数ヶ月前、匿名の通報がありました。それが端緒。そうしたきっかけがない限り動けないんです。世界中の北関連企業を調べようと思ったら、とても手が足りません」

「なるほど」匿名の通報。嫌な感じがする。罠のような匂い。仕掛けたのは何者か。香田自身は気づいているのか。「で、おれを呼び止めた理由は？　何の話をしたい？」

「あなたも外事課の捜査員ならば、何か情報を摑んだ。だから、あの会社を訪問したはずです。すべて提供してください。悪いようにはしません。そちらの今後にもプラスとなることでしょう」

国連安保理に協力すれば。上から目線。命令口調。見下した態度。冷徹な女。Mっ気の強い奴なら、目をハート形にして喜ぶだろう。来栖は違った。残念ながら。

「悪いが、単なる確認の中で名前が出てきただけなんだ。大した情報は摑んでいない。どうも、おれは無能でね。飯塚ってCEOにも、のらりくらりと躱《かわ》された。なので、失礼する」

「組織を通しての要請もできますが」

「そう脅すなよ」来栖はおどけたように、両目を回した。「ただでさえ、ニューヨーク勤務の才女を前に緊張してる。おいらみたいな田舎のお巡りさんには、荷が重すぎるべ。小便ちびりそうだ」

香田の顔が歪んだ。憤怒の形相といっていい。

「もうすぐ警視庁も動き出す」来栖は嗤った。「《JET》が北のフロントなら、早々に事務所を引き払うかもな」

「警視庁に伝えたのですか!」香田が目を見開いた。「どうして、そんな軽率な真似を。今はまだ内偵を続けるべき時期です。地元警察へ感づかれたら、フロントに逃げられてしまいます!」

「こっちにも、いろいろと事情があってね」

「事情って何です!」

周囲の視線が、来栖たちを向いた。声が大きすぎだ。

立ち上がり、来栖は香田の耳元で囁いた。「一つ忠告しておく。あんたたち専門家パネルが、安保理へ報告を上げるのは春頃だろう。まだ、かなり間がある。しばらくは手を引け。少なくとも、この夏が終わるまでは。その方が、あんたにとっても身のためだ」

専門家パネルに関する多少の知識は、来栖にもあった。

香田が憤然と立ち上がった。何かを吐き捨てた。英語だった。はしたない言葉であることだけは分かった。無視して、来栖は歩き出した。

レジの傍。窓際の席だった。男が、アイスラテを飲んでいた。三十代前半か。若く見えた。足立とは違うが、警視庁の捜査員には違いない。

長身で影の薄い男だった。顔も小作りで、目が細い。白いポロシャツが眩しい。《作業員》だ。雰囲気で分かる。来栖は身体を屈めた。「ご苦労さん」

警視庁の捜査員は反応しなかった。足立よりは優秀なようだ。来栖は考えた。追尾しているのは自分か。それとも香田か。ならば理由は何か。

一度に、すべての疑問は解消できない。まずは、香田の身元確認からだ。

カフェを出た途端、殺人的な日照に晒された。来栖はスマートフォンで、熊川を呼ぶ。

「本部は快適か?」

「お陰様で」熊川の口調はアイスクリームでも舐めているかのようだ。「で、何です?」

「今から言う二人の身元を、照会して欲しい」来栖は名を告げた。「一人は足立誠人。警視庁公安部外事二課の巡査部長だ」

「公安ですか……」熊川がぼやいた。「それも警視庁殿。どこまで調べられるやら」

「そんな大層な奴じゃないさ」来栖は鼻で嗤った。「もう一人は、香田瞳。国連安保理の北朝鮮制裁委員会専門家パネル委員だ」

「え?」さすがの熊川も絶句した。「国連……ですか?」

20　一三：二七

渋谷から横浜の観光中心部まで。電車が直通になったのは助かる。中華街に関内。各公園、ホテル群や赤レンガ倉庫等。学生時代は、桜木町《さくらぎちょう》かＪＲ関内駅から徒歩だった。この暑さでは一苦労だ。今は、みなとみらい線がある。

「いつの時代ですか？」

以前、熊川へ話したときの反応だ。もう歳だな。来栖は自嘲した。

地下鉄から上がると、それでも汗は噴き出た。来栖は中華街へ向かった。

いつもの中華風カフェ。さすがに暑いのか。珍しく、店内の席に張偉龍はいた。律義に、白の上下と赤ネクタイだ。脚を組んでいた。

陽の当たるテラス席は無人。陰となる店内も、客の姿はまばらだ。冷房はかかっている。ドアは開け放たれたままだったが。張の周りだけ、席が空いていた。エアポケットのようだった。照明は控えめで、薄暗かった。

「汗だくだな」

顔も上げずに、張は言った。スマートフォンを見ている。茶は飲んでいない。

「冷たいものでも、用意しておいてくれると助かるんだが」

「悪いが」張は鼻で嗤った。「日本人じゃないんでね。〝おもてなし〟の精神はないのさ」

張は一人だった。お付きはいない。昨日の劉も見当たらなかった。来栖は続けた。「おれの、北に関する情報は正確だったろ?」

「ああ。助かったよ」

韓国NISの誰に、どうやって確認を取ったか。訊くだけ無駄だ。「なら、飲み物ぐらい出せ」

「浅ましい野郎だ」張は舌打ちした。「さっさとコンビニにでも行け。それとも、ほかに何か売り込みたい情報《ネタ》でもあるのか?」

確実に、張を動かし始める必要がある。今は薪《まき》をくべるときだ。

「《ジャパン・エレクトリック・トレード株式会社》という企業がある」来栖は張の顔を見た。「東京の渋谷。北のフロントだ」

張の右眉が微かに吊り上がった。来栖は続けた。「その様子じゃ、知らないようだな」

日本国内における北朝鮮フロント企業を、中国はすべて把握している。両国の情報機関に、取り決めがあるからだ。実態は、出し抜き合いも多いようだが。

張が顔を上げた。「そいつは、どこから仕入れた?」

喰いついた。「言うわけないだろ」

「確かな話なんだろうな」

「さあな」来栖は立ち上がった。「喉が渇いた。こんなサービスの悪いところにはいられないね」

中国は動く。張は疑心暗鬼になっている。次は、アメリカだ。

21　一三：五二

コンビニのおにぎり二個。ペットボトルの緑茶三百五十ミリリットル。

志田は遅い昼食を終えた。いつも同じだ。店だけは変えている。伊原の指示ではない。毎日同じでは、飽きるからだ。

昼食が遅れたのは、今朝のニュースによる。地下資源開発に関する米朝の協力関係構築。防衛省の管轄ではない。官邸への報告も、経済産業省や外務省が行ったはずだ。

早めの出勤。伊原の指示は即座にあった。岸井大臣が報告を求めているという。防衛大臣が経済情報を求める理由。元は経産省官僚。興味があっただけかも知れない。ほかにも、何かあるのだろうか。志田が関知する事柄ではなかった。ペーパーをまとめ上げ、報告するだけだ。

ペットボトルの茶を、志田は飲んだ。室内を見回す。全員が、自分のパソコンに向かっている。普通のオフィスと大差ない。穏やかな光景。防衛省『別班』の施設には見えなかった。ベンチャーのIT企業といっても通用するだろう。機能性重視の造りとなっていた。

午前中は、全員が慌ただしかった。室内が騒然としていた。

日本の関係者は全員、寝耳に水だったはずだ。アメリカは対イラン優先。中東情勢に集中している。北朝鮮に対しては、核開発始め課題は後回し。誰もが、そう思い込んでいた。

大臣報告以外に、伊原から指示はなかった。考えすぎか。

伊原からの呼び出しは、昼食を終えてすぐだった。

動いたのは志田だけだった。ほかの人間に指示は下されていない。即座に立ち上がった。インタフォンを押す。伊原の返事が響く。「どうぞ」

志田は、個室内へ入った。大部屋以上の整然さ。実際より広く、室温も低い気がする。

何度入っても、ありふれた佇《たたず》まいだ。スチール製の書棚。ＯＡ用デスク。すべて最近のオフィス用品。高級品でもなかった。ちまたの校長室より重々しくないだろう。中央にある応接セットも、よくある代物。ソファは薄茶色の合成革。テーブルは強化プラスティック製。実用性が優先されている。

圧倒されるのは、伊原の存在感ゆえか。

「昨日、ハッキングを受けたとのことです」伊原は単刀直入に切り出した。志田が入室するのと同時だった。口調は、いつもどおり穏やかだ。「何とか阻めたようで、幸運でした。相当、優秀なハッカーだったようですね。身元は不明ですが。所属さえも摑めていません」

ハッキングは、志田に無縁の世界だ。小説か映画の出来事みたいだった。

志田は訊いた。「攻撃された、ということでしょうか？」

「まあ、そうなりますね」伊原は微笑んだ。「志田さんは気になさらずに。それよりも――」

一拍置いて、伊原は続けた。「神奈川のＫなんですが」

〝神奈川のＫ〟。神奈川県警外事課・来栖警部補のことだ。

吐きかけた息を呑み込み、志田は答えた。「何か？」

「ちょっと、志田さんにお願いがありまして」

伊原は優しく微笑んだ。志田の背筋を、冷たいものが走った。

22 一四：〇四

みなと大通り。

横浜スタジアムと市役所の傍。来栖はピックアップされた。フォード・エクスプローラー。CIAの公用車だった。《ビル爺》が好んで使用している。

木曜日の白昼。最も気温の上がる時間帯だ。外出も避けたい頃だろう。木陰で座り込んでいるサラリーマン。散歩中の主婦。嬌声を上げる若者。人通りは減る気配もない。猛暑に怯んでいては、現代日本で生活できないのかも知れなかった。

ベビーカーを押す女性の後ろ。黒いフォードが停車した。車体は眩しく磨かれている。

中華街を出ながら、来栖は《ビル爺》に連絡した。中国と並行して接触していると、思わせたくはなかった。少し距離を取った。無駄かも知れないが。

横浜市中心部に待機していたのか。即座に、《ビル爺》は姿を見せた。

「Oh！　来栖さん」ドアを開くと、奥に《ビル爺》。にこやかに微笑んでいる。「暑い中、ご苦労様です。さあ、どうぞ」

車内は涼しかった。薄いブラウンの革張り。隣に腰を下ろす。来栖は切り出した。アメリカにも、薪をくべる必要があった。「北のフロント企業に関する情報が入りまして」

「《JET》ですか?」

全て把握済みか。来栖は息を吞んだ。「……ご存知でしたか」

「えーっと。正式名称はジャパン・エレクああ、こういう和製英語は苦手です。《JET》で通させていただきますよ》

「さすがに耳が早いですね」

気持ちを切り換えろ。この方が話も早い。

「いえいえ」《ビル爺》は、右手を顔の前で振った。「受付の女性、綺麗《きれい》だったでしょう? 若いのに肝も据わっています。北朝鮮の生まれですがね。日本語も英語も堪能《たんのう》ですよ」

受付の女性は、アメリカの協力者《エージェント》だったようだ。《JET》への訪問。来栖の動向も把握されている。あえて話してくるのは大サービスだろう。

「で、今後のことなんですがね」《ビル爺》が顔を寄せてきた。「我々は一歩引かせていただきたい、と考えているんですよ」

「どうしてです?」来栖は訝った。「いろいろチャンスだと思いますけどね。露中の諜報関係者が殺害された。それに北が関与している。黙って見ている手はないと思いますが。地下資源に関するニュースも見ましたよ。今後の交渉にもマイナスとならないのでは?」

「あえて〝火中の栗を拾わず〟ですよ。合ってますよね、日本語?」

違う。子どもの遊びと同じだ。水槽にザリガニをまとめて入れ、生き残った一匹だけ飼う。高みの見物と洒落《しゃれ》込む気だ。「合ってますよ」

「悪く思わないでください。我が国も、何かと面倒な状況なんですよ。来栖さんに協力したいのは、山々なんですが。本国の指令が〝静観せよ〟なものでして」

地下資源開発に関する米朝協力。確かに微妙な時期だ。情勢判断し、勝ち馬を見極める。まあいい。アメリカなら、ほかにも使い道はある。

「まあ。何かありましたら、いつでもご相談ください。私と来栖さんの仲じゃないですか」

簡単には動かせないか。そういうこともある。十割打者はいない。

哄笑《こうしょう》する《ビル爺》に、来栖は苦笑するしかなかった。

《ビル爺》は車を停めさせた。〝降りろ〟ということだ。

「健闘をお祈りしますよ」《ビル爺》は微笑んだ。小さく付け足す。「何を企んでいるのかは知りませんがね。ご武運を」

来栖は車を降りた。横浜スタジアム傍に戻っていた。元の位置だ。多少増えたかに見える人通りは、市役所へ向かっているのか。ほかの目的か。

狸爺《たぬき》ィめ。強烈な日差しの中、来栖は息を吐いた。

23　一四：三五

《ビル爺》に降ろされてから十数分。関内の自宅アパートまで歩いた。古びた洋風の外観。今どき珍しく港街の匂いがする。

汗だくになった。玄関に入り、デオドラント・ペーパーで汗を拭った。自家用のスカイラインに乗り込む。空調は天国だった。

来栖は東京・新宿に入った。市ヶ谷へ向かう。空車表示のコイン・パーキングへ車を入れた。防衛省本省にほど近い。

駐車を終え、サングラスを外す。スマートフォンを取った。石神孝樹を呼び出す。防衛省情報本部統合情報本部統合情報三課三等陸佐。番号は熊川に調べさせてあった。

三コールで、相手が出た。「はい。石神です」

「神奈川県警外事課の来栖という者です」

一五時三〇分。見知らぬ番号でも、石神は躊躇しなかった。チェルネンコに言いつけてあった。

「一五時半に、石神に電話する」来栖はチェルネンコに告げた。「必ず出るように、言っておいてくれ。出なかった場合は、ロシア《あんたら》の工作も石神自身も終わりだ」

「脅かさないでくださいませ、来栖様」チェルネンコはおもねるように言った。「了解いたしました。仰せのとおりにいたします」

「チェルネンコから、連絡は行ってるでしょう？」来栖は石神に告げた。「お話がしたい。場所を指定してください。この辺は、あまり来たことがないので」

「今、どちらですか？」

コイン・パーキングの位置を、来栖は説明した。少し間が空いた。石神は考えているようだ。「……そこから右に数分で、《大和《やまと》》という純喫茶があります。そちらでお願いできますか？　一〇分ほどで向かいますので」

了解して、来栖は車を出た。

《大和》は外観も内装も、昭和を思わせる純喫茶だった。

木製のカウンター。木製の椅子。木製のテーブル。木製の壁。渋い色合いを放っていた。

メニューも、コーヒー豆の種類が並んでいるだけだ。

店員は中高年の男性のみ。軍服や水兵姿ではない。赤が基調のチェック柄ベストを着ていた。来栖は、モカのアイスを頼んだ。

一〇分ジャストで、石神は現れた。顔つきにも、生真面目さが出ている。

二メートル近い長身だった。高さも熊川を少し超えるうえ、肉付きが違う。がっしりした筋肉。さらに肉が覆っている。プロレスラーのような体格だ。短髪。顔は長細く大きい。目鼻等各パーツは小さめで、中央に寄って見えた。

顔写真は、熊川から送られていた。来栖は手招きした。石神が近づいてくる。

来栖は告げた。「神奈川県警の来栖です」

「防衛省統合情報三課の石神です」一礼した。「お待たせしました」

「まあ、お座りください」

手で、正面の席を示した。石神は腰を下ろす。体格に反して、無駄のない所作だった。武道でもしているのだろう。背筋が伸びている。手には、ブリーフケースを提げていた。

辺りを気にするように、目が左右へ泳いでいる。瞬きを繰り返した。

赤ベストの店員が来た。来栖のアイス・モカを運んでいる。キリマンジャロを石神は頼んだ。アイスではない。

「暑さに強いんですね」

来栖の呟きに、返事はなかった。張り裂けそうな夏物のスーツにネクタイ。猛暑では重装備だ。石神が汗をかいていないことに、来栖は気づいていた。単刀直入に切り出した。

「先日、殺害されたGRUのビクトル・コサチョフ。ご存知ですね？」

コサチョフ殺害。表情に変化はなかった。「もちろん。情報部門ですから……」

「違う。個人的にという意味です」

石神の顔が歪んだ。「それは、どういう……」

言質を取るまでもない。表情の変化で充分だ。「後任のチェルネンコはどうです？　どのような働きかけがありましたか？　今日も連絡があったと思うのですが」

「…………」返事がない。

「今日より前に、連絡は？」

下を向いた。仕事が早い。チェルネンコは、すでにアクションを起こしていたようだ。

石神が口を開いた。「……告発するおつもりですか？」

「まさか」来栖は口調を変えた。顔を近づけ、声を落とす。「ロシアとの接触は、今までどおり続けろ。そうして得た情報を、おれに流せ。誰にも話すんじゃないぞ。言うとおりにすれば防衛省始め、どの機関にもお前の裏切りが漏れることはない。もちろん、『別班』や《伊原学校》にもな」

『別班』と《伊原学校》。最後の言葉に、石神の表情は大きく動いた。当たりだ。何らかの形で関わっていることは間違いない。

石神が声を絞り出す。「一体、何のために？」

「ロシアの動きが知りたい。それだけさ」

「僕は、どうすれば？」

「別に。特別なことはするな。今までどおりに。チェルネンコと接触しろ。その度に、おれへ連絡をくれればいい。今度は殺したりするなよ」

石神の表情が強張った。「……な、何のことですか？」

「いや、別に」来栖は短く嗤った。「違うならいい」

石神が、コサチョフを殺害した。もしくは関わっている。いずれ分かるだろう。

来栖は名刺を渡した。「この暑いのに、汗一つかいてないな」

「若い頃から、柔道で絞られましてね」初めて、石神の顔が緩んだ。「中学、高校。それに、防衛大学校時代も。夏の合宿は灼熱《しゃくねつ》地獄でした。その賜物でしょう。じゃあ、これで」

「待て」立ち上がった石神を、来栖は呼び止めた。「ずっと、おどおどした態度だったな。体格に似合わないじゃないか。ちょっと調べさせてもらうぞ」

来栖も立ち上がった。石神の全身を身体検査する。スマートフォン以外に持ち物はない。

録音は行っていなかった。

「ブリーフケースも貸せ」受け取って、中を調べる。黒のビニール製。書類に、財布等の私物。文庫本一冊。「……録音機はないようだな」

「そんなことしていません」

来栖はブリーフケースを返した。ひったくるように、石神は手にした。「もう、よろしいですか？」

石神は、千円札をテーブルに置いた。来栖は言った。「ここは、おれが」

「結構です」

言い捨てて、石神は立ち去った。入れ違いに、キリマンジャロと伝票が届いた。来栖は、アイス・モカに手を伸ばした。この暑さだ。コーヒーぐらい飲んでも、バチは当たらないだろう。

石神は動く、どういう形にせよ。来栖は確信していた。

24　一八：一三

自家用車を駐車場に入れたところで、スマートウォッチが震えた。熊川からの着信だ。来栖は、関内の自宅アパートに戻っていた。スマートフォンを取り出す。

「調べがつきましたよ」単刀直入だが、呑気な口調。「香田と足立に関する身上調査。結果を報告します。まず。簡単な足立から。ペーパーにまとめましょうか？」

「口頭でいい」

「足立は警視庁公安部外事二課の巡査部長。三十九歳。同部署には、昨年四月から着任。それまで、まったく本庁勤務経験がありません。ずっと管轄署でくすぶっていたようですね。刑事になったのも、三十過ぎてからです」

「苦労人だな」足立の様子を思い出していた。有能とは言いがたい。「無理もないか」

「ですから、公安への異動をチャンスと見てるんじゃないかなんて、評判らしいです。外事二課長の忠実な部下というか、腰巾着なんて言われているそうで」

「右腕じゃなくて？」

「能力が足りていないみたいですよ。《ゼロ》の講習も受講済みですが、成績は最低ランクです」

「分かった。香田は？」

「香田瞳は三十三歳。現身分は、国連安保理専門家パネル勤務で間違いありませんね。勤務先はニューヨークですが、捜査のため一時帰国しているようです。住所、要りますか？」

「聞いても、ニューヨークの街中は分からない。経歴は？」

「東京大学を卒業して経済学士。その後、オックスフォード大学大学院に留学。経済学修士を取得。帰国して、日本の有名私大で研究する傍ら教鞭《きょうべん》をとっていました。数年前に外務省の推薦を受け、現職となります」

「……ちょっと引くほどのエリートだな」

「ただ、香田に関しては」熊川が珍しく、真剣な口調で続ける。「ちょっと引っかかる点もあるので、もう少し調べてみます」

「任せる。おれも本部に戻る」

「まさか、手ぶらで帰ってきたりしないですよね？」

「お前は涼しい場所で昼寝してたんだろうが。おれが猛暑の中を歩き回っている間」

「そういう言い方します？　調べてあげたのに」

「分かった、分かった。ビールでも買っていってやるよ」

「よろしくお願いしまーす」

　熊川が電話を切った。舌打ちしてから、スマートフォンをブリーフケースにしまった。拳銃が見えた。H&K・P二〇〇〇。

　裏路地に入った。建物の陰になった。空は、薄い茜色《あかね》に染まりつつある。アスファルトは熱を含み、今にも溶け出しそうだった。人影はなかった。

　十二階建てのオフィスビルが見えた。弁護士に会計士。司法書士と土地家屋調査士等々。士業ばかりが入っている建物だった。膝丈の生垣が取り囲んでいる。低いウバメガシは、よく手入れされていた。地下には駐車場。滑り止め用の石を埋め込んだスロープがあった。

　軽く、クラクションが鳴らされた。スロープに入る車のようだ。視線を向けた。ベンツだった。Eクラスのセダン。薄いグレーの車体。ワックスがかけられている。

　ふり返りながら、来栖は身体をずらした。

顔の横。耳の傍で、空気が切り裂かれた。鋭い音。大きくはない。

銃弾。

咄嗟《とっさ》に伏せた。射角から判断。スロープに飛び込む。ベンツは、地下まで下りていた。

射撃には気づいていないようだ。

植え込みは盾になる。煉瓦とウバメガシ。陰から、様子を窺う。

耳を澄ます。銃声は聞こえなかった。サプレッサーを使っても、無音にすることはできない。夕暮れの横浜。雑踏、車の排気と走行音。信号や商業施設。街の音にかき消される。

頭を上げかけた。二連続で、生垣の煉瓦が弾《はじ》かれた。小さな破片が散る。

どこから追尾されていたのか。〝点検〟を怠っていた。尾行を警戒する場面ではない。

数秒。動きかけた。ウバメガシの葉が舞い上がった。

ブリーフケースを引き寄せる。中からH&K・P二〇〇〇を抜き出した。

脅しか、本気か。判別できない。狙撃手の位置も特定できない。動くことはできない。

右側のコントロールレバー。セイフティ位置から動かさなかった。

拳銃を脇へ。来栖はスマートフォンを手にした。熊川を呼び出す。

「あ、来栖さん。ビールの銘柄はですねえ……」

「狙撃されてる」のんびりした熊川に、鋭く告げた。「場所を言う。応援を頼む」

25　一九：〇六

石川町《いしかわちょう》の立ち呑み屋。志田は、二本目の冷酒を空けた。磨き上げられたカウンターは、独特の色合いを放っている。古びた木製だった。油に塗れた壁も同じだ。

ガラスのぐい呑みを使っていた。本当は、二合瓶ごとラッパ飲みしたい。小富士《こふじ》という銘柄だった。愛媛の地酒だ。

三本目を頼み、手の甲に盛った塩を舐めた。アテだ。

自衛官にはうわばみが多い。若い頃の志田は、下戸に近かった。呑めないわけではないが、得意でもない。特に、日本酒が苦手だった。

愛媛の酒は基本、甘い。練習にいいと後輩が薦めてくれた。徐々に強くなった。様々な酒にも慣れた。小富士は辛口だ。

陽は暮れかけている。アスファルトの熱は冷める気配がない。志田の顔は汗だくだった。暑さのせいではなかった。

伊原の指示を思い出す。「……ちょっと、警告をお願いできますか？」

「はい」伊原は冷静に告げた。微笑さえ浮かべている。「〝神奈川のK〟が、石神くんに接触を図ろうとしています。彼から報告がありました」

「石神さんに？」

神奈川県警の来栖。どこまで摑んでいるのか。志田の背中を緊張が走った。

「脅すだけです」口調はあくまで穏やかだ。子どもにおつかいでも頼むような。「決して、傷つけないようにしてください。殺してもいけません」

「威嚇射撃ということですか」

「そうです。〝K〟の反応を見ます。働きかけを止《や》めるならば、それでよし。別の動きを見せるならば、対応を考えるだけです。反応を待ちましょう。そのためにも生かしておいてください」

わざと外すのは、当てるより難しい。

〝神奈川のK〟。来栖の住所は、本部にデータがあった。伊原から知らされた。電車と徒歩で移動。あとは、慣れない張り込みと尾行だった。気づかれなかったのは幸いだ。若い現場時代から、射撃訓練は何度も受けている。スパイ狩りに際して、特訓も行った。それでも失敗寸前だった。

殺しかけた。もう少しで。突然現れた大きな外車。来栖が射線上に身体をずらした。あと数センチ傾けられていたら、頭を射抜いていた。死か、重傷は免れなかっただろう。

殺人が恐ろしいわけではない。すでに、二人へ手を下している。現役警官となれば、話が別だ。県警挙げての捜査となる。伊原のプランは大きく狂う。志田が、もっとも恐れていることだった。

標的は敏捷だった。初弾後、咄嗟に身を隠した。志田も冷静さを取り戻すことができた。

植え込みへ、さらに三弾発射。現場を離脱した。その足で、石川町に向かった。

途中、伊原には威嚇成功の旨を連絡した。直帰が許された。使用した拳銃はＦＤ九一七を装着したグロック一七。背負ったバックパックに収納したままだった。

銃身《バレル》は交換してある。前回使用時と、旋条痕は一致しないはずだ。撃針痕等が残る空薬莢も、すべて回収した。排莢孔に、特殊な袋を被せておいた。同一犯との証拠は残していない。

単なる脅しとはいえ、刑事への発砲。疑問を抱かなかったわけではない。危ない橋を渡りすぎる。志田の感覚でも、派手な真似といえた。危険ではないか。

防諜体制強化。『愛国者法』の推進。諸外国への後方支援を固め、災害との全面戦争に注力させる。伊原が必要と判断したならば、従うだけだ。

三本目の冷酒が出された。ごくたまに訪れる店だった。心を鎮めたいときに。落ち着いた雰囲気がいい。

いつから。娘が亡くなってから。

作業服姿から背広の勤め人まで。いつも男たちで溢れ返っている。女性客はまれだが、皆無でもない。酒は出してくれるが、客がツマミの缶詰等を取る。ほかには、店主が作る焼き鳥。壁の油はそのためだ。塩なら無料《タダ》。志田に食欲はなかった。普段なら、サバ缶をアテにする。

店の奥にＴＶ。天井の隅にあった。公共放送のニュースが流れている。男たちが騒ぐ。

ベイスターズのナイターに回しちゃうぜ。スタジアムに行けはいいじゃん。そんな金あったら、こんなトコで呑んでないって。哄笑。六十がらみの男がリモコンを手にする。

TVは、ケーブル放送にもつながっていた。地上波では放送されない野球中継も観られる。店の〝売り〟でもあった。今は、公共放送がオリンピックの有力選手に関する情報を流している。

「オリンピックは興味ありません」

伊原は答えた。雑談代わりに、志田が提供した話題に対して。あれは、いつだったか。珍しく、渋い表情をしていた。「日本が、いくつ金メダルを取れるとか。正直どうでもいいです。アマチュアスポーツに結果を求めるべきではありません」

「あ、はあ」単なる雑談のつもりだった。志田は困惑していた。

「ただし、パラリンピックは別です」伊原は微笑んだ。「障がい始め、性別に職種。LGBT。賃金や経済力。学歴、家庭環境その他。様々な格差や差別が放置されている国家。是正しようと働きかければ叩かれる社会。そんな人権途上国、後進国で開催される意義は大きいです」

「はい」曖昧な返事をしながら、志田の内奥では何かが燃えていた。「なるほど」

「まあ」伊原の笑みが変わった。軽く照れを含んだ微笑。「単純に、自分がパラスポーツファンというのもありますが」

志田もつられて微笑った。

ニュースが切り替わった。

「待ってくれ」志田は男たちに近づいた。「このニュースだけ見せて」

男たちは困惑していたが、志田に場所を譲った。アナウンサーが告げる。「作家の梁秀一《リヤン・スイル》さん。本名・木村秀一《きむらしゅういち》さんが、遺体となって発見されました。五十九歳でした」

違う。木村秀一は通名で、本名の梁秀一を筆名としていた。北朝鮮の協力者《エージェント》だ。

「木村さんは、在日コリアンの歴史や実態等をテーマとした著作で有名でした。本日午後に事務所を訪れた妻が発見した際は、すでに遺体となっていました。書斎のドアノブにかけたタオルで、首を吊っていたということです。警視庁八王子《はちおうじ》署は、自殺及び事件の両面から捜査を進めていくと発表しています」

「もういいかい」六十がらみの男が言った。志田は頷いた。

梁は北本国との関係は希薄だったが、エージェントではあった。『別班』でもマークしていた。日本人の妻と、中学生になる娘が一人いる。

北のエージェントは、自殺などしない。本国に、累が及ぶような理由でもない限り。殺人である可能性が高かった。

だが、なぜ北の協力者が殺害されたのか。スパイ狩りとの関連は。

伊原の命により、志田は二名を排除した。ロシア人スパイ。中国の息がかかった日本人エージェント。余波で、ロシア人観光客が犠牲となった。露中は、犯人捜しに躍起となっているだろう。

ロシアまたは中国が手を下した。志田のスパイ狩りに対する報復か。そのために、北朝鮮工作員を狙った。ならば、標的を誤ったことになる。

北朝鮮は露中にとって、未だ友好国といえる。通常ならば、同国の仕業とは考えないだろう。よほどの確信がない限り。

威嚇射撃との関連は。神奈川県警の来栖は外事課所属。何らかの形で関わっているのか。守屋康史の殺害は。コサチョフと違い、中国への警告と捉える者は皆無のはずだ。確かに、北京語のカードを残した。〝スパイに死を〟。世間は、そう捉えていない。あくまで熱烈な愛国者。中国の協力者とは思っていないだろう。《火付け役》と呼ばれたエージェントとは。あくまでも、諜報関係者向けのメッセージだった。

思考は、堂々巡りをくり返した。まとまることはなかった。

知らないところで、何かが動き始めている。嫌な予感がした。

26　二〇：三八

辺勇武《ピョン・ヨンム》は、東京都千代田区の地下鉄半蔵門《はんぞうもん》線半蔵門駅に降り立った。

コインロッカーを開ける。黒いアタッシェケースがあった。あと、ボストンバッグが一つ。李明禄の指示どおりだ。

「古風だねえ」呟いて、辺は荷物一式を取り出した。「昔のスパイ映画じゃあるまいし」

公衆トイレの個室に入り、ケースを開けた。拳銃が二挺。大型と中型。

辺は三十四歳。朝鮮人民軍偵察総局工作員。小柄で痩身。顔も小さく、一度見ただけでは印象に残らない。本名と同じ偽造パスポートを使う。韓国人を装っていた。建設労働者だ。川崎《かわさき》市内の災害復旧工事へ派遣されている。先月の大型台風による現場だった。

日本では、人手不足が深刻という。補うために、外国人労働者を受け入れる。辺は嗤った。過酷な労働を、低賃金で行う人間がどこにいる。バブル期ならともかく、今はネット社会だ。日本の労働環境が、極限までブラックであること。世界中が知っていた。

集まる労働者の大半は、別の目的があることになる。辺が見たところ、三分の一は諜報員だ。目を見れば分かる。賃金が安くても、生活には困らない。本国からの報酬がある。

先日の夜。タイとインドネシア、ヴェトナムの諜報員と川崎駅前で呑んだ。皆、同じ工事現場に派遣されている。

どこにでもある普通の居酒屋だ。『ハラール認証』など、縁がなさそうな場末の店だった。インドネシア人の諜報員は、イスラム教徒だった。アルコールや豚肉は当然不可。その他の食品も、調理法や育成方法等にまで決まりがある。厳しい戒律を守らねばならない。

「大丈夫」インドネシアの諜報員は、器用に注文していった。「どうやったら、食べられるものが注文できるか。食事も訓練受けてるから。でないと、日本なんかに来られないよ」

「そんな日本の、どこが先進国なのかね？」ヴェトナムの諜報員が嘆く。「でも、建設はまだマシ。介護なんか地獄だって。うちの女性工作員が行ってるけど。高齢者の汚物処理とか、必要で大事な仕事だけど労働環境がひどいよ。勤務体制に賃金その他。あんな条件で働く奴、世界中どこ探してもいないって」

「何かと言えば〝経費削減〟」タイの工作員が嗤った。「それも、人件費。労働者まで一緒になって、自分の賃金下げてる。稼ぐ奴より、給料減らす奴の方がエラいんだ。公務員だ、民間だって叩き合わされて。権力者の思うつぼさ。楽して儲けてるのは政財界だけだよ。日本人は誰も気づかないのかな?」

盛り上がっていると、日本のサラリーマンらしい一団に絡まれた。

「外国人が、でかいツラすんな」

またか。辺は息を吐いた。タイの諜報員がとりなした。

「日本最高。日本人親切。おかげで、仕事もらえて助かります。ありがとう」

片言の日本語を駆使する。さすが〝微笑みの国〟。見事な演技だ。

日本の会社員。普段は平身低頭だろう。悦に入っている。

インドネシアの工作員が、全員の左小指に触れた。国で教わる特殊技能だそうだ。すぐには痛みを感じない。特に、アルコールが入っている場合は。翌日、骨折に気づく。蜂に刺されたごとく腫れ上がり、激痛が走る。

辺は思う。日本人は何を考えているのだろう。奴隷待遇に甘んじていながら、過酷な労働は外国人へ。さらに悪い待遇で押しつける。なぜ、そんな歪《いびつ》な考えが身につくのか。思い上がれば、足元を掬《すく》われる。それだけのことだ。

トイレの中で、辺は服も着替えた。ビジネスホテルへ行く予定だ。作業服はまずい。夏用のスーツ。高級品ではない。一般のサラリーマン風に着替える。ネクタイも締めた。脱いだ物は、ボストンバッグにしまった。

李が指定したビジネスホテルに向かった。日本人名で予約してある。東南アジア系の諜報員より楽なのは、顔立ちが日本人で通ることだ。

指定された部屋。一二〇一号室へ上がった。最上階の東端だ。カードキーでドアを開ける。室内は狭かった。シングルベッドに小さなデスク。人一人通るスペースしか残されていない。アタッシェケースとボストンバッグを、辺はベッドへ放った。上着を脱ぎ、ネクタイも緩めた。

辺は祖国において、厳しい訓練を積んでいた。

木に縄を巻いただけの〝打撃板〟。一日に三千回以上撃つ。拳や指先。手の甲に掌。足を使って。零下二十度で早朝五時から水泳。死と隣り合わせの降下訓練もあった。平壌《ピョンヤン》市寺洞《サドン》区域。美林《ミリム》飛行場南西部の第一五研究所。祖国の近接格闘術〝擊術《そうげき》〟始め、各種殺人術を教わった。歩兵スコップ操法。短刀操法。槍擊術。殺人テコンドー等。さらに格闘技各種。ボクシングにレスリング、柔術ほか。

射撃技術も、徹底的に叩き込まれた。祖国の銃器はもちろん、自衛隊小火器も使用できる。南朝鮮仕様は当然だ。韓国兵になりきる訓練もあった。

鍛え上げているが、日本の夏は堪える。それだけ苛烈なのか。労働者生活で鈍ったか。

辺はアタッシェケースを開いた。大小の拳銃二つ。

大型はスイスのB&T製USW。ユニヴァーサル・サーヴィス・ウェポンの略だ。全長二五センチ強。重量一キロ弱。口径九ミリ×一九。セミオート。装弾数は一七／一九／三〇連マガジンから選べる。ドットサイトと、折り畳み式ショルダーストックを装備している。外観はマシンピストルのようだ。

警察用の対テロ銃器として開発された。アサルトライフルやサブマシンガンでは、警察官にとって訓練及び携帯性の負担が大きい。通常のピストルではスペック不足。双方補うことに主眼を置いた設計思想だ。七五メートルまでなら狙撃も可能。

今回は、一七連マガジンが用意されている。携帯性を重視して、だ。弾数は、さほど必要ない。グリップに装塡した。USW本体は、イタリアのレイダー製純正品ホルスターに収納した。肩にかける。銃は右側。左側はマガジンポーチ。予備弾倉二個と専用サプレッサーを収めた。

続いて小型。正確には中型セミオートだ。ワルサーCCP。同社製では最新の部類に入る。名前のとおり、Concealed Carry Pistol。秘匿携帯用の拳銃を示している。

全長一六センチ強。重量六五〇グラム弱。口径九ミリ×一九。装弾数八＋一。ガス遅延式ブローバック機構を採用。反動がマイルドになる。マガジンを装塡し、アンクルホルスターに収納した。ズボンの裾を上げ、足首に巻く。バックアップ用だ。今回、使用することはないだろう。

北朝鮮製の銃器なら、刻印を削り取る。所属を隠蔽するためだ。外国製なので必要ない。

上着をはおった。多少かさばるが、夜目には分からないだろう。人通りが多い箇所を移動するわけではない。カードキーはポケットに入れ、細工をした。客室を出た。ドアはオートロックだ。非常ドアへ向かった。ベルが作動しないよう、制御室にも反応は出ないはずだ。ノブを回し、夏の夜空へ出る。星は見えない。街の灯りにかき消されている。

ホテルと隣のビルは隣接している。その隣も。軽く飛び移れる距離だ。建物から建物に移る。指定された屋上で、足を止めた。

巨大なビルが立ち塞がっていた。日本一巨大な新聞社だ。目視で、標的を確認する。

日本人が一人、デスクに向かっていた。

名は、杉原卓巳《すぎはらたくみ》。新聞記者だ。

基本情報は、李から受け取っている。日本には経済紙を除き、主義の違う全国向け新聞が四紙存在するという。右派に保守、中庸と革新。中でも、保守が全国一の購読数を誇っている。杉原は、保守紙の論説委員だった。

五十六歳。保守の記者には、社主を始め米国協力者が多い。杉原は珍しく、ロシアのエージェントだった。六〇年代。学生運動が盛り上がった。杉原の兄も運動に熱中した。さなかに病死。兄の影響で、心情的には左翼シンパだったようだ。そこにつけ込まれ、ロシアに買収された。

表向きは、日米同盟等西側連携の重要性を説いている。さり気なく、ロシア情勢に与《くみ》した論調を展開していた。実に巧みな世論誘導だったという。

家族構成も把握している。妻は病死。既婚の息子二人に、孫が一人ずつ。

辺は、空調排気口の陰に身を潜めた。ＵＳＷのロック解除ボタンに手を伸ばす。大振りな拳銃が、ホルスターからドロウされる。ストックは折り畳まれている。スレッドが切られたバレルは、サプレッサー装着が前提だ。反射的にねじ入れていく。訓練の成果だ。

専用サプレッサー装着後、折り畳み式ショルダーストックを伸ばす。全長は五〇センチに満たない。肩に構えると、銃本体が顔の間近へ来る。スライドの動作が、射手を傷つけないことは分かっている。安定したエイミングに気を配ればよい。ややコツのいる方法で、スライドを引く。

初弾がチェンバーに装填された。セイフティはアンビだ。左右どちらでも操作できる。

あとは、撃つのみだ。サイトを見る。

杉原の席は窓際だった。標的の背中が見える。椅子を回転させ夏の夜、ネオンの空を仰いだ。距離は四十メートル。

辺は、トリガーを絞った。千代田区の夜。車も人も絶えることがない。減音器を通る銃声は、空気に溶けていく。

銃は一切ぶれない。右手人差し指だけが、連続して動いた。十三回。

強化ガラスだろう。縦横に罅《ひび》が走った。砕け散ることはない。モザイク模様の向こう、杉原が椅子へと沈み込んでいく。頭から胸、腹の急所はすべて捉えた。

李は言った。梁秀一が殺害された。現時点で、日本国内の同志が狙われる理由はない。日韓との関係は平行線。米とは良好になりつつある。考えられるのは、露中の諜報員等が射殺された件しかなかった。

我が国は関与していない。ロシアもしくは中国が誤って、報復に乗り出した可能性はある。米韓との関係に対し、警戒している節があるからだ。黙っているわけにはいかない。報復を行い、両国の出方を見る。本国の方針。偵察総局・太道春同志からの指令という。

まずは、ロシア。次いで、中国。

確信はない。ロシア及び中国人自体に、手を出すのは控える。狙うのは、露中に対する日本人協力者《エージェント》だ。

辺は立ち上がった。来たルートを戻り始める。歩きながら、サプレッサーを外す。ストックを折り畳み、銃本体はホルスターへと収めた。

非常ドアの仕掛けは戻す。狙撃直後にチェックアウトすれば、怪しまれる。日本の当局が、狙撃地点から移動ルートまで割り出した頃。辺は、川崎の工事現場へ戻っている。

あとは、ホテル住まいと洒落こもう。今夜は、よく働いた。多少の楽しみぐらい許されるはずだ。狭いホテルでも、いつもの安アパートよりはましだろう。

近いうち、中国に対する報復指令も下る。

第三章　八月五日　金曜日

27　七：一二

《カモメ第三ビル》六階の仮眠室。

来栖はＴＶを見ていた。公共放送のニュース。ビル全体が、神奈川県警警備部専用となりつつある。シャワーを浴び、髭《ひげ》など剃《そ》り、コーヒーも淹れた。自宅と大差ない生活ができる。

梁秀一こと木村秀一の死亡は、事件性が薄い。警視庁が発表していた。自殺として扱うようだ。

新聞社論説委員である杉原卓巳の事案は、大きく扱われていた。銃器による犯行。新聞記者の殺害。歴史的事件となるだろう。犯人は誰か。極右、極左または外国人工作員その他。憶測が憶測を呼んでいる。マスコミ始めネットでも、大変な騒ぎだった。

「ついに始まったか」

来栖は一人、口元を歪めた。

北朝鮮工作員の梁は他殺だ。コサチョフまたは守屋殺害の報復。来栖のハッタリ《ブラフ》に乗ったのは、ロシアか中国か。アメリカ及び韓国の手によるものではない。進めてきた北朝鮮との関係構築が、水泡に帰してしまう。被害が出ていないのに、あえて動く必要はない。

露協力者の杉原暗殺。梁殺害を受けての北による報復。その線が濃い。

北は、まずロシアのエージェントを殺害した。杉原が買収されているのは、日本の公安でも常識だった。次は中国を狙うだろう。

来栖に対する昨夕の狙撃。ニュース等に乗ることはない。情報が伏せられている。

昨晩は遅くまで、検証に付き合わされた。鑑識はもちろん警備部に刑事部、組織犯罪対策本部まで人を出した。混乱を極めていた。

狙撃は計四発。発射後すぐ、狙撃手は離脱した。来栖が、熊川に連絡した頃だ。

四発以上、撃たれる可能性も否定できなかった。いつまで撃ってくるかなど知る由もない。応援到着まで、灼《や》けたアスファルトに伏せ続ける羽目となった。

検証では、同じ行動を何度も取らされた。被疑者並みの扱いだった。

銃弾は、四発とも鑑識が回収した。九ミリ・パラベラム。コサチョフや守屋、杉原殺害と同じ口径だった。科捜研の鑑定待ちだ。来栖含む四件とも同種の銃弾だが、使用された銃器が違うようだ。旋条痕が一致していないという。

コサチョフと守屋殺害は、同一犯によるものと筋読みしていた。来栖への狙撃も、同じ人間による可能性はある。

杉原だけは違う。あとから参戦してきた北朝鮮によるものだ。当面、除外して考える。

優先すべきは、先の三件だ。

一体、何者か。

スパイ狩りの実行犯による狙撃。なぜ、来栖まで狙ったのか。

ブラフに触発された可能性もある。タイミングが問題だった。北朝鮮エージェントの梁殺害。ロシアまたは中国による報復なら、ほぼ同時か、以前のこととなる。

撃たれたのは、防衛省に石神を訪ねた直後でもあった。

現時点では、ロシアの線がもっとも濃厚だった。石神への積極工作を妨害されたくない。チェルネンコに、信用されているとは思っていなかった。警告か、実際に狙ったか。

来栖は、別の筋も疑っていた。狙撃手は日本人。スパイ狩りも、自身への狙撃も。防衛省秘密情報機関。『別班』／『直轄』。中心にいる《伊原学校》。

何を目的に、どう関与しているか。洗った方がいいだろう。スパイ狩りへの関与も含めて。予断は避けたいが、警戒も必要だ。

抗争を激化させ、真相を明らかにする。併せて、北の高官である太を仕留める。《伊原学校》が邪魔となるなら、排除するまでのことだ。

捜査の中心いわゆる元立《モトダチ》を、どこにするかで各部が揉めていた。昨夜から、協議が長時間続いている。本部長を交えた部長会議だった。組織犯罪対策本部は、早々に脱落した。公安の捜査員が撃たれたなら、暴力団等は関係ない。

警備部が元立で落ち着いたらしい。撃たれたのが、自部の捜査員だからだ。刑事部も諦めてはいない。人を送り込もうと画策している。

検証は深夜に及んだ。自宅アパートは危険とのことで、《カモメ第三ビル》に泊まった。着替えその他、必要な物は備えてある。コニャックをペリエで割って呑み、寝た。

ニュースは、天気予報に替わっていた。記録的な猛暑は続くという。

来栖は息を吐いた。記録的な殺戮《さつりく》も続くだろう。

28　八：二一

仮眠室を出たところで、スマートウォッチが震えた。着信。電話だ。

服装は変わらず、暗色のポロシャツにスラックス。六階にはコインランドリーがある。乾燥機も備えられている。

十二階の大会議室に上がるつもりだった。すでに厚川と今田、熊川が控えているはずだ。初めての番号だった。見覚えはある。登録していないだけだ。

廊下を歩きながら、ブリーフケースを探る。スマートフォンを取り出した。

「どこで、番号を聞いた？」来栖はいきなり告げた。「名刺は渡していなかったはずだ」

「国連職員ですから」香田瞳だった。当たり前とばかりに告げた。「あっさりと問い合わせに応じていただきました。普通の対応です。まっとうな官吏なら」

「悪かったな。まともじゃなくて」

「そのようですね」香田が短く笑った。「《クルス機関》」

「少し調べさせていただきました」香田が続ける。「なかなか、見事な経歴ですね」

「どうも」

窓から、低層なビルの屋上が見えた。空調設備等が陽光に炙られている。

香田が続けた。「命令無視。独断専行。規則違反。度重なる発砲。数々の違法捜査。どうして、県警をクビにならないのか不思議ですが。有能な方ではあるのでしょうね。優秀かはともかく」

「どう違う？」

「組織にとって有益な人間が優秀。単に、能力を持て余しているだけの人間が有能です」

「で？」来栖は言った。「時間がない。上司を待たせてるんだ」

「そんなことを気にするような方ではないと、お見受けしましたが」

「ただの地方公務員さ。哀れな田舎の宮仕え。摩天楼が似合うエリート様とは違う。もう切るぞ」

「今日、このあと《JET》を訪問します」

《ジャパン・エレクトリック・トレード株式会社》。北朝鮮のフロント企業。

「飯塚CEOのアポが取れました」香田はにこやかな声で続ける。「今日、会いに行きます。ですので、ギブアンドテイクといきませんか？」

「〝手を引け〟と言ったはずだ」来栖は真剣な口調になった。「その方が身のためだ」

「………」

「ご心配は無用です」電話越しでも、反り返っているのが分かるようだ。「私は、国連を代表して来ています。少々の危険は覚悟のうえです」

「少々ならいいがな」

「あなたとなら、協力関係が結べると思っています」上からの口調。テストに合格したとでも言いたいのか。「仕事のできない人間に用はありません。あなたも《JET》を訪問した。つまり、北朝鮮へ何らかの関心を抱いているはずです」

「学生時代、あんたみたいな女がいたよ」来栖は鼻で嗤った。「〝男へ目をつけたら、一度も袖にされたことがない〟とか言ってたな。あんたのしゃべり方は、そいつにそっくりだ」

「これから、《JET》に向かいます」声に棘《とげ》が生えた。「また、ご連絡します」

電話が切られた。来栖は首を左右に振り、エレベータへ向かった。

十二階に上がった。最上階の大会議室。熊川にスマートフォンで連絡する。「来栖だ」

「今、開けまーす」

熊川は相変わらずのマイペースだ。ドアが開かれた。中に入る。

巨大な円卓。窓からの景色は快晴。白い雲とのコントラストが眩しい。

距離を空けて、厚川と今田も待っていた。

「遅いじゃないかね」今田が唸《うな》った。「待ちくたびれたよ」

「急な電話が入りまして」来栖は悪びれず答えた。「国連から」

「冗談のつもりかね？」今田がさらに唸った。本気にしていないようだ。

「上司に嘘はつきません」

来栖は平然とのたまった。

「それは、どうか知らねえけどよ」厚川が嗤った。「大変な目に遭っちまったな」

「犯人がヘタクソで助かったねえ。私だったら殺してしまっていたよ」

今田が言った。嫌味か、自慢か、冗談か。いつもの調子だ。孫の〝萌音ちゃん〟は、まだ帰っていない。

「ここのベッド、硬くないですか？」

熊川は欠伸《あくび》を嚙み殺していた。やはり泊まりだったようだ。

「あの狙撃は威嚇です」来栖は本題に入った。「脅しですよ」

「昨晩の杉原も含めて」熊川が報告した。「コサチョフに守屋。来栖さんも加えて、三件の殺しと未遂一件があったわけですが。使われたのは、すべて口径九ミリの拳銃弾。どれも旋条痕が一致しません。科捜研から報告がありました。犯人が違うか。違う銃器を使ったか。バレルその他を都度、交換しているか」

今田が訊いた。「来栖くんはともかく。ほかの三件は東京だろ？　よく警視庁が情報くれたねえ」

「さすがに杉原の件が堪えたみたいですよ」平然と熊川は述べた。「警視庁も情報が欲しいんでしょう。現役の新聞記者です。それも論説委員。ロシアに買収されてたのは、公安では常識ですが。一般には大ニュースですから。スパイと公表するわけにもいかず。突き上げも厳しいみたいで」

「ま。こっちは助かるがな」厚川は首を回した。「で、昨日はどう動いた？」

「北のフロントは渋谷にありました。《ジャパン・エレクトリック・トレード株式会社》。略称は《ＪＥＴ》。現ＣＥＯを始め、経営陣はすべて日本人。それも含めて、登記上は完全に日本の会社ですね。ただし、実際の経営権は北朝鮮工作員が握っているようです」

熊川を通して、登記は確認してあった。香田の話に間違いはない。

「例の、ロシアに接触されていたという防衛省職員は？　石神とかいったな」

「接触のうえ、協力者《タマ》にしました。《ゼロ》の承認は？」

公安の《作業員》が、協力者獲得いわゆる《作業》を行う。警察庁警備局の防諜機関《ゼロ》による承認が必要だ。

「おれが、もらっといてやるよ」厚川は頷いた。「で、その石神は、やっぱり『別班』や《伊原学校》と関係しちゃってんのか？」

石神の反応を思い出す。「恐らく」

「そうか」厚川は腕を組んだ。「昨日の狙撃に、絡んでるって可能性はねえか？」

「その場合、スパイ狩り自体に《伊原学校》が関与している線が濃厚となりますが」

「そいつは面倒だな」厚川は伸びをした。寝不足だろう。帰宅は昨晩遅く、いや今朝早くになったはずだ。「実は、ここに電話があってな。朝イチで」

「誰からです?」

来栖は訊いた。《カモメ第三ビル》に電話。しかも、部長に直接。そんな人間は限られる。

「防衛省」厚川は答えた。右眉を歪めている。「情報本部さ。秘書から連絡があった。こっちに来たいんだってよ。まあ、伊原殿直々のお出ましはねえだろうけどな。何の用やら」

内線が鳴った。熊川が取った。少し話し、来栖たちを向いた。「……お客さんです」

「防衛省かい?」今田が眉をひそめる。「誰が来たのかね?」

「その伊原さん」

熊川は、欠伸交じりで答えた。

全員の視線が、内線電話に集中した。呑気な熊川を除いて。

29 九:〇二

《カモメ第三ビル》七階には、わりと豪勢な応接室がある。

ソファは合成だが一応、革張りだった。白いレースのカヴァーもかかっている。使い込んだ木製テーブルにも、同じくレースのテーブルクロス。いつも上品に保たれていた。窓からは最上階同様に、横浜港のパノラマが見える。

掃除が行き届いているのは、応接室だけではない。ビル全体にいえることだ。いつ行っているのか。清掃員と出くわしたことはなかった。来栖は常に疑問だった。

応接室を使うことは、めったにない。《カモメ第三ビル》自体が、来客を前提としていない施設だった。最近は、平然と訪問する輩が多すぎる。別に拠点を設けた方がよいのではないか。もっと知られていない場所に。来栖は、以前から考えていた。

防衛省の一等陸佐なら、応接室に入る資格がある。旧陸軍や外国の軍隊にたとえれば、大佐だ。すでに案内させてあった。一階ロビーで待機していた捜査員に、厚川が命じた。厚川と今田、来栖に熊川。本部にいた全員が、応対へ向かった。

室内では、痩せた長身の男が立っていた。お供はいない。短髪。端正な顔立ち。背筋は、金属でも嵌めているかのように伸びている。淡いグレーのスーツに、同系色のネクタイ。戦争映画に出てくる主演俳優のようだった。一人で乗り込んでくる点も含めて。

「お待たせしました」厚川が頭を下げた。「神奈川県警警備部長の厚川です」

「お忙しいところ、突然に申し訳ございません」男も頭を下げた。「防衛省情報本部統合情報部一等陸佐の伊原千由太と申します」

すっきりとした視線が上げられた。芝居がかっているのに、嫌味がない。来栖と同年配だろうが、若々しくもある。

「歌舞伎か狂言でも習ってたんですかね」

熊川が小さく呟いた。来栖は肘で突いた。確かに、團十郎《だんじゅうろう》か萬斎《まんさい》を思わせる優雅さだ。所作に淀《よど》みがない。佇まいは涼しげ。表情も穏やかだった。

来栖は、伊原が汗一つかいていないことに気づいた。応接室は、先刻まで使っていなかった。空調を入れたのも数分前。まだ蒸し暑い。夏物だろうが背広姿だ。

幼少期から訓練されている人間は、汗をかきにくくなる。聞いたことがあった。

全員で名刺交換をした。儀式のようだった。厚川は奥のソファを勧めた。一礼し、伊原は音もなく腰を下ろした。防衛省と県警は向かい合う形になった。来栖と熊川は補助用の椅子に座る。

顔だけは知っている制服警察官が、全員分の麦茶を持ってきた。慣れていないのか、手元がおぼつかない。昔なら男でも、若手はお茶くみからだった。

「早速、用件に入らせていただきます」伊原は話し始めた、「現在、世間を騒がせている一連の狙撃。お気づきのとおり、いわゆる一種のスパイ狩りです。当事案に関しましては、官邸の国際組織犯罪等・国際テロ対策本部が全面的な指揮を執ることとなりました」

伊原の話は、簡にして要だった。守屋や杉原。微妙な立場の人間に関する話も臆さない。

「……本部長である官房長官経由で、総理から防衛大臣に対し指示がありました。外務省の国際テロ情報収集ユニットと、連携を図るようにとのことです。関係機関に関しましても、連絡を密として当たるよう仰っておられます」

「それは、そうでしょうな」厚川が後頭部を掻《か》いた。「で、お越しいただいた理由は？」

「防衛省の情報部門が幹事的な役割を担うこととなりました。内閣情報調査室、公安調査庁、警視庁と連携を図ってまいります。関係各機関に対しましては、要請済みです」

「なるほど」厚川は視線を逸らさない。「神奈川《うち》も、ですかな？」

「はい」優雅に頭を下げる。「神奈川県警察におかれましても、ご協力をお願いする次第です。中華街の事案は一種偶発的なものでしょう。ですが、外国人の一般観光客が犠牲となっている以上、放置はできません。貴県警の立場も理解しており、全面的な捜査に励まれていることと存じます」

「はい。組織を挙げまして」

「つきましては、我々と連携のうえ、事態の早期収拾へご尽力いただきたく参った次第です。上層部同士では当然話がなされますが、実際に動くのは現場の我々ですから。失礼を承知で、ご挨拶に伺いました。それでは、ご協力よろしくお願い申し上げます」

「承知しました。お忙しい中、お越しいただき恐縮です」厚川は訪問の礼を述べた。「この厳しい季節に。ただ、あまり暑さは感じていらっしゃらないようにお見受けしましたが」

「これでも自衛官です」伊原は微笑した。爽やかな笑み。「制服は着ていませんが。この程度の暑さで参っていたら、厳しい訓練を受けている部下に示しがつきません。それでは失礼いたします」

伊原は風のように去った。

「そろり、そろり」

ドアから出ていく伊原の背中へ、熊川が呟いた。来栖は、脇腹を軽く突いた。「やめろ」

「いい男っぷりだねえ」今田は、うっとりと言った。

「自衛官にしとくの、もったいないですよね」熊川も呑気なものだ。

「勝手に動くなっちゅうことか」厚川は鼻を鳴らした。「わざわざご苦労なこった」

伊原の訪問は、依頼などではない。警告だ。〝神奈川県警は指示に従え。動向は全て把握している〟。優美に動き、丁寧な言葉を駆使していても。趣旨に違いはない。

「それにしても、呉越同舟とはよ」厚川は鼻を鳴らした。「スパイ狩りに対してとはいえ。防衛省と外務省が連携を図るってんだろ? 岸井防衛大臣と小瀬田外務大臣。『愛国者法』に関しては、推進派と反対派だ。皮肉な状況ではあるな」

「防衛省と外務省って、仲悪いんですか?」

「ニュースぐらい見たまえ」

呑気な熊川に、今田の嫌味が飛ぶ。来栖の方を向く。若干、顔が蒼ざめている。交通畑十数年には、荷が重すぎるのかも知れない。「来栖くん。今回は、国中の機関が力を合わせて取り組むこととなったんだ。君も勝手な真似は控えてだねえ……」

「構うこたあねえ」厚川が嗤った。「やっちゃえ。あんな連中に気を使うことねえさ」

「しかし……」

珍しく今田が、厚川に反論している。それだけ戦《おのの》いているということか。

来栖は立ち上がった。伊原が本格的に動き始めた。先手を打つ必要がある。

「ちょっと出てきます」

30　九・四九

《カモメ第三ビル》を出た。陽光に目を細める。港からの風は期待できそうにない。午前中でこの気温なら、午後はどうなるか。

通りすぎる車の列が、日光を反射する。通行人は多くない。スマートウォッチに着信。公安調査庁の浜崎賢介《はまさきけんすけ》だった。

あまり話したい相手ではなかった。用件も想像がつく。スマートフォンを耳に当て、来栖は吐き捨てた。「何だ？」

「近くまで来てるのよ」浜崎は答えた。「ビルから、南に二本目の路地で待ってるわ」

浜崎は公安調査庁調査第二部第四部門調査官。中国担当の三十九歳だ。

歩を進め、指定された路地を窺った。細く、薄暗い。背があまり高くない太めの男が見えた。隣には、長身の男が立っていた。腹の出ている方が、浜崎だ。

来栖は足を踏み入れた。湿度が高い。饐《す》えた臭いもする。快適な空間ではなかった。鼻を鳴らす。「ドブネズミに、ふさわしい場所だな」

「そう自分を卑下しなくてもいいわよ」

浜崎が口を開いた。歯周病が治っていない。ひどい口臭がする。

「隣の男は誰だ？」

「同僚よ」浜崎は答えた。「小宮優斗《こみやゆうと》。同じ第二部第四部門《ニノヨン》の調査官。ロシア担当の三十二歳。ウチのエース候補よ。若いって侮らないでね。とっても優秀なの。私が保証するわ」

小宮が頭を下げた。長身で、痩せて見える。身体には発条《ばね》を秘めているようだ。体育会系に見えた。荒事の少ない公安調査庁では珍しい。長細い顔は整っている。クルーカットのような短髪。縁の太いブランド物眼鏡をかけていた。最近、見た気がした。タイプが伊原を思わせる。

二人とも、白い半袖シャツにノーネクタイだった。浜崎は薄いグレーのスラックス。細いストライプ入り。小宮は、濃紺の無地だった。

「防衛省の兵隊、来た？」浜崎が吐き捨てた。「帝国陸軍の亡霊野郎」

「物騒な言い方すんな」

「上等よ。丁寧な言い方してるけど結局、配下につけってことじゃない。冗談じゃないわよ、あんな奴。クーデター失敗して、銃殺刑にでもなればいいのよ」

「伊原は、あんたのタイプかと思ったが？」来栖は嗤った。「典型的な男前だし」

「私、ゲイじゃないわよ」ヒステリックに続ける。「もう。思い出すだけでも腹が立つ」

「で、何の用だ？」

「共闘しない？」

「？」来栖は眉をひそめた。「意味が分からないんだが」

「内調と警視庁はダメ。伊原の息がかかりまくりみたい。その点、公調《うち》と神奈川県警《あんたのトコ》は、まだそれほどでもないでしょ？　組んで、あの青年将校を出し抜いてやりましょうよ」

「この暑い中、わざわざそんなこと言いに来たのか?」

「あんたにも悪い話じゃないと思うけど」浜崎は口元を吊り上げた。「早くして。ホントは、あんたにこんな話するだけでも屈辱なんだから」

「考えとく」

来栖は立ち去った。浜崎の舌打ちが聞こえた。

浜崎はどうでもいい。来栖は、小宮の目つきが気に入らなかった。公安関係者特有の陰湿な視線。まとわりついてくるようだった。

着信の振動。スマートウィッチを見る。香田だった。スマートフォンで話し始めたが、要領を得ない。渋谷にいるらしい。

「落ち着け。何があった?」

「《JET》の飯塚CEOが」香田が声を絞り出す。「……殺されました」

「一一〇番通報はしたのか?」来栖は訊《たず》ねた。「もしくは警視庁に直接。最寄りの警察署か、交番への連絡は?」

「いいえ」

震えてはいるが、しっかりした声音だった。重ねて訊く。「どうして? 渋谷は警視庁の管轄だ。おれに連絡するより、そっちが先だろう」

「警視庁に知らせれば、国連へ連絡が行くでしょう」香田は答えた。「専門家パネル事務局は、私の身柄を要求するはずです。ただちにニューヨークへ帰らされます」

「その方が安全だ」

「まだ何も掴んでいません」毅然とした口調だった。「手ぶらで帰ることになります。お話ししたとおり、専門家パネルは各国の思惑が重なり複雑です。高い旅費を使って来日しておきながら、成果がなかったとなれば。今後の捜査に、どのような妨害や横槍《よこやり》が入るか」

「どうして、おれに連絡した？」

「一人では、現場の渋谷を離脱するのが難しいので」香田は答えた。「協力してくれる方が必要です。あなたなら管轄外。神奈川県警の人間ですし。警視庁の目をかいくぐるスキルもおありでしょう。《クルス機関》が評判どおりなら」

「おれに、縄張り破りをしろと？」来栖は言った。「殺しの事案で？」

「そうです」力強く言い切った。「あなたは《ＪＥＴ》、北のフロントを追っていた。恐らく単独で。警視庁と協力もしていなかったでしょう。損はしないと思いますが」

《ＪＥＴ》のＣＥＯである飯塚昭広。北朝鮮フロント企業の代表取締役。警視庁の足立には告げてある。刑事部だけでなく、公安部も動き出す。情報が遮断される。来栖が関与できる余地はなくなる。今なら、現場にいた目撃者を確保できる。警視庁に先行して。

「現場から離れろ。今すぐ」

来栖は香田に指示した。警視庁に先行するとしても、身柄の安全は確保しておく必要がある。間に合わなければ、諦めるまでだ。

「坂を下れば、近くに渋谷警察署道玄坂上交番がある。周辺で待機していろ。何か怪しい点があったら、すぐに交番へ飛び込め！」

31　一一：〇五

来栖は、自家用車で渋谷に向かっていた。

香田の電話後、県警本部に寄った。防弾ベスト二着を持ち出した。拳銃は二挺。H&K・P二〇〇〇とS&W・M三六〇J。ブリーフケースと足首に収めている。顔見知りの地域課職員に、緊急事態だと告げた。PCで自宅へ送らせた。自家用のスカイラインに乗り換えるためだ。

県警のPCでは、都内へ乗り込めない。警視庁との悶着《もんちゃく》は目に見えている。ひと騒動となるだろう。覆面車も避けたかった。香田は、内密裏に県内へ運びたい。

簡単な状況説明は受けていた。香田は《JET》の飯塚と面会。CEOは、煙草を喫《す》いたいと言い出した。ビルは内部が禁煙。喫煙は屋上でしかできない。逃がさないため、ついて行った。

煙草を喫い始めて数分。飯塚の頭部が砕けた。向かいのマンションから銃撃されていた。香田は伏せた。逃走する犯人らしき人物は、顔だけ見えた。

欧米ハーフのような男。髪は黒。恐らく長身。

警視庁には連絡していない。道玄坂の交番付近に、香田は待機しているはずだ。

人通りの多い街だ。交番周辺にいても、不自然ではない。職務質問もされないだろう。

渋滞に捕まりながら、区内へ入った。少し走ると、渋谷警察署道玄坂上交番が見えた。香田の姿。交番前の空間に佇んでいる。昨日と似たような服装だが、色合いが違う。長袖シャツは薄いベージュ。パンツは濃いグレーだった。来栖はスカイラインを路肩に寄せる。助手席の窓を開けた。顔を見せる。サングラスは外してあった。同時に声を発する。

「乗れ」

香田が走り寄ってくる。助手席に乗り込んだところで、急発進。道玄坂の道路は、いつもどおり混雑していた。強引にUターンした。トラックにクラクションを鳴らされる。《JET》が入っているビル。《SHIBUYAセントラルシティ》に向かった。

香田は、少し蒼ざめて見えた。強引な運転によるものか、ほかの理由かは分からなかった。電話の話が確かなら、殺人を目撃して一時間しか経っていない。

スカイラインを、《SHIBUYAセントラルシティ》傍の路地へ入れる。路上駐車した。ビルにも駐車場はある。使用しなかった。何かあったとき、すぐ離脱できる。後部座席の紙袋へ、来栖は手を伸ばした。防弾ベストを取り出す。

「これを着ろ。着方は分かるな?」

「何となく」差し出された装備を、香田は受け取った。

来栖もベストを着用した。香田も着終わっていた。軽く確認する。問題はないようだ。

「行こう」同時に、車を降り立った。ドアをロックし、歩き出す。外部非常階段の入り口へたどり着いた。同時に、見知った男も一人。

警視庁公安部外事二課の足立だった。

昨日と同じ開襟シャツ姿。《JET》を張り込んでいる。落ち着きなく視線を巡らせていた。狭い路地。隠れようがない。来栖は視線を逸らした。足立は気づいたようだ。追尾するか否か。迷っているような感じだった。

「警視庁だ」来栖は香田に囁いた。「ついて来るかも知れないが、無視しろ。飯塚殺しの現場を確認したら、すぐ離脱する」

「そのあとは？」

「横浜に戻る」来栖は平然と告げた。「県警庁舎より強固な本部がある。昔は秘密基地といった趣だったんだが。最近、神通力が落ちてる。皆、普通に訪ねてくるんでね。それでも、その辺のホテルなどよりはマシだ。警視庁にあんたのことは渡さないし、知らせもしない。それでいいな？」

香田が頷いた。頷き返し、非常階段を上り始めた。時間がない。軽く駆け足となる。足立を横目で見た。まだ動き始めてはいなかった。

真夏の正午近くだ。十階分の階段。来栖は軽く息を吐いた。香田は、疲労を感じる余裕もないように見えた。

屋上に着いた。下から見上げれば、ビルは新しく見える。屋上は、黒く苔《こけ》むした廃墟のようだった。黒い鉄柵は錆《さび》が目立つ。床のコンクリートには罅が走り、雑草も生えている。

空調設備や、貯水槽に走る雨痕は垢《あか》のようだった。

灰皿が見えた。長方形の箱型。紙入りガムを縦にしたような形だ。血だまりがあった。飯塚が倒れていた。顔の上半分が砕けている。血と脳漿が飛び散っていた。黒ずんだ床と奇妙な染み。

来栖は死体を見た。こめかみに一発。プロの手口だ。香田に訊いた。「銃声は？」

「聞こえませんでした」

減音器を使ったか。東京のど真ん中だ。当然の措置かも知れない。

ビル内のオフィスに、喫煙者は少ないのだろう。飯塚の死体は、まだ発見されていないようだ。階下から、騒ぎは聞こえない。

「犯人は、どこから撃った？」来栖は質問を続けた。「逃げていくところを見たんだろ？」

「あちらのマンションです」

香田が、北側のマンションを指し示した。一車線の道路を挟んで建っている。

死体や血を踏まないよう、鉄柵へ近づいていった。来栖は指差した。「あの辺か？」

マンションは二階分、背が高い。外壁は薄いクリーム色。少し古びて見えた。中層耐火構造の廊下型。二メートル近い柵が設けられている。顔が見えたとすれば、狙撃手はかなりの長身だ。

来栖の指先は、廊下中央を指していた。香田が頷く。「……間違いありません」

大した距離ではない。狭い道路一本分だ。射撃能力より、地点の選び方が気になった。

廊下からの射撃。

白昼の渋谷・道玄坂。奥まったマンション。住人や訪問者は少ないかも知れない。狙撃手は土地鑑があるのだろうか。

《ＳＨＩＢＵＹＡセントラルシティ》の東側には、雑居ビルがあった。建物間を一車線道路が貫いていた。四階建てくらいだろうか。低層の建物だった。西側は古びたマンション。高さは同じくらいだ。屋上が見える。柵を越えて移れるくらい、壁を接している。

南側は四車線道路。通りの向こうは商業や飲食、企業等各種ビル群が建ち並んでいた。

飯塚はお飾りとはいえ、北朝鮮フロント企業のＣＥＯだった。昨晩の露協力者である杉原卓巳殺害。報復ならば、ロシア実行の線が濃厚となる。

「ひいっ！」

短い悲鳴がした。足立の姿が見えた。蒼ざめ、目を見開いている。タイムアップだ。

来栖は踵を返した。香田の肩を叩く。「行くぞ」

足立は、死体と来栖たちを見較べていた。口を開いているが、言葉は出てこない。

「あとは任せた」

言い捨てて、来栖は香田と階段を下り始めた。足立と、飯塚の死体を残して。

32　一二：五一

「随分、派手な東京土産じゃねえか」厚川が苦笑する。「国連安保理ってマジかよ」

来栖は平然と答えた。《カモメ第三ビル》最上階大会議室。渋谷での経緯を、厚川と今田へ簡単に報告する。ほかに人間はいない。概略は、熊川経由で伝達済みだった。

「警視庁の事案だろう？」今田が詰め寄ってくる。会議室の灯りは落としてある。外が充分明るい。室内は逆光になっている。少し蒼ざめて見えた。額の汗は、暑さによるものではない。「その第一発見者を連れてきて、どうするつもりだね？」

渋谷を離脱した来栖と香田は、横浜へ戻った。警視庁から止められることはなかった。渋滞にも巻き込まれず済んだ。

警視庁・足立は、即座に報告しただろう。緊急配備も敷かれたはずだ。間一髪というところか。

本部ビルの駐車場へ、車を入れた。スカイラインから棟内に入り、エレベータで十階へ。十階は、小部屋ばかりのフロア。取調用に改造した部屋もいくつかある。来栖はあえて、一番小さな部屋を選んだ。換気扇だけで、窓もない。エアコンは通じている。普段使うことはなかった。今の時期はサウナ状態だ。狙撃等、万一の事態に備えてのことだった。

熊川に指示しておいた。「人が入れるようにセットしといてくれ」

「エアコン全開にします」熊川はのんびりと答えた。「オーナーに嫌味言われますけど」

ビルのオーナーは元々、資産家の長男だった。某極左セクトに所属していたところを、協力者として獲得及び運営された。使用に際して、賃料はおろか光熱水費すら払っていない。文句の一つも言いたくなるだろう。

香田を案内し、熊川と合流した。

「セット済みです」熊川がドアを開けた。

空調は効いている。古いスチール製のデスクと回転椅子各一脚。ほかには、丸椅子が数脚。スチール製で、ビニールの座面に穴が開いているタイプだ。

中に促すと、香田が呟いた。声に棘がある。「素敵なお部屋ですね」

「気に入ってもらえてよかったよ」来栖は鼻を鳴らした。香田を押し込み、ドアを閉めた。

熊川に向き直る。「見張りを頼む」

「……マジすか」熊川が顔をしかめる。

「誰も入れるな」続けて指示した。「女も出すな。十二階で上と相談してくる。すぐ交代を寄こす」

「早くお願いしますよ」

熊川が頬を膨らませている。どいつもこいつも、不平不満ばかりだ。皆、暑さで気が立っているのだろう。自分のせいじゃない。来栖は息を吐き出した。

「じゃあ、今は熊川が見張ってんのか？」

「はい」厚川の質問に、来栖は答えた。「早く女性に替えた方がいいでしょう。ニューヨーク勤務の才女です。セクハラとか言い出しかねません」

「分かった」厚川はスマートフォンを手にした。核心には触れず、厳命する。信頼できる女性警察官を護衛に寄こせ。併せてローテーションを組め。トイレまで張りつかせろ。

今田の眉は、極限まで寄っていた。「これから、どうするつもりだね?」

厚川は今田を無視して、訊ねた。「どこの仕業だと思う?」

「《JET》は北のフロントです」来栖は考えを述べた。「そこのCEO、飯塚が殺害された。北朝鮮への報復と考えるべきでしょう」

「まず、北のエージェント梁秀一が殺《バラ》された」厚川も自殺などとは考えていない。「続いて、新聞記者《ブンヤ》の論説委員が射殺。杉原卓巳はロシアに飼われてやがった。飯塚へ手を下したのは露ってことになるな。順番でいくと」

「詳細は不明ですが。梁を殺害したのがロシアとは限りません。中国の線もあり得ます。杉原に関しては、北が早計にすぎたか。露中両方に手を出すつもりか。予断を許しません」

「ややこしいじゃねえか」厚川も眉を寄せた。「何で、こんなことになっちまったんだ?」

さあ、と来栖も首を傾げておいた。自分が仕掛けたとは言えない。

「申し訳ねえけどよ」厚川は息を吐いた。椅子を窓へ回す。「刑事部《ジ》を入れることになっちまった。本部長命令だ。聴取時には最低でも一人、同席させろとの仰せだ」

「昨夕のおれに対する狙撃絡みですか?」

「いや。その件は警備部の元立《うち》で話がついてる。渋谷の件だ。警視庁《東京》から、本部長へ連絡がいっちまった。その警視庁自体も、もうじき到着するそうだ。昨日から殺しのオンパレードだからな。これ以上、公安マターだと言い張るのは無理っちゅうもんさ」

「警視庁が……」今田の眉がさらに寄った。極限ではなかったようだ。

「捜査一課《ソウイチ》の赤木をお願いします」来栖は告げた。「警視庁にコネがあると言えば通るでしょう」

「あんのか？」

来栖は肩を竦めた。厚川は椅子を戻した。「その赤木ってのが、お前さんが飼ってる刑事部の協力者《ジタマ》か」

「じゃ、よろしくお願いします」来栖は立ち上がった。「汗だくなんで着替えさせてください。赤木が到着次第、香田の聴取を開始しますので。警視庁が来たら、対応を」

「ちょっと、来栖くん！」

今田の呼びかけは無視した。頭だけ下げて、来栖は大会議室を出た。

六階で着替えて、十階まで上がった。小部屋前には、熊川と制服の女性警察官がいた。女性の名前は知らない。顔だけは見たことがあった。赤木なら知っているだろう。県警の女性陣は、すべてリストアップしているという。

来栖は声をかけた。「ローテーション表はあるか？」

「はい」

返事とともに、女性警察官がA四ペーパーを差し出してきた。透明なクリアファイルに入っている。受け取った表に、来栖は目を通す。熊川に渡した。

「一応、全員の身元を洗ってくれ。部長を信用してないわけじゃないが、念のためだ」

厚川の指令で集まった人間。来栖は信用しきっていなかった。誰も信じるな。裏を取れ。

「はいはい」熊川は陽気に答えた。

エレベータの到着を知らせる電子音。男が一人出てきた。水色のポロシャツ。青いスラックスには、細く赤のストライプが入っている。派手な色使いだった。来栖と同い年には思えない。

「来栖ちゃん、お待たせ」捜査一課の赤木だった。声を上げながら、近づいてくる。「ありがとう。呼んでくれて。おかげで、課内での株が上がっちゃったよ。大丈夫、指名料なんて取らないから」

続いて、女性警察官にも話しかけた。楽しげなのは、赤木の方だけだった。

熊川は異様な目で、赤木を見ていた。そういえば、初対面だ。手短に互いを紹介した。

「熊川。捜査一課《ソウイチ》の赤木警部補だ。こっちは外事課《うち》の熊川」

「知ってるよお」赤木は大げさに、熊川の両手を握った。「県警初の攻撃型ハッカーだろ？噂は聞いてるよ。光栄だなあ」

「どうも」珍しく、熊川が不快そうだ。

来栖は告げた。「じゃあ行くぞ」

小部屋をノックした。香田の返事が聞こえる。

「状況は聞いてるな？」来栖は赤木に訊いた。

「大体。でも、大丈夫なの？　警視庁の管轄でしょ？　目撃者《マルモク》さらっちゃったりして？」

「大丈夫じゃないから、お前を呼んだ」

赤木が目を瞠る。無視して、来栖は室内に入った。紹介する前に、香田が自ら名乗った。

「国連安保理北朝鮮制裁委員会専門家パネルの香田瞳です」

「そ、捜査一課の、赤木です……」

さすがの赤木も気圧《けお》されたようだ。来栖は丸椅子を手にした。香田の前へ、腰を落とす。

「少しは落ち着いたか？」

香田は頷いた。大丈夫そうだ。目に力がある。来栖は続けた。「殺害の状況は分かった。殺される前に、飯塚は何を喋った？」

「特に、何も」香田は答えた。「《ＪＥＴ》の業務に関して詰問しました。北朝鮮のフロント企業であること。国連安保理の決議違反であること等について。証拠も提示して迫ったのですが、のらりくらりと。……そのあと、煙草が喫いたいからと屋上へ上がって……」

「受付に、二十代後半の女性がいただろう。彼女は？」

「ああ。いましたね。特に確認はしていません」

受付女性は米国のエージェントだった。すでに離脱しているだろう。

「飯塚狙撃犯の首実検をしてもらう」熊川を指した。「こいつの指示に従ってくれ」

「ちらと見ただけですから、判別できるかどうか……」

「ハーフのような顔立ちなら特徴がある。たぶん、大丈夫だ」来栖は頷いて見せた。「北朝鮮フロント企業のCEOが殺害された。ロシアの線が、現時点で一番濃厚だろう。昨晩殺されたエージェント、論説委員だった杉原卓巳殺害に対する報復だ」

香田始め、場の一同が目を瞠った。杉原の素性を知らなかったのだろう。「首実検で実行犯が割れれば、はっきりする」

報復の連鎖。来栖の手を離れて、拡大し続けている。

内線が鳴った。来栖は立ち上がった。「おれが出る」

「警視庁が来てるよ」受話器から、今田の苛《いら》立《だ》った声。「すぐに上がってきたまえ」

33　一三:三三

「お待たせしました」

来栖は、十二階の大会議室に入った。

まず、厚川と今田が目に入った。部長は余裕の表情。課長代理は不機嫌そのものだ。残りが警視庁。四人いる。全員がポロシャツか、開襟シャツ。下はスラックスという軽装だった。手にはブリーフケースを提げている。

知っているのは、柿崎と足立。あとの二人は初対面だった。

「まずは、私から」自己紹介を始めた。「石森尚昌《いしもりなおまさ》。警視庁外事二課長です」

名刺を交換した。警視。齢は五十代半ばか。中背で痩身。金縁眼鏡。一筋も乱れぬ七三分けが、年齢より若く見せていた。ノンキャリア幹部にしては、野暮ったくない。

続いて、柿崎と足立。

柿崎は堂々とし、足立はおどおどしている。名刺は、厚川と今田にだけ配っていた。

「顔見知りだもんな」

残された来栖に、柿崎が軽く手を挙げた。顔に、先日の眼鏡がない。変装用だったか。

来栖も口元を上げ、微笑った。足立は軽く睨んでくる。

最後は、三十代半ばの男だった。

「菅井藤二《すがいとうじ》です」名刺を交わす。警部補だった。「外事二課で、中国を担当しています」

長身で影の薄い男。見覚えがあった。香田と初めて会っているとき、カフェまで追尾してきた奴だ。来栖とは目を合わせなかった。見知っている素振りさえ示さない。

「まあ、どうぞ」厚川が手で、円卓を示した。「お好きなところに。席はいくらでもある」

神奈川県警と警視庁が、左右に分かれて座った。

「この暑い中、大勢でご苦労様です。で、何のご用ですかな？」

厚川の言葉に、石森が口火を切った。「渋谷の殺人事案は、ご存知だと思いますが」

「ええ」厚川が答えた。「すでにニュースとなっておりますからね。日本企業のＣＥＯが射殺されたとか。最近、発砲事案が多くて困りますな」

厚川の発言にも、石森は表情を変えなかった。「参考人と思われる女性を、神奈川県警さんで保護していただいているようですが」

「ほう」厚川はとぼけて見せた。「そうなんですか？」

「現場の《ジャパン・エレクトリック・トレード株式会社》ですが」〝のれんに腕押し〟の対応。石森は耐えている。「北朝鮮フロント企業である疑いが濃く、マル害の飯塚昭広は同社CEOです。公安部《うち》マターと主張していますけれど、刑事部《ジ》からの圧力もかなり厳しいものがありまして」

「でしょうな。お互い、悩みの種は共通しているようで」厚川が頷く。「公安同士。是非、協力し合いたいですな。どうすればよろしいでしょう？」

「目撃者《マルモク》の女性を、引き渡していただくようお願いします」

「……いや、それは、ねえ――」

今田がしどろもどろになる。来栖は動きかけた。制して、厚川が言った。

「当該女性は、国連の職員ですからね。捜査権はお持ちだが、殺人等の事案に慣れておられない。非常に怯えていらっしゃる。外務省からのクレームはもちろん、安保理を巻き込んだ国際問題にも発展しかねません。扱い次第によっては」

反論する者はなかった。短い沈黙。

「お分かりいただけると思いますが」厚川が続けた。「非常にデリケートな状況です。幸い、うちの来栖が彼女と顔見知りで、信頼も得ている。当該女性が落ち着いた時点で、貴庁へ委ねるのはいかがでしょうか？　今後の見通しも立てたうえで、得た情報とともに」

石森は、部下三人を見た。柿崎だけが大きく頷いた。足立は目を泳がせている。菅井は厳しい視線を、来栖へ送り続けていた。

「了解しました」石森は答えた。「当該女性の意思を尊重しましょう。ただし、来栖警部補は当管轄内へ何度も現れ、事態を混乱させている。そんな報告も受けていまして。その点は、厳重に抗議させていただきます。部長さんからも、徹底をお願いできますか」

「そうなのか、来栖？」

来栖は形だけ頷いた。

「それはけしからんですな」厚川も頷く。「今後は、指導を徹底いたします。申し訳ございません」

厚川が頭を下げ、手打ちとなった。来栖は平然としていた。しょせん役所同士の茶番だ。

石森の視線が、来栖を向いた。「《JET》のCFO。最高財務責任者の武田明氏が消息を絶っています。何かご存じないですか？」

武田明こと李明禄。朝鮮人民軍偵察総局工作員。北朝鮮フロント企業を仕切ってきた。警視庁は、《JET》の内情をどこまで把握しているのか。

「存じません」来栖は答えた。「香田氏が、何らかの情報を摑んでいる可能性はあります。ですが、混乱も激しく、そこまで聞き出すに至っておりませんので」

「そうですか」

答え、石森は席を立った。部下もあとに続く。

去り際、柿崎が耳元で囁いた。「美味しい話は、おれを通してくれると助かる」

来栖は鼻を鳴らした。「銃弾は発見されたのか？」

「いや」柿崎は答えた。「飯塚を貫通して、ビルの屋上も越えたらしい。今、捜索中だ。かなり強力な銃弾が使われたようだ。向かいのマンションから狙撃したなら、距離も大したことないしな。威力が余ってたんだろう」

「そうか」来栖は答えた。「分かった」

「じゃあな」柿崎は来栖の肩を叩いた。微笑んで見せ、警視庁の仲間を追っていった。

34　一四：二五

「これからどうする？」

警視庁が去ったあと、厚川が訊いた。

「《JET》CFOの〝武田明〟を追います」来栖は答えた。「そいつが北朝鮮工作員。フロント責任者の李明禄ですから。身柄を押さえたいですね。並行して、香田に狙撃犯の首実検をさせています。段取りは、熊川へ指示済みです」

「もうこれ以上、警視庁と揉めたりしないだろうね」今田がおずおずと質問する。

「警察庁《サッチョウ》まで乗り出してくるとか……」

「分かりません」

「わ、分かりませんって、来栖くん」

「それでは動きます」

言い捨てて、大会議室からエレベータで一階へ。《カモメ第三ビル》を出た。

灼熱の太陽に照らされる。一日の最高気温を記録する頃合いだ。

香田は熊川に任せてある。あの女は、李の行方など知らないはずだ。当面は、狙撃手を特定させる。どの国が、どう動いているのか。何の目的で。把握しておきたかった。

李が消息を絶っている。警視庁より、先に押さえる必要もあった。

ロシアは、飯塚殺しの第一容疑者だ。チェルネンコの指示による可能性が高い。李も追っているだろう。警視庁に加えて、GRUも出し抜く必要があった。誰も信用できない。

来栖は、オフィスビルの物陰に入った。一応、公僕だ。〝歩きスマホ〟は趣味じゃない。本部内で連絡してもよかった。その方が涼しい。だが、ほかの人間に動きを悟られたくなかった。ブリーフケースから、スマートフォンを取り出す。

伝手は二つだけだ。

まず、キムに連絡した。「まだ、日本にいるのか？」

「そんなすぐの話じゃないって」キムは笑った。「まずは軍資金貯《た》めないと。で、何？」

「李明禄って知ってるか？」

「いいや。聞いたことない、誰？」

「《ジャパン・エレクトリック・トレード株式会社》CFO。最高財務責任者だ。日本人の〝武田明〟で通ってる。略称は《JET》」

「ああ。知ってる。ヤバいって評判だよ、あの会社」キムが息を吐く。「また、きな臭い方へ首突っ込んでるね。今日の午前中に、ＣＥＯが射殺されてなかったっけ？」

「そうだ」

「こりゃ、また」再び息を吐く。「それで、どうすればいい？」

「お前の在日ネットワークに、李らしき人物が入ってきたことはないか？」

「今のところ聞いてないね」

「現在の状況を調べてみてくれ。深追いはしなくていい」

李が在日社会と距離を置いてきたなら、狩り立てるのは危険すぎる。身の安全を保障できない。

「言われるまでもないよ」キムは了承した。「ヤバくなったら、すぐ離れるし。じゃね。何か分かったら、連絡するから」

あてにはできないし、したくもない。危ない目には遭わせたくなかった。反面、情報漏れも防ぎたい。キムのネットワークを押さえておく必要はあった。

「気をつけろよ」来栖は通話を終えた。

続いて、極左救対組織《アザミの会》横浜支部長の高見に連絡する。

九コール目で出た。「遅いぞ、何やってる？」

「会議中だったんだよ」高見は舌打ちした。「建物の廊下に出た。今は一人だ。で、何？」

「渋谷の《ジャパン・エレクトリック・トレード株式会社》」

一瞬、高見が言葉に詰まった。「……何だ、それ？」

「北のフロントが、どの企業か。最初から知ってただろ？」

代理会社に関する情報。高見は初めから得ていた。繋がりも持っている。一昨日見せた反応から、李とも面識があるだろう。「とぼけ続けたいなら、それでもいい。こっちにも考えがある」

「勘弁してくれ」高見が頼み込んでくる。「知ってたって言えないこともあるんだ。おれも、もういい歳だ。危ない橋は渡りたくないんだよ。分かるだろ？」

「分かったたって、どうしようもないこともあるからな」来栖は告げた。「まあいい。ニュース観てないのか？　ＣＥＯの飯塚が殺されたぞ」

「………」

返事を待たずに、来栖は続けた。「ＣＦＯの〝武田明〟こと李明禄。知ってるな？」

やはり返事はない。時間もなかった。「奴も消えた。話がしたい。李から連絡させろ、早急に」

一拍置いた。「安心した老後を送りたきゃな」

「わ、分かった」口ごもりながらも、高見は承諾した。「……少し、時間をくれ」

「急げよ」

来栖は、馬車道《ばしゃみち》を関内方面に進んでいくつもりだった。車が必要になるかも知れない。自宅近くに向かった方がよいだろう。

オフィスビルから歩き出す前に、ネットニュースを確認する。

〝渋谷で変死体。射殺か?〟。飯塚殺害は、あいまいな表現だった。警視庁が情報を抑えている。

続いて、岸井防衛大臣関連。『愛国者法』法案提出予定の臨時国会が、来月開催される見通し。

小瀬田外務大臣から、直接の反対はなかった。露外交官殺害並びに首都圏で続発している射殺事案。早期解明と、事態の鎮静化を訴えていた。あとは、お得意のグローバル化推進。

来栖は、オフィスビルの陰から出た。太陽に晒されながら、歩き出す。

馬車道の終点近くまで来た。JRの線路が見える。

震えるスマートウォッチ。高見から連絡。スマートフォンは手にしている。「はい」

「李が、福富町《ふくとみちょう》で会うそうだ」

35　一五:二七

指定されたのは、一五時三〇分。福富町のコリアン・パブ《スパイシー・チゲ》だった。

来栖はタクシーを拾った。タイミングよく、空車が来た。

カードで支払い、車を降りた。熱気に包まれる。殺人的な暑さだった。アスファルトから、陽炎が立ち昇っている。路面が溶けて、靴がめり込みそうだ。

「李は一人か？」先刻、来栖は高見に訊いた。

「そのはずだ」高見の声に力はない。「おれにできるのはここまでだ。後は頼む」

分かったと答え、通話を終えた。高見を追及することも考えた。問い詰めても、進展はないだろう。試しに降車後、再び電話してみた。電源は切られていた。

「行ってみるしかないな」

来栖は一人ごち、短く嗤った。

通りは静まり返っている。人通りも多くはない。車も数えるほどだ。運搬用が多い。夜の営業に備え、搬入と仕込みをしている最中だろうか。

日本語に中国語、ハングル。そのほか様々な言語。多様な文化が混沌としていた。まだ活動を始める時間ではない。陽光の下、街は巨大な影に見えた。

スマートフォンの地図機能で、位置を確認する。飲食店の検索機能にも、反応があった。《スパイシー・チゲ》は有名な店らしい。まだ新しいようだ。

以前、福富町に来てから半年以上経っている。北朝鮮テロ事案のときだ。その際も、コリアン・パブだった。前を通ると、台湾料理店に代わっていた。各種タピオカ飲料が売りのようだ。若い女性たちが数人、列をなしていた。

コリアン・パブ《スパイシー・チゲ》は、すぐに見つかった。五階建て雑居ビルの二階。看板が目に入った。エントランスに立つ。陽光が遮られる。来栖は息を吐いた。着替えたばかりのポロシャツは、汗ばみ始めている。

大きな建物ではない。館内表示は、すべて埋まっていた。アジア系各国の言葉が躍る。日本語表記を見る限り、水商売か風俗店ばかりのようだ。灯りは落とされている。

館内表示の奥には、小さなエレベータがあった。通りすぎ、薄暗い階段を上っていく。ビル内に、営業している店はないようだ。始業時間はまだらしい。

二階に着いた。コリアン・パブ《スパイシー・チゲ》。同じフロアに、ほかの店はなかった。陽の差さない廊下。灯りも点《とも》っていない。看板に〝刺激的な美女を、あなたに〟とある。下のハングルと中国語も似たような意味だろう。

店のドアをノックする。木製で重々しいが、素材は合板だ。反応はない。

「誰かいないか？」

問いかけにも、応ずる者はなかった。ドアのコックをひねる。開いていた。

「李、中にいるのか？」

中は暗闇だった。外は真夏の陽光だ。カーテンを閉じているのか、窓自体がないのか。光が強ければ、影は深くなる。目が馴れない。

一歩踏み込んだ。背後でドアが閉じる。人の気配がした。数人だ。

頸筋《くびすじ》に衝撃が走った。

36　一六：〇八

朦朧《もうろう》とする意識。

不快な気温と湿度。瞼《まぶた》が重い。首筋が痛む。

来栖は目を開いた。頭を振る。意識が少しだけ回復した。状況を、徐々に把握していく。真っ暗な部屋。壁にかかった時計は、針が蛍光だった。時刻は分かった。一六時を回っていた。三〇分以上、意識を失っていたことになる。

椅子に座らされていた。背もたれのある木製だった。両腕は背後に回され、手錠を嵌められている。来栖への配備品ではないようだ。動かしてみた。軽い余裕はある。抜け出すのは無理だ。関節を痛めない程度の固定。手慣れた人間の仕業らしい。

足首は左右とも、椅子の脚に縛られていた。動かそうと試みる。全く身動きは取れなかった。痛みはない。使用されているのはロープだろうが、柔らかい素材らしい。解くことは不可能だった。人間を拘束することに長《た》けている。

腕と脚以外は固定されていない。目隠しや猿轡《さるぐつわ》もなし。ブリーフケースは見当たらなかった。足首のホルスターも、取り除かれている。

場所は不明だった。目が馴れるのを待つしかない。《スパイシー・チゲ》から動かされたのか。踏み込んだとき、店内は暗闇だった。レイアウトや匂い、人の気配等。様子を確認する時間的余裕はなかった。その前に、気を失っていた。

意識が飛んだ大人の男一人。移動させるにも、三〇分強では限界がある。縛り上げる時間も必要だ。コリアン・パブから動かされたとしても、遠くではない。まだ福富町内かも知れなかった。

首の痛み。電気による火傷《やけど》のようだ。スタンガンを当てられ、意識を失った。連れ込まれたか、連れ去られたか。椅子に拘束され、今に至る。そんなところか。

意識を失わせるほどのスタンガン。日本の市販品ではない。威力が強烈すぎる。改造したか、海外から密輸した品か。

数分が過ぎた。目が馴れ始める。何もない部屋。広さは十二畳ほど。パブ店内でないことは確かだ。水商売の接客業。営業をやめていない限り、ここまで片づけるのは至難の業だろう。《スパイシー・チゲ》ではないのか。

窓は二か所あるが、固く閉ざされている。陽が射し込む隙間もない。エアコンはないか、あっても動いていなかった。顔も背中も汗ばんでいる。

「サービスが悪いな」来栖は一人ごちた。

正面のドアが開いた。逆光でも分かる。プロレスラーのような体型。猛暑の中、律義にスーツ姿。防衛省の石神だった。一度会えば、姿形は忘れない。公安捜査員の性《サガ》だ。

「目が覚めたか？」石神が告げた。昨日とは違い、口調が自信に満ちている。「意識は？」

「いい昼寝だったよ」来栖は鼻を鳴らした。「空調が効いてると、もっと快適だった」

「真摯な対応をお願いしたい」逆光で、表情は分からない。笑ったようには見えなかった。

「お調子者ぶるのはやめていただこう」

「このクソ暑い中、椅子に縛り上げられて真面目な対応もあるかよ」

ドアは開いたままだ。影の薄い男が現れた。眩しい白のポロシャツ。警視庁公安部の菅井だ。外事二課の中国担当。

続いて、痩せて長身の男。発条を秘めた体育会系。整った長細い顔。クルーカット。縁の太いブランド物眼鏡。公安調査庁の小宮だ。第二部第四部門ロシア担当。

菅井と小宮は、今日会ったばかりだ。最後に入ってきた男だけは、面識がなかった。長身で筋肉質。不愛想な雰囲気。全員が鍛え上げられていて友好的ではなく、伊原に似た雰囲気をまとっている。

全部で四人。来栖の眼前で、横一列に並んだ。

ドアが閉じられた。再び暗くなったが、完全な闇に沈んでいない。目が馴染んできた。

来栖はため息を吐いた。「デカくてごついのが、四人も雁首《がんくび》揃えて何の用だ?」

「代表して、私から」防衛省の石神が、一歩前に出た。「昨日はどうも」

「どういたしまして」

来栖は、自分の胸を見下ろした。《ピーガルくんバッジ》は外されている。

「あのマスコットキャラは可愛かったが」石神が告げた。「発信器であることは、すぐに分かった。外させてもらったよ。身体検査は済んでいる。ONにしたまま、あなたのスマートフォンごと信号待ちしていたトラックの荷台へ放り込んでおいた。今ごろ、どこかの国道でも走っていることだろう」

「腕時計も、か?」

「あのスマートウォッチも仕掛けがありそうだったんでね。こちらでお預かりしている。ブリーフケースに二挺の拳銃も、だ」

「そいつは助かる」来栖は嗤った。「拳銃を失くすと、上司に何を言われるか分からないからな。で、何を訊きたい？　できる範囲で、リクエストにはお応えするよ」

変わらず逆光だ。顔を歪めたのは分かった。「……《ＪＥＴ》に接触した理由は？」

「北朝鮮のフロントだと情報が入った。通常の捜査活動だ」

「管轄外だろう」

「逆に訊かせてくれ。なぜ、そんなことが知りたい？」

「各国の情報機関とは、どういう情報交換をしている？」

「知りたければ、正式に照会しろ。それとも、ロシアの動向が気になるか？」

石神が巨体を屈めた。上半身が近づく。角度も変わり、顔に光が差した。睨まれている。来栖は続けた。「積極工作《ちょっかい》かけられて、泣きベソかいてたんだろ？」

「ロシアのコサチョフやチェルネンコには、わざと接触させていたんだ」薄暗い顔。石神の額には、血管が浮かぶ。「逆に、こちらが情報収集するためだ。分かったろ？　あんたから脅される覚えはおろか、コケにされる謂れもない。安っぽいヤサグレ刑事ごときに」

「なるほど」来栖も応じた。「それで、汗をかいてなかったのか。まあ、伊原ほど様にはなっていなかったが。即席感が半端なかった。それより、外事の捜査員ならそこにもいるぜ。何しに来たのか知らないが」

来栖は顎で、警視庁の菅井を指した。石神の視線も動く。

「菅井くんは、我々の同志だ」石神は答えた。菅井の表情は逆光のままだ。「崇高な大志を同じくしている。あんたみたいなサイコパス野郎と一緒にするな」

「失礼な奴だ」来栖は眉を寄せた。「まあいい。ロシアのコサチョフが殺害された件だが。多磨霊園への墓参情報も、あんたが取ってきたのか？」

「だったら、どうした？」

「いや。大男が身をすぼめて、ロシア人に媚び売ってる。さぞ見物だったろうと思ってな」

石神は答えなかった。顔に唾を吐かれた。右頬にかかったが、拭うこともできない。

菅井が、石神の後ろから肩に手を置いた。鼻から息を吐き、交代する。

「国連専門家パネルの香田瞳は、どこにいる？」

「しつこいな」来栖は短く嗤った。頬を唾が垂れる。「昼間も訊いただろ？」

「彼女から、どこまで話を聞いてる？」

来栖は答えなかった。菅井が声を荒らげた。「答えろ！」

「知らん」来栖は息を吐き出した。「話を聞く前に、ここへ来たんだ。お前らが誘き出したんだろ？　少し夕イミングが早すぎたな」

菅井から、面識のない男に替わった。また、選手交代だ。稽古を積んだ舞台劇のように、統一された動きだった。

「あちこち嗅ぎ回ってるようだが、狙いは何だ？」

「ただのお仕事さ。宮仕えは辛いな、お互い。どこの所属か知らないが。この暑いのに」

「ふざけるな！」

「ふざけてなんかいない」来栖は鼻を鳴らした。「それより、誰か顔を拭いてくれないか？大男の唾は臭くてね」

男が、軽くふり返った。顔に光が差す。表情に困惑の色があった。

四人が顔を見合わせる。言葉を発する者はなかった。来栖は続けた。「ネタ切れか？」石神に菅井、小宮と見知らぬ男。四人の視線が来栖を向いた。薄暗くても、顔の動きで分かる。目の色まで見えなかったが。優しくはないだろう。

「ガタイだけで、脳みそは空っぽなゴリラが四頭」来栖は小宮に視線を向けた。「飼育係はいないのか？　動物は、ちゃんと躾しておいてくれないと困る。用がなくなったんなら放してくれ。ただでさえ真夏なのに、暑苦しくてたまらん。それとも、次はあんたか？」

来栖は、顎で小宮を指した。「一人知らない奴がいるが皆、日本を代表する情報機関の一員だろう？　仲がいいのは、大いに結構。だが、目的は何だ？」

答える者はなかった。視線だけ動いたようだ。続けて訊いた。

「親分は伊原か？」

石神の首が動いた。他の三人も。視線の先は来栖のようだ。

「《伊原学校》とやらが、まさか《ＪＥＴ》の国連制裁違反を揉み消そうって肚《はら》か？　国絡みの隠蔽となると、週刊誌やワイドショーが大喜びだな。お前らみたいに言われた芸しかできないペット官僚が、どうでもいい文書を改ざんさせられたりするんだ」

公安調査庁の小宮が、右を振るった。来栖の左頬にヒットする。平手ではない。拳だ。

長身で筋肉質。鍛え抜かれている。発条に見合った破壊力のあるパンチ。浜崎は正しかった。若いからと侮れない。

「鉄拳制裁かよ」口に溜《た》まった血を、来栖は床へ吐き捨てた。舌で口中を確認する。歯は折れていない。「《伊原学校》ってのは男の園らしいが。もっと上品な集まりじゃないとな。古臭い帝国軍や、昭和の不良が集まる高校じゃあるまいし。脳ミソまで筋肉なのか？」

「見えるところはやめろ」

防衛省の石神がたしなめた。小宮が抗議しかけた。「しかし……」

次の瞬間、ガラスの破砕音がした。続けて、閃光《せんこう》と轟音《ごうおん》。

来栖の意識が、再び飛んだ。

37　一八：一九

来栖は、熊川が買ってきた水を飲み干した。五百ミリリットルのペットボトル入りミネラルウォーター。よく冷えていた。結露が指を濡らす。拘束は解かれている。

場所は、福富町から移動していなかった。コリアン・パブ《スパイシー・チゲ》。店より奥のスペース。元々はスタッフルームらしい。コンクリート打ちっ放しの部屋だった。

窓にはブラインドがあった。厳重に下ろされていたようだ。今は上げられているか、破損している。室内は明るい。蛍光灯が灯されていた。薄い茜色の光も差し込む。

来栖拘束のために片づけたのだろう。隅に、椅子や机が積み上げてあった。あとは、スチール製のロッカー。スケジュール用の白板や、出勤表らしきものも見えた。

洗面台もあった。来栖は顔を洗った。大男の唾も落とすことができた。うがいも済ませてある。口内の出血は止まっている。鏡に顔を映す。左頰は赤紫の痣《あざ》になっていた。

熊川に言った。「〝次〟は、殴られる前に来てくれると助かる」

「そういうこと言う子に、〝次〟はないですよ」

室内は涼しくなっていた。空調も入れたようだ。

閃光と轟音は、特殊部隊である神奈川県警SATが投げ込んだ閃光手榴弾《スタン・グレネード》だった。気づくと、十名近い一団が制圧を終了していた。うち二名が、来栖を解放しているところだった。石神と菅井。小宮に見知らぬ男。四人は身柄を確保済み。

すでに一団は引き上げている。飛び込んできたとき、窓ごとブラインドが壊されていた。拘束した四名を引き立て、去っていった。入れ違いに、熊川と赤木が入ってきた。

一団は名乗りもしなかった。喋ったのは、隊長らしき一人が一言だけ。

「怪我は?」

ない、と答えた。頷くと、撤収にかかり始めた。

所属は述べなかったが、神奈川県警SATに違いない。出動服。防弾面付き防弾帽に、特殊防弾衣。手には短機関銃MP五。タクティカルブーツとステルスグローブ。ダンプポーチ、TDUベルト。帽子の後頭部にはベルクロがあった。隊員の識別番号をつけるためだ。すべてSATの特徴だった。

来栖は訊いた。拘束されていた椅子に腰かけている。「よくSATを出動させられたな」

「厚川部長の指示ですよ」熊川は答えた。「同じ警備部。話は早かったです。神奈川県警SATは、第一機動隊に属してますので。必要時には、横浜市内から出動します。福富町なら、地理的に都合もよかったでしょう。展開させ易かったはずですし。でも、上手くいきましたね」

「ああ。よくやってくれたよ」来栖は口元を歪めた。「打ち合わせどおりに、な」

昨日、防衛省の石神へ《ピーガルくんバッジ》を仕掛けておいた。ブリーフケースを調べたとき、底の目に留まりにくい位置へ潜らせた。

逆に、自身のバッジは胸で光らせておいた。拉致等された際、相手の目につくように。

来栖の発信器が、消失または異常な移動を示す。その場合、石神の反応箇所へ突入する。そう打ち合わせてあった。

「おれに接触された石神は、何らかの手を打ってくる」来栖は首を回す。「予想どおりだったよ。おれのバッジは外される。わざと目立たせておいた。発信器を除くことで、石神は油断する。自分のカバンにも、同じ物が仕掛けられてるとは思わないだろうからな」

「発信器ごとに反応が違いますから」熊川が微笑った。「来栖さんが仕掛けた石神の《ピーガルくんバッジ》。よく反応してましたよ。探知機を使ったんでしょうが。自分の持ち物までは調べなかったようです。狙いどおりでしたね」

「他人を出し抜いていると思ってる奴は、自分が騙されているとは考えないものさ」

「ホント、無事でよかったよ」赤木も微笑んでいる。「ブリーフケースも見つかったから」

「拳銃は？」

熊川が答えた。「二挺とも。トラックに投げ込まれたスマホと発信器は捜索中です」

来栖は訊いた。「あの四人は、どこに？」

「全員、SATが確保したよ」赤木が答える。「途中、警備部の捜査員が引き継いで。《カモメ第三ビル》に連行しているはずさ」

「奴らを尋問する必要がある」来栖は肩を回した。筋肉が軽く固まっている。「北朝鮮の李明禄に呼び出されたら、連中が待ち受けてた。何らかの関係があるはずだ。防衛省に警視庁。公安調査庁までいた。ややこしい話になるな。残りの一人は？」

「阪口謙也」熊川が答えた。「内閣情報調査室の秘書官。三十歳。警視です」

「警察庁のキャリア官僚か」来栖は、誰にともなく呟いた。「伊原の野郎。どこまで触手を伸ばしていやがる？」

拉致実行犯四人組。防衛省に警視庁、公安調査庁から内閣情報調査室まで。彼らが示した反応を思い出す。背後には《伊原学校》の存在がある。

伊原の狙いは何か。スパイ狩りとの関係は。背後に存在する者は誰か。四人を尋問すれば、見えてくるだろう。

室内には、捜査員が押し寄せていた。誘拐事案だ。刑事部の私服及び制服。鑑識課員が数名。皆、忙しく働いている。

来栖は訊いた。「李はいなかったのか?」

「形跡はないです」熊川が答えた。「パブも、ここ数日は休業だったみたいで」

「まあ、いいさ。向こうから動いてくれた。北と日本の情報機関には、何か関係がある。そう自白《うた》ったみたいなものだからな」

赤木が首を傾げる。「あの四人。尋問したあと、来栖ちゃんをどうするつもりだったんだろう?」

「消す気だったんじゃないか」

来栖は平然と答えた。赤木の表情が強張った。

「帰るぞ」来栖は立ち上がった。「連中から話を聞く」

38　一九:四六

先手を打たれた。

来栖拉致犯四人組は釈放されたあとだった。

コリアン・パブ《スパイシー・チゲ》を出て、下に降りた。雑居ビルの前には、捜査車両が列をなしていた。外は、夕暮れから夜へと移行しつつあった。軽く風が吹いている。

気温は下がる気配もない。

熊川と赤木は、覆面PCに同乗して来ていた。来栖も便乗して、《カモメ第三ビル》へ戻った。

同時に、厚川から最上階の大会議室へ来るよう指示があった。三人で向かった。ドアを開くと、ほかには今田だけだった。

入室した途端、釈放の件を聞かされた。

「四人組が到着したらすぐ」珍しく、厚川は渋い表情だった。「防衛省に内調。公調と警視庁までな。立て続けに抗議してきやがった」

〝来栖警部補とほか四名は、各省庁間の情報交換を行ったものである。単なる通常業務協力の範囲内と考える。多少意見の行き違いがあり、互いに感情的となった点は否めない。そこは率直に反省している。しかし、強制的に身柄拘束した神奈川県警の行動は軽率で、はなはだ遺憾と言わざるを得ない〟。

「まったく同じ言い分だったよ。判で押したみてえにな」厚川が鼻を鳴らす。「口裏合わせてやがったんだろう」

「こちらは李明禄を追っていました」来栖は述べた。「例の〝武田明〟です。北のフロント企業CFO。工作員といわれています。《しらとり号》のルートを使って、やっとアポが取れました。そしたら、連中が待ち伏せてた。どう言い訳するつもりなんですかね」

「李は、防衛省に保護を求めてきたそうだ」厚川は再度、鼻を鳴らす。「まあ、〝武田明〟

と名乗ったそうだけどよ。現在、伊原の保護監督下にある。〝公安捜査員が来た直後、うちのCEOは殺された。警察は信用ならない。防衛省で守って欲しい〟とか言って。市ヶ谷に駆け込んだ」

「そんな与太、信じるんですか？」

「しょうがねえだろ、そう言われちまっちゃあ」厚川が顔をしかめる。「で、各機関から人出して、〝武田明〟へ会いに来るお前さんを待ってた。あくまで、状況確認と情報交換。話し合いのためにな。連中は、そういう線で押し通すつもりらしい」

「スタンガン使って、椅子に縛りつけてですか」来栖は短く嗤った。「唾を吐きかけられ、殴られて。随分、紳士的な連中だ。確かに〝通常業務協力の範囲内〟ですよね」

「おれに当たるなよ」厚川が口を尖らせる。「連中、本部長通して話持ってきちゃってたんだぞ。どうしようもねえだろ？」

「防衛省始め連中は、〝武田明〟が李明禄だと知っているはずです」来栖は眉を寄せた。

「北朝鮮工作員だと」

「さあな」厚川は後頭部を掻いた。「そういう話はしてなかったけどよ」

「殴られ損か」来栖は吐き捨てた。知らないはずがない。連中は、北と繋がりがある。

「それというのも、君が勝手に動き回るからだろう」今田が口を挟んできた。「他機関からクレームをつけまくられるとは！　警視庁や国からまで。我が県警はいい恥さらしだよ。反省したまえ。猛省を！」

えらい剣幕だった。厚川が宥《なだ》めに回ったくらいだ。来栖、熊川と赤木の三人は早々に退散した。

「帰る早々、課長代理から嚙みつかれる羽目になるとは」来栖は短く嗤った。「〝萌音ちゃん〟に、早く帰ってきてもらわないとな」

熊川も釈然としない様子だ。「何で怒られなきゃならないんですか。被害者ですよ、こっちは」

赤木は事態がよく吞み込めないのか。目を白黒させている。「……警備部って怖いねえ」

三人は揃って、階段を使っていた。十階を目指している。二階分下りるだけだ。

熊川が訊いた。「これから、どうします？」

「表だって、ほかの組織とやり合うのは面倒だ」来栖は足を止めた。「伊原側が焦って手の内を晒した以上、アドバンテージはこちらにある。李と繫がりがあることを、認めさせただけでも充分だ。だから、部長も相手の言い分吞んで、釈放を許可したんだろう」

「面倒だなあ」熊川は首を回した。三人は再び歩き出した。

来栖は訊いた。「香田の首実検はどうなってる？」

「女性捜査員立ち会いで続けさせてます」

「そっちから迫った方が早いだろうな」来栖は頷いた。「伊原も今すぐは、これ以上の隙を見せないだろう。多少の遠回りは仕方ないさ」

拉致実行犯の尋問。伊原の狙いに迫る近道だった。先回りされ、断たれたことになる。逆に言えば、深く関与している証左とも言える。防衛省『別班』及び背後にいる者たち。四人に喋られたくないことがあるから、無理やり釈放させた。

「先に行ってくれ」来栖は告げた。「また汗だくだ。シャワー浴びて、着替えてくる」

二十分後。来栖は十階に到着した。シャワーを浴び、着替えている。黒いポロシャツと同系色のスラックス。

男の制服警察官が、捜索中だったものを返してくれた。発見できたのは幸運だった。スマートフォンと《ピーガルくんバッジ》型発信器。礼を言って、受け取る。

小部屋前では、制服の女性警察官が張り番をしている。顔は知っているが、名前まで知らない。赤木だけは面識があるようだ。親し気に話しかけている。

女性はドアを開けた。赤木のことは無視していた。

中には、女性が三人いた。一人は香田。残りは私服と制服の捜査員だ。厚川が、熊川の交代要員に指名した者たちらしい。

熊川も、あとから現れた。十一階の事務作業《デスク》専用フロアにいたようだ。「首実検の新しいデータ持ってきました」

来栖は、香田以外の女性と面識がない。見たことがある程度だ。熊川も同様のようだった。赤木だけが、二人の捜査員に愛想を振りまいている。軽くあしらわれていた。

私服がPCを操作。制服が記録を取っていた。現在、作業は中断している。

香田は、飯塚CEO殺害犯を特定していた。私服の女性が、PCのディスプレイを見せた。

「マイケル井口《いぐち》」赤木が、すっとんきょうな声を立てた。「TVで観たことあるよ」

「有名人です。説明不要ですね」熊川がPCの操作を替わった。「日系四世。二十八歳。英会話学校《イングリッシュ・アドベンチャー》池袋校の人気講師。CMにも出てます」

「知ってる。知ってる」赤木が口を挟んだ。「〝イッツ・ユア・ターン〟って掛け声が評判になったよね。女の子にウケるんだ、あの真似すると」

〝イッツ・ユア・ターン〟と赤木がポーズを取る。場の全員が無視した。

マイケル井口は百九十五センチの長身。彫りの深い顔立ちだが、雰囲気は日本人に近い。髪は黒く、軽い巻き毛だ。遠目なら香田の証言どおり、欧米ハーフに見えるだろう。

《ゼロ》の在日諜報員リストは、あいまいな表現だった。〝米国工作員の疑いあり〟。

私服及び制服の女性は退室した。来栖は二人に、マイケル井口の件を固く口止めした。

「飯塚CEOを殺したのは、アメリカなんでしょうか?」

「違う」香田の質問に、来栖は答えた。「アメリカは一旦、手を引くと宣言した。状況見て、漁夫の利を狙う気さ。いきなり再登場は考えにくい」

「飯塚殺害は、ロシアの報復。その線を捨ててはいらっしゃらないのですね?」

香田に、簡単な状況は説明してあった。来栖は続けた。「アメリカと北朝鮮の蜜月関係は切れていない。そいつを破談にしてまで殺す価値が、飯塚にはないだろう。あんたも言ってたとおり、あいつはただのお飾りだ。雇い主が北で、国連安保理の制裁違反に関わってるくらいの認識はあっただろうが」

「飯塚自身、どんな薄氷の上に立たされていたかは」香田も頷く。「まったく自覚がなかったんじゃないでしょうか。しかし、マイケル井口は――」

「まあ、訊けば分かるさ」

「訊くって、誰にですか?」香田は怪訝《けげん》な顔をした。

「親玉さ」

39　二〇:三四

「お疲れ様です」

伊原の部屋から、石神が出てくる。にこやかな表情に爽やかな態度。伊原の薫陶を、もっとも受けていると自負しているようだ。所作まで真似している。縮小コピー、いや拡大か。プロレスラーか、ボディビルダーのような体格。身長も一九〇センチを超えている。

「お疲れ様です」

志田は答えた。気圧された感があった。現場にいた頃なら、体格や威圧感でも負けないだろう。情報官に異動してから縮んだ気がする。身も心も。

石神は、伊原に連れられて帰ってきた。表情は暗かった。狩りに失敗した猟犬。大柄な身体をすぼめていた。

出てきたときは、別人のように明るかった。何があったのか。

志田は石神と交代するように、伊原のオフィスへ向かった。呼び出されていたからだ。インタフォンを押す。

「どうぞ」

室内で、伊原はデスクの奥に腰を下ろしていた。スーツ姿だが、珍しく上着は脱いでいる。涼しげな雰囲気は変わらずだ。

「石神三佐には、何を命じられていたのですか?」

入室した志田は、思わず問うていた。背後でドアが閉まる。失言だった。自衛官は上司の命令に従う。質問は許されない。叩き込まれてきたはずだ。

「神奈川の〝K〟ですよ」伊原は微笑んだ。志田の発言は、まったく意に介していない。「もう面倒ですね。この〝K〟とかいう符丁はやめましょう。例の来栖氏と、ちょっと話をしてくるようにとお願いしたんです。多少、強引な形となってしまったようですが」

「強引……」

「ええ」伊原は微笑んだままだ。「で、石神さんは多少気に病まれていたようでして。そんなことはありません。充分、役割を果たしてくれました。そんな話を少し」

一体、何が進行している。知らされていない事柄があるのか。言葉が口を衝いて出る。

「威嚇射撃や、自らお話に行かれたり。来栖という男を、どうなさるおつもりですか?」

「いや、特には」にこやかに答える。「怖気《おじけ》づいて手を引いて下さるなら、よし。組織間の軋轢《あつれき》を避けるタイプなら、それもいいでしょう。石神さんには、来栖氏の人格及び危険性等に関する判断もお願いしてありました。内調の上村さんから、サイコパスと診断されるような輩ですからね」

「結果はどうだったんですか？」

「さあ」伊原の笑みが大きくなった。「何と言えばいいか。あまりいいお話とはならなかったようです。来栖という人物を見くびっていたのでしょう。残念ですが。取り込めるようなら是非とも言ってあったのですが。そうはならなかったようです」

「……仲間にするおつもりだったのですか」

「そうして手綱を引く方が、我々の目的に有利であれば」

伊原は平然と告げた。逆に、志田は口を噤《つぐ》まざるを得なかった。

ドアの開く音。伊原の部屋を、外から開けられる人間は限られる。幕僚長か防衛大臣。

同時に、大場二尉の声が響いた。伊原の個室は完全防音だ。ドアが開いたことで、外から続くやり取りも聞こえたようだ。「……お待ちください。大臣」

戸口に立っていたのは、中背の六十男だった。防衛大臣の岸井善太郎。

肥満体を揺すりながら近づいてくる。腹の突き出た白い半袖シャツ。グレーのズボンも太い。〝バーコード大臣〟由来のすだれ頭は乱れていた。

険しい表情で、岸井は一喝した。「現役の警察官を拉致したというのは本当かね！」

「……ですから。それは、神奈川県警の誤解ということで」

大場が大臣を留めようとした。岸井の顔は紅潮していた。額には、どす黒い血管も見える。怒り狂った閣僚を抑える手は自然、遠慮がちとなる。志田も思わず、一歩下がった。

伊原は立ち上がり、手で制した。「仰るとおりですが、何か？」

「何がって、君」岸井が顔色を失った。「そんな真似したら、すべて表沙汰になるだろう」

「だから？」

「……だからって？　聞いていないぞ、こんなことは」

「ええ。お話ししていませんから」

「は、話してないって、君……」酸欠の金魚みたいに口が開閉する。「どういうことだ？」

「申し上げましたとおりでございまして」

「何だね、君！　その態度は！」

伊原は後頭部を掻いた。大げさに息を吐く。現役閣僚を、まったく相手にしていない。

「お話ししたところで、どうなるものでもないですし」

「何だと……」岸井が歯ぎしりする。「もういい。そういうことならば、私は手を引く。あとは、君たちで勝手にやれ！」

「どうぞ、ご自由に」伊原は、激高する岸井へと歩み寄る。「勝手になさってください。と申し上げたいところなのですがね。大臣殿」

「………」岸井は立ち尽くしている。伊原に気圧されているのが分かった。

「そうはいかないのです」伊原は顔を近づけていく。「もう後戻りはできないのですよ。あなたは深みに嵌まりすぎました。最後までお付き合いいただきます」

「し、知らん」岸井は後じさった。「私は防衛大臣だぞ。私を無視して、好き勝手できると思うな。必ず後悔させてやるからな。覚えていろ！」

　岸井大臣は、憤然と立ち去っていった。大場が道を空ける。

　伊原は一人呟いた。「まるで、喧嘩に負けたチンピラみたいな言い草ですね」

　大場が小さく噴き出す。伊原は続けた。「もう少し骨があるかと思いましたが。しょせん、元は算盤専門の日和見官僚。小物に過ぎます。大局を見ろという方が無理なのでしょうね」

「……ですね」大場は、まだ笑っていた。

「あの方は、もう用済みですね」伊原の視線が、志田に向けられる。「予定どおりにお願いします」

　志田のこめかみを汗が流れた。暑さではない。緊張だ。

40　二〇：五八

「Ｏｈ！　来栖さん。暑い中お疲れ様です。いかがですか、ご一緒に」

　ウィリアム・クルーニーこと《ビル爺》。明るく店内に響いた。嬌声に近い。

　銀座のキャバクラ。来栖は一度自宅に戻り、自家用のスカイラインで向かった。

　店の位置は分かっている。ＣＩＡ工作担当官の行きつけだ。

店の名前は《麗羅《れいら》》といった。店の中は煌《きら》びやかだった。すべての内装が、明るくするために存在していた。金がかかっている。自信があるのだろう。設備にも、スタッフにも。照明を落として、ごまかす必要がない。

虚飾が前提の街だ。嘘を楽しめない人間は、銀座のキャバクラへ来る資格がない。

会員制だ。入った途端、黒服に呼び止められた。「ご紹介でいらっしゃいますか?」

「案内はいい」来栖は右手を挙げた。「席は分かってる」

黒服の制止を振り切って進んだ。

「どうしたの?」

和服の女性。無視して歩いていった。行先は分かっている。一番盛り上がっている席を目指せばいい。

一番の奥。最も大きなテーブル席だった。《ビル爺》一人に、三人の女性。侍《はべ》らせて盛り上がっていた。バーボンにシャンパン、ウーロン茶やソーダその他。複数のアイスバケット。中央には、巨大なフルーツの盛り合わせ。

来栖は近づいていく。視認すると同時に、《ビル爺》は声を上げた。

短い息を、来栖は吐いた。「相変わらずお好きですね」

「お嫌いですか?」

《ビル爺》は、両手を広げておどけた。女性の一人が、来栖に近寄ってくる。

「女性を追い払ってください」来栖は告げた。「二人で話がしたいので」

「綺麗どころも一緒の方が、楽しいじゃないですか。ねえ」

《ビル爺》の言葉に、女性たちが頷く。来栖は声を強めた。「早くしてください」

「仕方ありませんね」《ビル爺》が女性に手で示した。〝去りなさい〟。

「嫌だあ。もっとビルちゃんと遊びたいィ」

女性が口々に不満を言う。《ビル爺》が宥める。「ごめんなさいね。この野蛮人が納得しないものですから」

〝死ね〟〝ブタ〟〝カス〟。来栖は様々な罵詈雑言《ばりぞうごん》を浴びせられた。《ビル爺》が、ここまで人気とは思わなかった。〝金を払う者が正義〟。資本主義の鉄則だ。

「銀座も堕ちたな」来栖はぼやいた。

「あなたが堕としたんでしょう！」《ビル爺》がブーイングした。さすがアメリカ人。本場の芸だ。堂に入っている。

《ビル爺》と二人になった。向かい合って、腰を下ろす。

「無粋な男ですね。何か用ですか？」《ビル爺》は息を吐く。「フルーツでもどうです？」

来栖は率直に告げた。「マイケル井口について教えてください」

すぐには答えなかった。《ビル爺》はグラスを口へ。ワイルドターキーのストレート。

「……英会話の先生ですよね。TVのCMにも出ていらっしゃる」

「CIA《そちら》の身内じゃないんですか？」来栖は続けた。「マイケルは工作員《アセット》。パラミリじゃないかと考えているんですが」

パラミリ。準軍事工作担当官。Paramilitary Operations Officer。ＰＯＯとも略す。

《ビル爺》は肩を竦めた。「だったら、どうかしましたか？」

「飯塚昭広殺害の被疑者です」来栖は平然と告げた。「《ＪＥＴ》ＣＥＯ。ご存知ですね」

グラスをテーブルに置き、《ビル爺》の視線が向いた。「……我が国は関係ありません」

「マイケル井口を捕らえれば分かることです」

《ビル爺》が大きく息を吐いた。「仕方ありませんね」

「関係ないなら証明してください」

「……マイケルは元々、アメリカ《うち》の陸軍《アーミー》にいましてね」《ビル爺》はグラスを手にした。

「私がスカウトしたんですよ。ＰＯＯ《パラミリ》として。で、日本に連れてきました」

「英会話講師は偽装身分《ノン・オフィシャル・カヴァー》ですか」

「ええ」バーボンを舐める。「ですが、彼は金に汚いところがありましてね。日本じゃあ、ＰＯＯにも大した仕事はありませんし。退屈でもあったのでしょう。現在は金ずくのフリーランス。世界を股にかける暗殺要員《ウエット・ボーイ》ですよ。英会話教室に勤めながらね」

「フリーランスなら、ロシアに雇われた可能性も？」

「大いにあるでしょうね」

北朝鮮・飯塚殺害は、ロシア・杉原殺害に対する報復。その筋は濃厚になった。

来栖は告げた。「じゃあ、どうしても構いませんね？」

「どうぞ、お好きに」

《ビル爺》はバーボンを呷る。グラスが空になった。マイケル井口に対して、どんな思いがあるのか。来栖は、ワイルドターキーのボトルを摑んだ。注ぎ足してやる。

「昨日、アメリカは静観すると仰ってましたが」

グラスを口にする。「何か不都合でも？」

「逆です」来栖は持ちかけた。「何が起きても、動かないようお願いします」

「それはまた、どうして？」

「その方が、アメリカの利益になります」

「ほう」来栖の目を見返す。油断のならない視線。「いいでしょう。仰るとおりに」

不利益になると判断すれば、手の平を返す。世界で、もっとも信用ならない人物の一人。

「そうしてください」来栖は立ち上がった。「損はさせませんので」

《ビル爺》は肩を竦めただけだった。

41　二一：四六

来栖は、《カモメ第三ビル》に戻った。スカイラインを駐車場へ入れた。

横浜港は暮れていた。太陽の代わりに、LEDの街灯が瞬く。周囲を、蛾や雑多な羽虫が舞っている。みなとみらい始め、海沿いの夜景に圧倒される。月は出ていなかった。

スマートウォッチが振動。電話着信。厚川だった。スマートフォンを取り出す。

「十二階大会議室へ来てくれ」前置きなしで指示された。「大親分がいらっしゃってる」

厚川が大親分と呼ぶ人物。警察庁警備局長・光井賢治。日本公安警察のトップだ。

スマートフォンをしまいながら、来栖は息を吐いた。「……面倒だな」

車の外は、日中の暑さが残っている。ビルに入り、エレベータで十二階へ向かった。

スマートフォンで、厚川に到着を告げた。大会議室の扉を開ける。光井がいた。円卓の向こうに座っている。ほかに厚川と今田。

厚川は光井の隣で、首を回す。今田は手前にいた。来栖は、ドアの傍に腰を落とした。

光井の顔は、小さく彫りが深い。オール・バックの髪は黒くて硬質。白髪はおろか一筋の乱れもない。五十代後半だが、三十代で通しても不自然ではなかった。

小柄な体格。屈強だが、キャリア官僚でも背は低い方だろう。内面から発する威圧感は相変わらずだ。白い半袖シャツに黒いスラックス。ノーネクタイ。軽装でも、実際以上に大きく見える。

県警のホストである厚川は、堂々としている。逆に、今田の視線は泳いでいた。早く、この場を去りたいのだろう。警察庁警備局長と同席して、緊張しない公安捜査員はいない。

空調の効いた部屋。窓からは港の灯り。眩しいほどで、室内灯は不要に思えた。実際、半分しか点っていない。少し薄暗かったが、支障はなかった。

光井は来栖を一瞥した。今田へと視線を移す。「今田くん」

「はい！」今田が立ち上がった。直立不動になる。

「県警本部に戻ってくれないか？」光井は指示した。「本庁舎内の様子を探ってきて欲しい。何かおかしな動きがあったら、すぐ厚川くんへ報告を頼む」

「おれは、ここにいるからよ」厚川が引き取った。

このあとは、面倒な話に違いない。

今田も悟ったようだ。これ幸い、はいと答えた。いそいそと退席していく。

光井は来栖に向き直った。「拳銃を手配してやった礼はいいぞ」

「ああ。どうも」来栖は答えた。「忘れてましたよ」

「ふん」光井は鼻を鳴らした。「かなり手間がかかったんだがな、拳銃の手配には。まあいい。ここまでのところ、どう筋を読んでる？」

「確証はありません」来栖は述べた。「防衛省の伊原が、絡んでいると思われます。各情報機関の若手を掌握しているようです。防衛省だけにとどまりません。手を伸ばしている範囲は内調や公調、警視庁にまで及んでいますね。詳細は分かりかねますが」

「今日の拉致監禁や」厚川が口を開いた。「お前さんへの威嚇射撃もか？」

「伊原の指示ではないでしょうか？　一連のスパイ狩りにも関与していると思います」

「脅しに誘拐」厚川が腕を組んだ。「二日続けてとはよ。ねちっこい野郎だな」

光井の視線が、来栖を向く。「北朝鮮のフロント企業、《ジャパン・エレクトリック・トレード株式会社》とかいったか」

「そうです。略称は《JET》」

「伊原の計画には、北関連の連中も関係していると思うか?」

「思いますね。ただ、最終の目的が判然としません」

「伊原は防衛省情報本部の『別班』。中でも《伊原学校》などと呼ばれてるとか」光井は脚を組んだ。身長の割に長い。「だが、一等陸佐だろう。しょせんは大佐だ。旧軍なら、もっと下の将校レベルで暴走もあっただろうが。今の防衛省ではどうかな。『直轄』とも呼ばれてるぐらいだしな」

「その〝直轄〟してるはずの幕僚長が、評判の能なしとか」

「に、してもだ」光井も評判は聞いているようだ。「誰かがバックに、ということは?」

「防衛大臣の岸井」来栖は考えを話した。「彼が提唱している『愛国者法』推進の線も考えました。実際、外務大臣の小瀬田が強く反対していますし。彼女を支持する声も大きいです。法案の反対派を抑えるために、伊原が画策した。あり得ますが、やり方が回りくどすぎる気もします」

「ほかに狙いがあるということか?」

「はい」光井の問いに、来栖は答えた。「国連専門家パネルの香田瞳。彼女の身柄を狙っていることです。『愛国者法』可決のために、北の制裁違反等を利用したい。なら、正面切って安保理へ協力依頼すれば済みます。わざわざ、委員を追う必要はありません」

厚川が問うた。「伊原が北に買収されてる。もしくは、されている者から指示を受けている。ちゅう筋は考えられねえか？」

「北の制裁違反隠蔽も考えました」来栖は頷く。「それだけのために、ここまで大掛かりな真似をするか疑問です。北は国連の制裁なんて、野次ぐらいにしか思っていませんからね」

「何ともはや」厚川が呟く。

「スパイ狩りって言葉が出たが」光井は脚を組み替えた。「状況を整理してくれるか？」

「分かりました」

発言には気をつける必要がある。特に北朝鮮関連には。来栖の関与を知られたくない。

「まず、射殺が続けて二件。多磨霊園のゾルゲ墓前で、ビクトル・コサチョフが狙撃されました。ロシアのGRU大佐です。二日後に、評論家の守屋康史。表向きは愛国が売りの著名人ですが、中国に買収された協力者《エージェント》でした」

来栖は円卓を見た。光井は頷き、厚川が呟いた。「《火付け役》と呼ばれてたんだよな」

「そうです」

「その二件」厚川が続けた。特に表情はない。「裏で糸を引いてるのが、あの伊原っちゅうことか」

「そう考えています」

「そこまでは知ってる」光井は告げた。表情が険しい。「問題は、そのあとだ」

「八月に入って」来栖は続けた。「ロシア人観光客が中華街で刺殺されました。これは、誰にとっても想定外の事態です。各国や、恐らく伊原たちにとっても。チンピラの暴走ですね。中国の張偉龍。一応、奴の手下ではあったようですが」

「その線で間違いねえようだな」と厚川。

「それから？」と光井。

「先日、梁秀一が死亡。ドアノブに首を吊った状態だったとか。北朝鮮の協力者《エージエント》です。めったなことでは、自殺なんかしません。ロシアか中国による報復だと思われます。その晩、今度は保守紙論説委員の杉原卓巳が射殺されました。梁殺害に対する報復なら、北朝鮮の仕業でしょう」

「で、次が《ＪＥＴ》のＣＥＯ」厚川が言った。

「そうです。飯塚昭広。マル被はマイケル井口。表向き英会話講師ですが、フリーランスの暗殺要員。元はＣＩＡのパラミリです。北朝鮮に対するロシアの報復と思われます。杉原を殺されたことに対しての。で、マイケルを雇った。ロシアの殺人ビジネスは最近、民営化が進んでいるそうですから」

「そこだ」光井が声を上げた。眉が寄っている。「諜報機関同士の報復連鎖。そこにどうして、いきなり北朝鮮が絡んでくる？」

来栖が巻き込んだからだ。ハッタリ《ブラフ》と偽情報《デイスインフオメーシヨン》を駆使して。米韓中露に触れ回って歩いた。北朝鮮テロ事案の首謀者。偵察総局の太道春を追い詰めるために。

同時に、スパイ狩りを激化させる。誰が黒幕か。狙いは何か。探り出すつもりだった。

「さあ」来栖はとぼけた。言えるはずもない。「まだ分かっていません」

沈黙が下りた。光井と厚川は、視線を宙に浮かせていた。沈思黙考といったところか。

来栖は窓の外を眺めた。夜の横浜湾は煌めいたままだ。

「まあ。いいだろう」光井は天井を仰いだ。「ここからの話は、オフレコで願いたい」

　切り出す光井に、来栖と厚川の視線が集中した。

「警察庁内部に権力闘争がある」光井は話し始めた。「キャリア官僚の最高峰。内閣官房副長官の座を巡る争いだ。お前でも、それくらいの噂は聞いてるだろう」

「ええ、まあ」光井の視線が、来栖を向いていた。今田から聞いている。興味はないが、何とか覚えていた。「次長の日高徹朗氏と、内閣情報官である長沢博隆氏。お二人の闘いでしたね」

「これ」光井は、右手の親指を立てた。サムアップではない。警察庁長官だ。「新條勉殿は、定年を待つだけの状態だ。全国で不祥事が相次いだからな。官邸から、すっかり愛想を尽かされた。辞任せずに済んだだけマシさ。どこかに天下りできれば御の字だろう」

「いいですねえ。上層部は暇で」来栖は鼻を鳴らした。「まるで小学生のケンカだ。現場の下っ端は、忙しさも限界。過労死寸前だというのに」

「嫌味言うな」光井は真顔だった。「これからする話は〝小学生のケンカ〟じゃ済まない」

「？」来栖は光井を見た。「どういうことです？」

光井は続ける。「次長の日高が、上司である新條長官を見限った話は聞いているな」

「はい」来栖は頷いた。「まさしく、子ども の諍《いさか》いそのもので」

「その因縁から」来栖の言い草は無視された。「長官は、内閣情報官の長沢に任せたらしい。警察の裏金すべてを」

来栖は口を噤んだ。厚川も黙っている。

「つまり裏資金は今、警察庁から離れて内閣情報調査室が握っている」光井の話は続く。「実際の運用は内閣審議官で、総務部門を取り仕切る上村亮輔が担っているそうだ」

来栖は訊いた。「今も、裏金作ってる都道府県警察なんてあるんですか？　時代錯誤な」

「今の話じゃない」光井は言った。「今までの話だ。そして、現在進行形でもある」

「どういうことです？」来栖は訊いた。

光井は答えた。「裏金は全国の警察でストックされ、警察庁に集約されてきた。戦後七十年以上に亘って。今は、新規入金もストップしているが。集められてきた資金は、タックスヘイブン等で運用及び洗浄されている。現在も、な。闇の銭は膨らみ続け、総額一兆円に達しているという」

「キャリア幹部の呑み代に、全額消えてるもんだと思ってましたよ」

「そんな金があるんなら、社会保障費か災害対策費に回すべきだ」来栖の軽口を、またも無視して続ける。「児童及び高齢者虐待。いじめなどの教育関連。女性や子ども、就職氷河期世代等の貧困。各種差別に偏見といった人権問題。毎年のように多大な人的、物的被害を出す災害。感染症対策も無視できない。ほかにも課題山積だ」

「耳が痛いな」来栖はぼやいた。

「そのとおりだ」光井の口調は厳しかった。「お前らがロクな仕事をしないから、そういった問題に予算が回せないでいる。いいか、来栖……」

光井は一拍置いた。「防衛費の増大は、情報戦における敗北を意味する」

「…………」

「諜報活動で後れを取っているから、武装する必要が出てくる。必然として、防衛費が増える。関係各国の情勢を、事前かつ的確に把握及び分析する。それができていれば、武器に頼らない方策も打ち出せるからな。アメリカ辺りから、お義理で高い最新兵器を買う必要もなくなる」

厚川が口を挟んだ。「仰るとおりですな」

「日本の総理任命権は、アメリカにあるんですよ」来栖は鼻で嗤った。「大統領の意向に逆らったら、一発でクビになる。だから、少ない予算《小遣い》絞って高い兵器《おもちゃ》を買ってやるんです」

「それでも」言われるまでもないという表情で、光井は吐き捨てる。「もう少し総理には気概が必要だ。それはさておき。中朝韓辺りは、日本の防衛費増額を非難する。だが、本当は肚の中でベロ出してやがる。ほかの国内問題にカネが使えない。つまり、国情が荒れていることを表しているからだ。分かってないのは、日本人くらいのものさ」

「お説ごもっともですが」来栖は述べた。説教が長くなりそうだ。「公安の捜査って、裏金や機密費でやってるもんだとばかり思ってましたけど」

「それこそ、いつの時代だ」光井が眉をひそめる。「以前は、確かにそうだった。その辺から好き放題に捻出《ねんしゅつ》していた。現在は、堂々と財務省からもぎ取っているよ。私の代では完全にそうだ」

「だから今、予算が渋いのか……」来栖は、ぼそっと呟いた。

「何か言ったか」光井の視線が向けられる。

「ですがね、局長」厚川が口を挟んだ。「たかがポスト争いで、一兆円もの裏金運用に影響が出ちゃうもんですかね？」

「不祥事続きだったからな」光井は脚を組み替える。「それも全国の都道府県警で、だ。日本警察も地に堕ちたよ。長官の新條はとことん、総理始め官邸の不興を買った。情報官の長沢には好都合だっただろうが。裏金の管理を、内調に欲しがってたからな」

「勝手にできるんですか、そんな真似？」来栖は疑問をぶつけた。

「官邸の意向を無視してできるはずがない。総理の肝いりだ。官邸と内調。総理や官房長官は、ただでさえ内閣情報官とべったりだからな。特に、今の総理は経験も短いときてる。前任者が失脚して日も浅い。長沢に頼りきりだ。言いなりにされてるんだろう」

「よく言えば、内閣情報官は総理の懐刀」と厚川。「悪く言えば、国のトップが長沢氏に操り人形とされてるっちゅうことですな」

来栖は半笑いで言う。「局長も、出世レースに出走したらいかがですか？　それとも、誰が勝つか。賭《か》ける方に回りますか？」

「自分で走るのは、ご免だ」光井は答える。「馬券や車券を買う気もない。賭けは阿呆のすることだ。博奕《ばくち》の客なんて、搾取される一方だからな」

「なるほど」

「やるなら、胴元だ。一番儲かる。他人を走らせ、賭けさせて、搾り取る。お上はそれを知ってるから、公営ギャンブルとして独占するんだ。警察がもっとも目の敵にしてるのは、殺しや盗みじゃない。特殊詐欺でもな。私営の違法賭博や闇カジノだ。商売敵だからな」

「話を戻すが」光井が小さく息を吐く。「私が得た情報では、内閣情報官の長沢は伊原に籠絡されているようだ。管理する裏金も言いなりの状態らしい」

来栖と厚川は、無言で光井を見ていた。

「北朝鮮偵察総局高官の太道春。覚えているか？　北朝鮮テロ事案の黒幕だった」

揃って、来栖と厚川は頷いた。

「一番問題なのは」光井が続ける。「その裏金が、こいつの権力獲得用に送金されていることだ。《JET》を経由した闇献金が行われているらしい」

「日本警察の裏金が、北高官に対する資金源となっちゃってるんですか？」厚川が訊いた。

「そうだ」光井は頷いた。「長沢は、太に取り入ろうとしている。内閣官房副長官レースを有利にするために。どうも、北朝鮮利権による資金獲得が狙いらしい」

「太の対抗馬に」来栖が言った。「組織指導部の洪哲海という男がいます。旧世代ですが、最近復活してきたとか」

「聞いてる」と光井。「米韓に強いルートを持っている。両国へ、北利権のアドバンテージを与えているようだな」

「北朝鮮テロ事案以降も」と来栖。「北への闇献金ルートを追っていたんですね」

光井は薄く微笑った。厚川が告げた。「大体、状況は把握できましたな」

「ああ」光井は、来栖に向き直った。「来栖。まずは、お前が引っかき回した事態を収束させろ」

「別に引っかき回したわけでは……」

「うるさい！」光井は一喝した。「好き勝手しやがって。ばれてないと思ってるのか？」

「まったく、けしからんですな」

他人事のように、厚川が平然とのたまう。

「厚川。お前もだ。神奈川の監督責任はどうなってる！」

厚川が来栖を向いた。短く舌を出す。来栖の策略に気づいている。光井と厚川ともに。

光井が大きく息を吸い込んだ。低い声を出す。「……そのうえで、太への送金ルートごと伊原たちを潰せ。分かったな！」

42　二三：三九

「マイケル井口を誘き出す囮になれ」

十階に下りた来栖は、香田へ告げた。小部屋へ入り、挨拶もなしに。

室内には窓もない。空調の効きだけはいい。大人四人でも人いきれがしない。一時間半もしないうちに、日付が変わる。

室内には、熊川と赤木もいた。ドアの外には、制服の女性警察官が立っている。ローテーションしている護衛だ。

熊川は、香田とPCに向かっている。念のため、首実検を継続していた。他の人間と誤認していないか。確認のためだ。

何をしていいか、赤木は分からなかったようだ。単に待機していただけらしい。

「何ですか、いきなり」さすがの熊川も、目を丸くする。

「そうだよ。こんな可愛い娘《こ》にさあ」

赤木の発言を無視し、来栖は続けた。「恐らく、マイケル井口はロシアの指令で動いている。まずは、奴を絡め取る。その算段をつける。そのうえで関係筋へ流せば、他国の暗殺要員も網にかかってくるだろう。もちろん、身の安全は保障する」

熊川が立ち上がった。「いや。それはちょっと……」

「無茶がすぎるんじゃない？」赤木は身体を回した。眉を寄せている。「来栖ちゃんにとっては、いつものことかも知れないけど」

「外野は黙ってろ」来栖は香田を向いた。「あんたはどうなんだ?」

「いいですよ」香田も来栖を向いた。「状況と、目的の説明をしてくださるなら」

「中露の工作員が、北を挟んで報復合戦を繰り返してる」来栖自身が仕掛けたことだが、伏せておいた。報復の連鎖を断つ。併せて北朝鮮送金ルートを潰し、取り逃がしていたテロ首謀者まで仕留める。説明しても、理解はされないだろう。「事態を収束させろ、と上からの命令だ」

「囮になるのは構いませんが」香田は微笑んだ。「正直、北以外の国、中国やロシアに関心はないのです。マイケル井口がロシアに雇われているなら、飯塚殺害は北の単なる制裁違反隠しではないのでしょう?」

「違うだろうな」来栖は頷いた。「だが、現場には李明禄も呼び出すつもりだ。あの重役殿には、最後まで付き合ってもらう」

李明禄こと〝武田明〟。《JET》CFOにして実質上の責任者。朝鮮人民軍偵察総局工作員。

「なるほど」香田は少し考えた。笑みが大きくなる。「面白くなりそうですね」

「だろ?」

「面白いかなあ?」赤木は困惑が顔に出ている。

熊川は多少、賛成に傾いたようだ。薄く微笑っていた。

「今回誘き出すのは、報復に手を染めている連中だけだ」来栖は続けた。「露中朝の三国。まだ加わっていないアメリカと韓国は放っておく。役者が多くなりすぎると、舞台も荒れるからな」

実際に出てくるのは、マイケル井口みたいな工作員《アセット》クラスだろう。《ビル爺》や張といったCO。工作担当官《ケース・オフィサー》レベルが直で動くことはない。部下に指示をするだけだ。

実行犯同士が共倒れすれば、報復の連鎖は収まる。中露朝さらには米韓も、必要以上の深追いは望まない。COレベルで対立を深めれば、全面的な紛争へ発展しかねなかった。日本国外にも飛び火するだろう。それは避けたいはずだ。

〝事態の収束〟。光井による指示のうち、一つは片づく。

残るは、北朝鮮偵察総局・太道春への送金ルート壊滅だけだ。資金源を断てば、失脚する。引きずり出すまでもない。

最後に、スパイ狩りの黒幕と狙いまで暴ければ——

「まあ。ロシア以外にも、北朝鮮や中国は動くんでしょうけど」珍しく、熊川が真顔で述べた。「日本はどうなんでしょう？　ほっといていいんですか？」

「いいわけない」来栖は言った。「発端は防衛省だからな。当然、参加してもらう」

「どうやって？」赤木が訊く。

「大丈夫です」香田が答えた。力強い口調だった。「私が囮になれば、日本も動きます」

「え？」赤木が首を傾げた。熊川も不審顔だった。

「まだ、詳しくは申せません」香田は口ごもった。「信じていただくしかないのです。来栖さんにはお話しした国連への匿名通報。伊原とその仲間によるものと、私は考えています」

「だろうな」伊原たちは、香田を執拗に追っている。何が目的かは不明だ。提案に乗るしかない。「安保理専門家パネルの見立てだ。賭けても損はない。詳細詰めるぞ。朝イチで上の了解を取る」

第四章　八月六日　土曜日

43　九：一二

来栖は、十二階の大会議室に向かった。

香田を囮に使う。厚川と今田に説明。上層部へ伝え易いよう、オブラートに包んで。

「香田が、渋谷での検証を申し出ています」来栖は述べた。「現場に行き、本人立ち会いのもとで。幸い、今日は土曜日です。《ＪＥＴ》は定休日。ほかの企業も同様でしょう。邪魔が入りません」

変わらぬ晴天だった。

朝の陽光。青い空と白い入道雲。窓から見える横浜港は平穏だった。天気予報では、記録的な猛暑日になるという。夕方から、一時的に天候が崩れるとも。

「これで、猛暑日は連続……」ＴＶの気象予報士は日数を言っていたが、忘れてしまった。

来栖、熊川と赤木は泊まり込みとなった。香田も、だ。護衛の女性警察官が保護し続けた。すべての仮眠室は満杯となっていた。

厚川と今田は、日付が変わる頃に帰ったようだ。過酷な日々が続いている。光井は来栖に命じた直後、警察庁へ戻った。

「ただし、警視庁《東京》も同行させます」来栖は説明を続けた。「連絡は、事務レベルで自分が。渋谷みたいな東京のど真ん中で神奈川が動いたら、警視庁と戦争になりますから」

「違えねえ」厚川は嗤った。「好きにしちゃってくれ。上には、おれから言っとくよ」

厚川が承知すれば、今田に異論はない。黙って頷いていた。せっかくの土曜日。孫娘の〝萌音ちゃん〟に会えないことだけが不満なようだ。

「では、警視庁に連絡しておきます」

来栖は退室した。ビルの廊下にまでは、まだ冷房が行き届いていない。階段を降りていく。踊り場でスマートフォンを手に取った。

警視庁・柿崎に連絡した。読めない男だが、事務レベルの話は早そうだ。

「真夏の土曜日だぞ」柿崎は鼻で嗤った。「朝から労働の話じゃねえだろうな」

来栖も倣った。「いやなら、こっちだけでやるぞ」

「冗談だよ。で、何だ?」

「正午から、《JET》の検証をやる」

「とっくに、こっちでやってる」

「国連の香田を連れていくぞ」

「ほう。主は、こっちでいいのかな?」

検証の主導権を警視庁に寄越せ。柿崎自身にこだわりはないだろう。上へ報告しにくいだけだ。

「好きにしろ」来栖にもこだわりはない。第一、目的は検証でさえなかった。

「おれ一人じゃ無理だ。あんたは会いたくないような人間も、つれて行くことになるぞ」

「贅沢《ぜいたく》は言わないよ」承諾し、来栖はつけ加えた。「できれば、この間と面子を変えないでもらえたら助かるが。その方が話も早い」

「なるほどね」柿崎は小さく嗤った。「……一つ借り、てことでいいのかな?」

「そう思ってもらえると助かる」来栖は答えた。「二重橋の案内は、今度でいいからな」

通話を終えた。来栖は一人ほくそ笑んだ。

警視庁の内通者から、防衛省『別班』併せて《伊原学校》には連絡が行くはずだ。

潰すだけでなく、伊原の目的も知りたかった。北朝鮮高官への送金。スパイ狩り。来栖
と香田を狙う理由。疑問点が多すぎる。明らかにしなければ、あとを継ぐ奴が出かねない。

十一階まで下りた。事務作業用《デスク》のフロアだ。最近は熊川専用となりつつある。

下の階は、廊下まで空調が届き始めたか。階段よりは涼しい。捜査員の姿もない。日差しを避け、陰に入った。窓からは、ホテルの外壁が見えた。コンクリートが太陽を反射している。

《アザミの会》の高見に連絡した。

十回以上コールしても出ない。一旦切った。また雲隠れしたか。北朝鮮テロ事案のときにも、姿をくらませている。再度連絡しても、出なかった。

三度目で、ようやく出た。「……も、もしもし」

「昨日はあんたのお陰で、楽しい目に遭わせてもらえたよ」来栖は冷淡な声で告げた。「言われたとおり行ったら、李どころか、むさくるしいマッチョが四匹もいた。散々な目に遭わせてくれた。やれやれだ。慈愛精神がマザー・テレサばりのおれでも、限界はあるぞ」

「お、おれに言うなよ」高見の声が上ずる。「ち、違うんだ。何があったか知らないけど、おれは関係ない。……李からは時間と場所を指定されただけで……」

「黙れ！」来栖は一喝した。「自分の置かれている立場を、よく思い出せよ。これからも救対組織の支部長様として、ふんぞり返っていたいならな。おれの言うとおりにするんだ。さもなきゃ、あんたの老後は惨め極まりなくなるぞ」

高見は一瞬、黙り込んだ。おずおずと口を開く。「……どうすればいい？」

「李明禄に連絡しろ」来栖は告げた。命令だ。「〝本日正午。渋谷の《JET》に行け。そこで、警視庁と神奈川県警が検証してる。その場で投降しろ〟。李に、そう伝えろ。安全が確保される最後のチャンスだ、と。のんびり防衛省に引きこもっていられると思ったら、大間違いだ。奴によく言っておけ」

来栖は、一方的に通話を打ち切った。高見は必死で、北の工作員を渋谷へ向かわせようとするだろう。李が実際に動くかは、賭けだ。勝ち目は大いにある。光井ではないが、胴元のいかさまレベルで。

李を確保すれば、北朝鮮偵察総局・太道春への送金ルートは壊滅できる。窓口である北のフロント。《JET》を潰すことができるからだ。防衛省も、見て見ぬふりはできなくなる。警視庁と併せて、二重の保険をかけたことになる。李を保護するか。関係者を消しにかかるか。どちらにせよ、伊原は必ず動く。

次は、ロシアのチェルネンコだった。

「これは、来栖様」すぐに出た。相変わらずのおもねるような口調。慇懃無礼なスラブ人。小柄で貧相な体軀が、頭に浮かぶ。「わざわざのご連絡、大変恐縮でございます」

「恩返ししようと思ってね」来栖も平然と述べた。「あんたは、北のフロントを教えてくれた。そこのCEOが殺されたのは知ってるだろ？」

「ええ。何とも痛ましい限りでございます」

自分の指示だろう。口調へ表さないようにした。「本日正午、警視庁及び神奈川県警合同で検証を行うこととなった」

「それは、それは」チェルネンコは、執事のように丁寧だった。「被害者の傍に、どなたかいらっしゃったとの情報を受けておりますが。その方もご一緒に？」

飯塚殺害時、香田が傍にいた件。匿名でニュースにも出ていた。警視庁が流したのだろう。犯人を目撃したとまでは伝えていない。

直截な回答は避けた。「犯人の顔は覚えていないそうだが。改めて現場に行けば、何か思い出すかも知れないな」

「なるほど」口調に変化はない。「どうして、そのような情報をいただけるのでしょう？」

「ギブアンドテイクさ。持ちつ持たれつ。これからもお互いに、いい関係を築いていこうじゃないか。じゃ、よろしく」

今度も、来栖は先に電話を切った。

チェルネンコは警戒している。罠と判断しても、目撃者は消さざるを得ない。

実行犯であるマイケル井口はフリーランスだ。失敗しても、ロシア側に損失はなかった。雇われ《ウェット・ボーイ》など消耗品にすぎない。目撃されたのは、マイケル井口の落ち度でもある。必ず向かわせるはずだ。

役者は集まりつつあった。工作員同士殺し合わせ、折を見て脱出する。混乱が増せば、香田の安全を確保し易くなる。

中露朝及び《伊原学校》まで揃えたい。ロシアと北朝鮮、日本は済んだ。

残るは、中国だけだ。

44　一〇：〇四

大哥大《タイコータイ》。大兄貴である張偉龍の前に、男が座っている。長身だが、線画のように痩せていた。尖った眼鏡をかけた顔。目、鼻と口。すべて細かった。

劉永福は、大哥大の後ろに控え立っていた。痩せた男を、それとなく観察する。

《台食楼《たいしょくろう》》。張のもっとも新しい店。横浜中華街の外れにある。創作〝タピオカティー〟が人気だった。今も暑い中、女性客が店外に列を作っている。テイクアウトの方が主力だ。

中国の諜報員が、台湾料理店とは。大哥大のビジネス優先な姿勢。劉は舌を巻いていた。

部屋は店の最奥にあった。中央に回転テーブルがある。中華の定番だが、日本で誕生したらしい。今では、世界中において標準装備されていた。台湾料理の当店でも使っている。

「張同志」痩せた男が、口を開いた。綺麗な北京語だった。「あなたは、祖国の危機的状況を理解しているのか？」

詰問口調だった。劉は、思わず息を呑んだ。張の表情に変化はない。

男は白則謙《バイ・ゼアチエン》。祖国の中央軍事委員会総参謀部第二部第二局。戦術偵察局工作員だった。

「もちろんさ。白同志」張は答えた。北京語だ。微笑んでさえいた。「理解しているよ」

一昨日、劉は北朝鮮工作員の梁秀一を殺害した。濡らしたタオルで絞殺。書斎のドアノブに、死体ごとかけた。自殺に見せかけるためだ。

自殺か、他殺か。日本警察は、まだ公式見解を発表していない。

我が国の日本人エージェント。《火付け役》と呼ばれていた守屋康史殺害に対する報復。北朝鮮の仕業である旨、情報を得たためだ。

劉は〝凶手〟いわゆる暗殺要員ではない。訓練だけは、本国で受けていた。使う日が来るとは思っていなかった。大哥大も、自分に荒事は望んでいなかっただろう。自ら志願した。責任を感じていたからだ。

高立政によるロシア人観光客殺害。白昼の横浜中華街で。

弟分である高を、張に紹介したのは劉だ。殺人は人目を引く。被害者が、外国の一般人となればなおさら。日本警察だけでなく、ロシアの動向も注視しなければならなくなった。拘留中の高も放置するわけにはいかない。弁護士その他、バックアップにも費用がかかる。張の組織は多大な損害を被《こうむ》った。劉は挽回する必要があった。

大哥大は忙しい。これ以上の迷惑はかけられない。

香港動乱はエスカレートする一方だ。〝民主化〟という心地いい言葉は、日本人の琴線へ触れる。祖国の情勢から目を逸らさせなければならない。《火付け役》に与えた任務も、その一環だった。

〝日韓経済戦争〟を利用し、日本人の注意を韓国へ。成功していたが、守屋の殺害で中断。

大哥大は、様々な諜報活動を担わされている。他国で官僚等を工作する内間。敵スパイに対する工作の反間。偽情報で敵を誘導する死間。

さらに、対象国民を工作する因間。守屋は、これに当たる。

生間は、国を往来して行う工作だ。大哥大の場合、台湾に向かうことが多い。同国の世論操作も担当している。ほかにも様々な任務がある。日々、雪だるま式に増えているといっていい。ビジネスだけに集中できない。劉は、張の商売を手助けしたかった。

大哥大は顔に表さない。長い付き合いだ。通じるものがある。劉は信じていた。

「だが、《火付け役》が殺害された」張は続けた。「香港情勢から日本人の注意を外す因間は、順調に進んでいた。それを北が潰した。報復しないわけにはいかない」

「基本同志《ケース・オフィサー》！」白が声を荒らげた。「日本鬼子《リーベングイズ》の運用同志などどうでもいい！」

「分かっているさ」張は形だけ答えた。「だが、北に運用同志《エージェント》を消されたのでは本末転倒だ。飼い犬に手を噛まれるようなもんだからな」

「北が殺《や》ったという情報《チンバオ》は確かか？　祖国の各思想庫《シンクタンク》は、そのような情報を得ていないが」

「あらゆる信息《シンシー》を、かき集めたうえでの情報だ」信息は、いわゆるインフォメーション。収集分析したものが情報。インテリジェンスとなる。「何にせよ、動かないわけにはいかない。日本鬼子でも、身内は身内。運用同志へ危害を加えられて黙っていたのでは、今後に差し障るからな」

「随分、商売繁盛のようだ」白は店内を見回した。「台湾人のフリをして商売するのは結構だが。本分を忘れてはいないだろうな」

劉は、頭に血が上った。祖国の役人ども。皆、張の資金にたかっている。戦略偵察局も例外ではない。白の来日も、表向きは現場視察だ。本音はどうか。いくらか渡さずには帰国しないだろう。

「問題は香港だけではない」白は続けた。「美国《アメリカ》の経済的圧力はどうする？　香港の勢いを受け、調子に乗っている台湾は？」

台湾工作も張は担っている。運用同志を呼び出し第三国、日本で指示を与える。我が国の基本的諜報システムだ。

「〝三戦〟だ」白は語り続ける。「宣伝戦、心理戦、法律戦。〝戦わずして勝つ〟。それが、我が国の信条だ。美国、台湾、香港、日本。その他の地域でも、同様に勝利を収めるだろう。基本同志たちの諜報活動が、実を結べば」

「白同志」張は顔を傾けた。笑みを浮かべて。「申し訳ないが、私は本質的にビジネスマン。政治的理想論より、実質的な利益を好む。当面は、目前の問題を解決したい。対北朝鮮だ。協力願えるだろうか？　うちのスタッフは基本、インテリばかりでね。荒事に向かない。先日、強行したが大変だった」

梁秀一に対する工作を意味しているのだろう。生唾を呑み込んだ。確かに難航した。成功したかどうか。心許ない。殺害後帰宅した劉は、何度も嘔吐《おうと》した。

「それは理解できる」白は頷いた。「対北政策において、我が国も核心には迫れていない。各国が狙っている。米韓はもちろん、ロシアましてや日本から後れを取るわけにいかないだろう。不穏な動きがあるならば、素早く対応しなければな。少々〝荒療治〟となっても」

張も頷いた。「ご理解いただき、恐悦至極だ」

「うむ」白も微笑んだ。「入れ」

男が入ってきた。劉と同年代か。中背だが、鍛え抜かれた体格をしている。薄着の下から窺える筋肉。訓練された人間のものだ。短髪に四角い顔。尖った目。冷酷な印象だった。

「夏献陽《シア・シエンヤン》」白が紹介した。「蛙人隊《フロッグ》の工作員だ。中でも射撃に秀でている」

夏が一礼した。蛙人隊。両棲偵察隊ともいう。水中の爆破及び障害物除去等特殊任務を担う。上陸地点や、海岸堡の偵察が任務だ。秘密工作のプロ。戦術偵察局とは緊密な関係にある。日本の工作に使用されるような人員ではない。

劉の背中に、冷たい汗が流れた。

「お借りしよう」張が頭を下げた。「劉。面倒を見てやれ」

劉は頷いた。白が夏に告げた。「よろしく頼むぞ」

「了解しました」直立不動で、夏が敬礼した。「張同志、劉同志。よろしくお願いします」

「ああ。頼むよ」大哥大は、手を挙げて応えた。

「ところで、張同志」白が向き直った。「私は、そろそろ帰国しようと思うのだが」

「ああ。お疲れ様」張が何かを置いた。テーブルを回す。

膨れ上がった封筒が、白の前で止まった。中国人民元か、日本円か、アメリカドルか。いくらの現金が入っているのか。知る由もない。「すまない。遠慮なく」

白は封筒を受け取った。仕掛けのあるトランクに入れて、日本国外へ持ち出すつもりだ。

「それでは、これで。頼んだぞ」立ち上がった白は、夏の肩に手を置いた。張に向き直る。

「張同志。失礼するよ」

「お元気で」

大哥大は微笑んだ。寒気のする笑みだった。

「張同志。自分はどうすればいいですか?」

訊く夏に、張は答えた。「店員に、部屋へ案内させる。そこで待機していてくれ」

テーブルに置かれた張のスマートフォン。振動が響く。

「来栖だ」

来栖惟臣。神奈川県警外事課。公安の刑事。

張は電話に出た。「何の用だ？」

会話は数分続いた。大哥大は何度も頷く。

挨拶もなく、張は電話を切った。

「今日の正午、渋谷の《ＪＥＴ》に李明禄が現れるそうだ」張は続けた。「来栖の狙いは分からんが。報復のチャンスではある」

北朝鮮の李明禄。フロント企業《ＪＥＴ》における実質的責任者。張から聞かされていた。来栖からもたらされた情報を基に、収集した事柄だ。日本においては、北への窓口的存在だという。消せば、北朝鮮への打撃は相当なものとなる。

「今度は、道具が要るな」

張は息を吐いた。夏が引き取った。「準備済みです」

「分かった。李を消せ。他国の工作員が邪魔するようなら、まとめて始末してこい」

夏は大きく頷いた。自信に満ちた表情。

劉は緊張していた。背中が震えた。冷房のせいではない。

「おれは、来栖の情報《ネタ》なんか信用していない」大哥大は述べた。優しい口調だった。「北への報復は、韓国から裏が取れたので行っただけだ。今度こそ罠かも知れん。ヤバいと思ったら、即座に離脱しろ」

「了解です」夏は、再び敬礼した。

劉も同様に応じた。逃げるわけにはいかない。高の凶行は、横浜中華街でのビジネスにまで損害を与えた。責任を果たすときだ。

生きて帰れないかも知れない。劉は覚悟を決めた。

45　一〇：一六

マイケル井口は、勤め先へ早退届を出した。

英会話学校《イングリッシュ・アドベンチャー》池袋校。基本、マンツーマンの講義だ。予約は、すべてキャンセルする。

「風邪ですか？」

校長が訊いてきた。日本人の中年男性だ。背が低く、頭が薄い。タイプからはかけ離れている。

「ええ」マイケルは答えた。校長と同じく日本語だ。「今朝から熱が少し。すみません」

マイケルは、咳《せ》き込んで見せた。マスクはしている。日本人の習慣は身につけていた。

校長が顔をしかめた。

猛暑にもかかわらず、夏風邪が流行《はや》っている。昨夜のニュースは役に立った。

「インフルエンザですか？」

校長は心配そうだ。同時に迷惑そうでもある。

忙しい時期だった。《イングリッシュ・アドベンチャー》は社会人対象の英会話教室だ。今の時期は、学生向けの夏期講習も行う。CM効果か。生徒も急増中と聞いている。

マイケルは答えた。「違うとは思いますが」

「早く帰って、ゆっくり休んでください」

校内で、クラスター発生はまずい。そう判断されたらしい。皆、感染症対策には敏感だ。

礼を言って、マイケルは満員の職員室をあとにした。講師は総出だった。

急いで、家に戻る必要があった。装備の隠し場所は、自宅と違うところにある。移動時間も計算に入れなければならない。

五分前。ロシアGRUのチェルネンコから連絡があった。

「困りますよ。ミスター・マイケル」チェルネンコは英語で抗議してきた。「こういう不手際は」

本日正午、渋谷の《JET》に目撃者が現れるという。飯塚殺害時、一緒にいた女だ。

内心、マイケルは驚いた。女がいたのは気づいていた。顔を見られていたとは。

マイケルはプロだ。顔を隠すぐらい訳ないことだ。確かに、標的との距離は短かった。とはいえ、あの一瞬で判別されたならば。女は特殊な訓練を受けている。一体、何者か。

フリーランスゆえ、余分な殺しはしたくなかった。金にならないからだ。下手すれば、命取りになりかねない。半信半疑だった。

「分かった」マイケルも英語で答えた。

ミスを認めたわけではなかった。クライアントからのクレームなら仕方ない。多少なりとも芽の内に摘み取っておく。「処理する」

「データはお送りさせていただきます」チェルネンコは、最後に告げた。「顔と名前ぐらいしか存じ上げませんが。一応、お調べさせていただきましたので」

ロシアの諜報員だ。日本警察にチャンネルもある。マイケルは電話を切り、舌打ちした。

「ええ！　マイケル先生、帰っちゃうのお？」

女の生徒が、名残惜しそうに寄ってくる。マイケルは答えた。「はい。ちょっと風邪を引いたみたいで。ごめんなさい」

〝イッツ・ユア・ターン〟。CM以来、人気はうなぎのぼりだ。特に、女の生徒は増えた。興味ない。マイケルはゲイだった。素敵な男の生徒は、何人かつまみ食いしたことがある。その程度の余禄は許されるはずだ。

日本の男性は、素晴らしくチャーミングだ。魅力的だった。世界でも最高レベルだろう。マイケルは、各国で経験がある。間違いない。素直で、奥ゆかしく慎ましい。

日本の女とは対照的。図々しく、太々《ふてぶて》しい。地球上、どこも似たようなものではあるが。対して、日本の男の子は〝カワイイ〟。

マイケルは、女の生徒に愛想笑いを浮かべた。手を挙げる。「じゃあ。また今度ね」一声告げて、立ち去る。英会話学校勤務も長いことではない。表と裏。どちらの稼業も、派手にやりすぎた。インターバルが必要だった。

マイケルは足早に、猛暑の中へ出た。

46　一〇：三二

「……臨時国会へ提出いたします『愛国者法』法案につきましては……」

ぱっとしない風体の男が、マイクを手にしている。中背で肥満体。防衛大臣・岸井の声には、覇気が感じられなかった。

JR新橋《しんばし》駅日比谷《ひびや》口改札前。SL広場。

サラリーマンの街。土曜でも人だかりができている。猛暑日にもかかわらずだ。休日出勤だろうか。カジュアルな格好の者も大勢いた。勤め人だけではない。買い物客や家族連れも目につく。皆、ハンカチやタオルで汗を拭っている。

『愛国者法』に関心があるのだろうか。賛成か、反対か。

志田は、雑居ビルのトイレ内にいた。広場が見渡せる個室。曇りガラスの窓を薄く開けてあった。グロック三四ピストルカービンを構えている。

ドットサイト内には、岸井防衛大臣。SLの前、壇上で演説している。

「……当該法案は、確かに多少のご負担をおかけする面もございます。ですが、生命や財産を守るため、国民の皆様に欠かせないものであると確信して……」

元は経産省官僚だ。ゆえに〝バーコード大臣〟と揶揄される。熱の入った演説をする夕イプではない。それでも、普段は岸井なりの活気がある。今日はまったく感じられない。眼も虚ろだ。

商業用の雑居ビル。主に、従業員が使用するトイレだ。男性用で、一番奥の個室。邪魔されたくない。ドアの表側には、張り紙をしておいた。〝修理中。使用禁止〟。

蒸し暑い空間だった。トイレまで、空調が効いている施設は少ない。猛暑日の閉鎖空間。

志田は、ハンドタオルで汗を拭った。

志田は軽装だった。ブルーのストライプが入った白い半袖Yシャツ。濃いグレーのスラックス。タイはない。上着は一応、スポーツバッグに入れている。新橋には、自宅から直接向かった。

構えた位置からは、SLの後方が見える。岸井を横から見る角度だ。頭部に照準を合わせる。

多磨霊園のときよりは距離がある。高性能なピストルカービン。腕にも自信はあった。

遠目にも、岸井の顔は汗だくだった。猛暑のためとは思えない。冷や汗だ。

伊原に切り捨てられた岸井。一等陸佐に見限られた防衛大臣。単なる傀儡《かいらい》だった閣僚。待っているのは天国だろうか、それとも――

志田はトリガーを絞った。

こめかみにヒット。身体が反転。血と脳漿が飛んだ。バーコードのすだれ髪が舞う。次いで、胸部と腹部に二発ずつ。計五発。

岸井が壇上に倒れる。同時に、広場から悲鳴が上がった。横たわった身体の下から、血だまりが広がっていった。

志田は撤収を開始した。黒いスポーツバッグに、ピストルカービンと拾い集めた空薬莢を収める。

連絡が入った。数世代前のスマートフォン。

伊原だった。志田は報告した。「完了しました」

「お疲れさまでした」穏やかな声だった。営業の挨拶でも済んだような。教唆した大臣暗殺など、まったく意に介していない。

「神奈川県警の来栖氏が動き始めました」伊原は続けた。口調は変わらない。「正午に渋谷へ向かってください。警視庁が、ある女性を確保しようとするはずです。その援護をお願いします」

女性の名前と顔写真。ほかのデータ等。あとで、スマートフォンへ送るという。

「他国からの妨害も予想されます」夕立が来ます。そんな口調だった。「実力をもって、排除して構いません。特に、来栖氏は積極的な処理をお願いします。機会があれば、で構いませんが」

47　一〇：五四

〝本日正午、渋谷の《JET》に向かえ〟。

辺勇武は、李明禄からのメールを受け取った。運んでいたセメント袋を下ろし、陰に忍び込む。スマートフォンを取り出した。米国製の最新型だ。

〝おれの逃走を援護しろ。他国工作員は全員排除すべし。加えて、二名の男女を処理すること。データは、おって送付する〟。

神奈川県川崎市内。某災害復旧工事現場。請負者は、日本を代表する大手ゼネコン。辺は、孫請け建設会社の派遣労働者だ。

ブラックな体質は親から子、孫請けへと雪だるま式に膨れ上がっている。早退など認められないだろう。抜け出すしかない。

セメント袋を担ぎ上げた。所定の位置へ移動させる。辺に重機を動かすことはできない。訓練は受けている。日本での公的資格がないだけだ。材料の運搬、スコップやツルハシを使った補助作業が中心だった。必然的に賃金は低くなる。

現場監督が通りかかった。日本人の五十男だ。日焼けして、顔は皺だらけ。辺の眼力をもってしても、何人か判別しかねるほどだった。スコップを手にしている。

北朝鮮工作員にとって、スコップは凶器だ。現場監督殺害に一秒も要らない。

「お疲れ様です」

わざと片言の日本語を使った。韓国人で通してきた。別れの挨拶だ。作業を放棄すれば、この会社には戻れないだろう。現場監督は、おうと応じた。真意は伝わっていない。

日本人作業員の集団で、騒ぎになっている。大臣クラスのＶＩＰが銃撃されたらしい。

チャンスだ。この機におさらばしよう。

セメント袋へ向かいながら、作業場を通りすぎた。こっそり動いたつもりだったが、諜報員の目はごまかせない。

「仕事かよ？」インドネシアの諜報員が話しかけてきた。英語だ。先日、酒場でサラリーマンの小指を折った奴だった。

辺はうなずいて見せた。

「いいなあ」インドネシア人は続けた。天を仰ぐ。「うちの情報部。正直、日本では大した仕事ないんだよね。このままだと、本物の建設作業員になっちまうよ」

このまま転職しようかな。小さく呟いていた。

「ほかの連中にも、よろしくな」

微笑を交わし合い、建設現場を脱出した。

汗だくの身体に作業服。渋谷では目立つだろう。サウナかネットカフェでシャワーを浴び、着替える必要がある。

道具は、川崎駅のコインロッカーに収納している。調整は済ませてあった。

48　一一：五二

「防衛大臣が撃たれたってマジ？」

助手席で赤木が訊く。心底驚いている様子だった。

移動には〝作業車〟のマツダ・アテンザ二台を使っていた。

「〝作業車〟って初めて乗るけど」出発前、赤木は車内を見回した。「普通の覆面と変わらないねえ。もっとスパイ映画みたいな車、想像してたのにさ」

〝作業車〟は、外事警察専用の車両だった。無線機に秘聴器、変装用具等。様々な用品が搭載されている。自転車を積むこともある。車で追尾できないときのためだ。

「今度、マシンガンでもつけときますよ」

熊川が冷たく言い放った。赤木と気が合わないらしい。遊び人気質が駄目なようだ。

分乗して、《カモメ第三ビル》から出発した。

岸井防衛大臣が狙撃された。ニュースが飛び込んだのは、都内に入ってすぐだった。先行車に乗っているのは来栖、香田と赤木。後方車には今田と熊川。二台続いて進んでいた。来栖が運転していた。助手席の赤木がカーラジオを回す。情報は錯綜している。大臣の容体も諸説ある。死亡説が有力ではあったが。

現役閣僚の殺害。暗殺は戦後初となる。

香田も後部座席で驚いていた。大臣狙撃の影響か。道路も渋滞している。正午に近い。フロントガラスを灼く陽光は激しくなっていた。運転の邪魔になり始めている。路肩に寄せ、サングラスをかけた。車内の冷房は最大だ。

再び走り始める。無線が入った。今田からだった。

「このまま行くのかい？」虚勢を張っているが、声に怯えが感じられた。「岸井大臣が撃たれたそうじゃないか。それも亡くなったとか」

「関係ありません」来栖は平然と告げた。「警視庁から中止の申し出がない限り、予定どおりです」

警視庁が中止にすることはないだろう。香田確保のチャンスだ。

香田が《JET》へ姿を現す。口封じに、ロシアの刺客が動く。

高見への恫喝。功を奏すれば、北朝鮮の李明禄も現れる。

北が動けば、報復のために中国も出てくる。

さらに、《伊原学校》。警視庁及び北朝鮮の李から、防衛省『別班』へ。香田の情報が伝わるはずだ。刺客を送り込んでくる。恐らく、スパイ狩りと来栖への威嚇射撃に携わった奴だろう。

日中露朝の工作員《アセット》が勢揃いする。全員が暗殺要員《ウエット・ボーイ》。油断はならない。共倒れさせ、報復の連鎖を断ち切る。そのために、情報を各国へばらまいた。来栖は苦笑した。ブラフとディスインフォメーションによって激化させた抗争。自らの手で収束させることになる。

残るは、北朝鮮偵察総局・太道春への送金ルートだけだった。李を確保すれば壊滅できる。フロント企業の実質的責任者だ、窓口自体を潰せる。

各国を争わせた理由の一つ。太を引きずり出す。資金源を断てるなら、効果は同じだ。

光井の指示と、来栖の思惑は一致していた。あとは、スパイ狩りの黒幕と狙いだ。

気がかりは多々ある。岸井防衛大臣の暗殺。タイミングがよすぎる。糸を引いているのは伊原だろう。発端となったスパイ狩り。露中の諜報員等を始末したのも。

問題は目的だ。何のために。

伊原の狙いを探り出す必要があった。でなければ、事態が収束したとはいえない。


正午を一〇分過ぎて、《JET》に到着した。

わずかに遅刻した。大臣狙撃の影響か。土曜日でもある。都内の渋滞は厳しかった。《SHIBUYAセントラルシティ》。十階建てオフィスビルはピロティ構造。一階の空間は駐車場となっていた。社用車以外のスペース。外来者用は数台しか埋まっていなかった。警視庁の車両だろう。

空いたスペースに、来栖はアテンザを駐車した。後続車も続く。

来栖は車を降りた。サングラスを外す。香田と赤木が続く。後続車から、今田と熊川も顔を出した。全員、クールビズ仕様だった。香田だけ長袖だ。

後部座席から、熊川が防弾ベストを取り出した。人数分ある。香田用も含めて。

今田が眉をひそめる。「警視庁も着てくるかね」

「ええ」防弾ベストのことを言っているようだ。来栖は答えた。「恐らく」

「嫌《や》だなあ。ただでさえ暑いのに」

赤木がぼやいた。熊川が押しつける。来栖もポロシャツの上に着けた。

全員、防弾ベストの着用を終えた。揃って歩いていく。

　エントランス前の階段。長身の男が立っていた。直立不動。警視庁の制服警察官だ。

「神奈川県警の外事課だ」来栖は身分証を提示した。

「お待ちしておりました」警察官は敬礼した。「三階で待っています」

「《JET》は出勤してるのか？」来栖は訊いた。「ほかの会社は？」

「いえ」警察官は答えた。「十階まで、誰も出勤しておりません」

　働き方改革か。警察がありがたくないのか。脛《すね》に傷持つ企業ばかりなのかも知れない。

「分かった」来栖は答えた。「暑いが、よろしく頼む」

　再度、警察官は敬礼した。来栖たちは歩を進め出した。

「あ、そうだ」来栖は足を止め、警察官へ向き直った。「騒ぎが起きたら、さっさと逃げろ。付き合うことはないからな」

　警察官は怪訝な顔をした。来栖たちは、エントランスの階段を上った。

　神奈川県警関係者の五人は、中へ入った。ビルの入り口は実質、二階となっている。室温は高かった。空調は入っていないようだ。

《ジャパン・エレクトリック・トレード株式会社》は三階にある。前回も階段を使った。

「警視庁、怒ってるかねえ」今田が眉を寄せた。「遅刻してしまったが」

「仕方ないですよ」赤木が気楽に言う。「あの渋滞ですもん」

　階段を上っていく。手にしたサングラスを、来栖はブリーフケースにしまった。

　拳銃が手に触れる。H&K・P二〇〇〇。ヒップ用のホルスターに収まっている。

来栖は、腰の後ろに拳銃を装着した。

三階。《ジャパン・エレクトリック・トレード株式会社》に着いた。

ガラス張りのオフィス。社名と略称が、ガラス壁に白く浮かび上がっている。薄暗い中に、数名の人影が見えた。来栖はドアを開いた。

ガラス扉に、鍵はかかっていない。外側に開くと、ドアクローザーが働く。九十度で止まる仕組みだ。開ききったドアを、来栖は通った。今田と香田、赤木に熊川の順で続く。

受付は空席だった。《ビル爺》が運営していたCIA協力者《エージェント》の女性。無事に離脱できたのだろうか。見通せるオフィスにも、社員の姿はなかった。

「どうもお待たせしました」今田が前に出る。かしこまって挨拶した。「道路が渋滞しておりまして。……何でも、防衛大臣に大変なことがあったとかで」

事務所内の人間は答えなかった。一礼しただけだ。

警視庁からは三名のみ。石森外事二課長。柿崎外事一課第四係長。足立外事二課巡査部長。前回から、警部補の菅井を除いただけのメンバーだ。〝面子を変えるな〟。柿崎は、来栖の言うことを聞いてくれたことになる。

検証用の人員にも見えない。課長始め、たった三名。狙いは香田だろう。特に石森は。

室内に灯りは点っていない。薄暗くはある。東も南もブラインドはすべて上げられていた。窓ガラスも開放。途中まで外に開き、ストッパーで止める方式だ。陽も入っている。

光量はあった。

好都合だ。

「ずいぶん暑いな」来栖はため息を吐いた。実際、蒸し暑かった。防弾ベストの下は汗ばんでいる。「空調ぐらい入れとけよ。サービス悪いな」

「管理人に断られた」苦笑交じりに、柿崎が答えた。「〝警察が電気代払うなら〟とか言われちまったよ。神奈川で持ってくれるか？　警視庁《うち》は予算がない」

「日本一の〝お大尽〟警察が、シケたこと言うなよ」

柿崎が鼻を鳴らした。外事二課長の石森が、一歩踏み出した。

「香田氏を、こちらに渡してもらおう」

香田の身柄。即座に要求してきた。

今田の視線が右往左往する。来栖は応じなかった。想定の範囲内だ。「何のために？」

「何のため？」石森の顔が歪んだ。「《JET》CEO、飯塚氏殺害の参考人に決まっているだろう！」

蒸し暑い事務所内に緊張が走った。

警視庁と神奈川県警。ともに三八口径SAKURAを装備していた。来栖も足首に巻いている。

警視庁サイドも、防弾ベストは全員が着用している。下は夏向けの軽装だ。

香田は微動だにしなかった。神奈川県警メンバーの後ろに控えている。

「揃っておいでのようですな」

軽い訛りのある標準語が聞こえた。

開いたままのドア。来栖は視線を向けた。

スーツ姿の男が立っていた。四十代前半。中背で痩身。極端に印象が薄い。特徴がない顔立ち。先日、香田に見せられた写真を思い出す。

「《ジャパン・エレクトリック・トレード社》のＣＦＯ」男は名乗った。「〝武田明《カヴァー》〟です」

《ＪＥＴ》の最高財務責任者。実際には会社を仕切ってきた。〝武田明〟は偽装身分だ。

李明禄。朝鮮人民軍偵察総局工作員。

計算通りだ。高見の説得が功を奏したか。伊原の策略か。ほかの要因か。

神奈川県警に警視庁、そして香田。全員の視線が集中する。

ゆっくりと、李は歩き出した。香田の視線が鋭くなった。

李は、誰とも目を合わせなかった。悠然と進んでいく。警視庁と神奈川県警が対峙《たいじ》する中間あたりで、足を止める。

警視庁は、李が現れることを知っていたのか。〝武田明〟の正体は摑んでいるのか。

来栖は、警視庁側へ視線を移した。柿崎は怪訝な顔だ。足立の目は泳いでいる。石森は不安げな様子だった。弱々しい視線で、李を追っている。

少なくとも、石森は知っていた。李の正体も、姿を現すことも。表情に驚きがない。

「足立くん」石森は命じた。多少、声は上ずっている。突然、北朝鮮の工作員が現れた。

その割には冷静だ。「〝武田氏〟を確保してください」

拘束しようとしたのだろう。足立が脚を踏み出した。李の腕を摑み、引き寄せる。

次の瞬間、李の頭部が砕けた。血と脳漿が、足立に降りかかる。

銃撃。来栖は、とっさに香田を庇《かば》った。覆いかぶさり、床に伏せさせた。

同時に、南側でも破砕音。ガラスが割れたか。来栖は状況の把握を始めた。

ほかの人間も、デスクの陰に身を潜めている。プラスティック製。どこまで防弾効果があるか。

血塗れの足立は、茫然《ぼうぜん》と立っていた。柿崎が手を引いて座らせる。

俯せに、李は倒れていた。死んでいる。右の側頭部が完全にない。血だまりが広がっていく。

李を狙ったとすれば、どの国だろう。中国かロシア。防衛省の可能性もある。

銃声はなかった。狙撃はどこからか。来栖は視線を巡らせた。

《JET》のオフィスは、正しく東西南北を向いている。狙撃は、東側の窓越しになされた。ワイヤー入りのガラスに穴。蜘蛛の巣状に罅割れもあった。

砕けたガラスの向こう。背の低い雑居ビルが見えた。屋上が、《JET》より少し高い程度だ。

狙撃手は、そこにいる。

北は、ガラス壁を挟んで廊下。役員室や会議用の部屋が並んでいる。西は木製のドア。

応接コーナーになっていた。

南側もガラス窓だった。道玄坂の四車線道路を挟んで、各種ビル群がある。来栖は視線を向けた。ガラスが砕け落ちていた。一発ではない。複数、発砲されたようだ。先刻の破砕音はこれか。南にも別の狙撃者がいる。

二人目の刺客。どの国の工作員か。

来栖は、今田と赤木を見た。「東の窓辺に向かってください」

赤木は頼りにならない。捜査一課の射撃能力は、たかが知れている。今田の方が、まだ使える。ライフル専門とはいえ、元五輪候補だ。

「熊川」来栖は声をかけた。「国連を頼む」

香田を熊川に任せた。デスクを遮蔽物にして屈ませている。狙撃手の視界から遮るだけでもましだ。位置を悟らせれば、危険だった。李が撃たれた銃弾。強化ガラスを貫き、射線も曲がっていない。相当の威力がある。プラスティックの机面は貫通するだろう。

来栖は南の窓に向かった。熊川の射撃能力も大したことはない。悪いが、弾除けになってもらう。巨大な身体が役に立つ。

何があっても、香田は守らなければならなかった。国連との摩擦等はどうでもいい。守ると約束した。それだけだ。

警視庁は、どう動くか。香田は渡せない。敵は、屋外だけではなかった。室内にもいる。応援は要請できない。工作員を共倒れさせる邪魔になる。警視庁も呼ばないだろう。香田の確保は、極秘裏に行いたいはずだ。

柿崎が、来栖の傍に来た。拳銃を抜いている。

来栖は訊いた。「射撃は？」

「あいつらよりはマシだ」

顎で仲間を指す。石森と足立は、デスクの陰に屈んだままだ。顔面蒼白で、香田を確保しようとする素振りもない。

狙撃手は二名とも、銃に細工をしている。銃声が聞こえなかった。サプレッサーを使用しているだろう。マズルフラッシュも確認できないはずだ。正確な位置が特定できない。

来栖は拳銃を抜いた。Ｈ＆Ｋ・Ｐ二〇〇〇。

柿崎が目を丸くした。ありふれた三八口径を手にしている。「すごいな、それ」

「いろいろあってね」

李は片づいた。残るは、各国の工作員たちだ。

来栖はコントロールレバーを操作。マニュアルセイフティを解除した。スライドを引く。

初弾を薬室へ送った。いつでも撃てる状態だ。

※

ロシアに雇われたマイケル井口は、内心毒づいた。

低層雑居ビルの屋上。《ＪＥＴ》の東側窓から、オフィス内が窺える。黒い鉄柵越しにアサルトライフルを構え直す。シグ・ザウエル社製MCX五・五〝ラトラー〟。口径三〇〇BLK。装弾数三〇発。二二〇グレインのサブソニック弾を使用している。マガジンは半透明だ。

小型の自動小銃。重量三キロ。全長は六五センチにも満たない。ショルダーストックを折り畳めば四〇センチ強だ。大ぶりな拳銃か、サブマシンガンといったサイズだった。

オプティクスに、Aimpoint Micro T-2を装備。有効射程は一二〇メートル。銃口には、Silencer Co製マルチ口径消音器HYBRID 46を装着。三〇〇BLK弾自体、消音効果が高いと言われる。無音ではないが、こもった銃声だ。狙撃位置は特定されていないだろう。

バックアップに、ウィルソン・コンバット社製九二Gヴァーテック・センチュリオンタクティカル。セイフティをかけ、ヒップホルスターに収めていた。口径九ミリ×一九。装弾数一七＋一。

マイケルは、ベレッタ九二系を好んで使用する。米軍に入った頃からの制式拳銃。新機種も選定されているが興味なかった。一九一一系を信奉する世代より若い。ハンドガンは手に馴染んだものが一番だ。

初弾発砲前。確実に、香田を捉えていた。目撃者の女だ。顔と名前は、チェルネンコから送られていた。右手親指でセイフティを解除した。

中背の男が突然、飛び込んできた。別の男が引っ張ったようだ。トリガーを絞る。サイト内に男の頭部。同時だった。

香田を完全に遮蔽していた。手元もぶれた。女には、貫通弾さえ掠《かす》ってもいないだろう。男は死亡。右の側頭部が砕けている。

南の窓を狙撃した奴がいる。マイケルが撃った直後だ。道玄坂の道路を挟んだビル群。所在は確認できていない。

日本の警察官は、めったに発砲しない。腕も問題にはならない程度だ。南の狙撃手は何者か。先に片づける必要がある。さらに身を屈め、マイケルは移動を開始した。

右肩に痛み。被弾。掠っただけだ。貫通さえしていなかった。大した傷ではない。目視で確認。流血も少ない。染みも見えなかった。マイケルは黒いTシャツに防弾着《ボディ・アーマー》。黒のワークパンツを穿いていた。足には高性能なスニーカー。

別の狙撃手がいる。地上だ。狙いは正確だった。でなければ、掠り傷でもマイケルに負わせることはできない。名手のようだ。

移動が一瞬遅れていたら。あの世行きだったろう。

幸い、屋上には遮蔽物が多い。マイケルは、即座に回避行動を取った。

※

「外したか」中国・蛙人隊工作員の夏献陽は、ドットサイトから目を離した。北京語で呟く。「仕留めたと思ったが。掠った程度だろう」

夏のアサルトライフル尾部は、リトラクタブルストックとなっている。銃口のサプレッサーを除けば、引き出しても全長六五センチ程度。収納すれば、五〇センチ少ししかない。重さも三キロ強だ。コンパクトなタイプといえる。

セレクターレバーは、セイフティからセミオート。単発に切り替えてあった。

劉永福は、夏と一階駐車場にいた。《SHIBUYAセントラルシティ》の一階。ピロティ構造の駐車場空間だ。

夏が狙ったのは、隣。東側の雑居ビル屋上だった。何者かが発砲していた。どこかの国に属する狙撃手がいるらしい。

渋谷までは、劉が運転した。旧型のトヨタ・カローラ。目立たない車種だった。夏は北京語と広東語以外は、ほとんど喋れなかった。片言の英語くらいだ。

近くのコイン・パーキングに駐車した。夏はトランクを開いた。赤いスポーツバッグとライフル。予備弾倉と拳銃二挺が収まっていた。解説を始める。

「FN HERSTAL社製SCAR-SC・三〇〇 AAC Blackout。弾倉に、三〇発装塡できる自動歩槍だ」

自動歩槍。中国語でアサルトライフル。自動小銃を意味する。

「これは」夏は銃口を指差した。サプレッサーが装着されている。「B&T社製サプレッサーM.A.R.S.-QD。アサルトライフル用に開発され、素早く着脱できる。軽くてコンパクトだ」

劉にはよく理解できない。言葉の問題ではなかった。銃に詳しくないだけだ。

「口径は三〇〇BLKだが、三〇〇Whisper弾を使用している。それしか入手できなかったからだ。互換性はある。消音性も高い。支障はないだろう。ドットサイトも他銃種からの流用だ。暗殺だからな。祖国や旧共産圏の銃は使用しない。いろいろちぐはぐなのは仕方ないな。拳銃は――」

一挺を、夏は手に取った。中型のセミオート。グリップを劉に向けて、差し出してきた。細く短いロールケーキのようなアクセサリーが付いている。

「護身用だ」夏は告げた。「CZ・P-一〇C。口径九ミリ×一九。一七+一発。サプレッサーは、Silencer Co製オメガ九Kを装着している。九ミリ口径用としては、小型で軽い。腰の後ろにでも差しておけ」

劉は拳銃を受け取った。ブラックジーンズの後ろ、背骨辺りに差し込んだ。上は、黒っぽいアロハシャツ姿だった。裾で隠す。

「CZはチェコ製だが」夏も似たような格好だ。銃の話が好きらしい。「世界的に有名なメーカーだしな。アメリカにも会社がある。許容範囲さ。ただ、実包がレミントンの一一五グレインFMJしか用意できなかった。使うときは気をつけろ。音速を超えるから、銃声が響き易い」

「本当に寄せ集めなんだな」

「お前も含めてな」夏は薄く嘲笑った。「行くぞ。防弾着《ボディ・アーマー》は現地で着けよう」

残りの銃をスポーツバッグに収め、二人は歩き出した。やっと解説が終わった。ガンマニアの特殊工作員。劉は辟易していた。

《SHIBUYAセントラルシティ》の駐車場に陣取った。ボディ・アーマーを着用する。

夏が発砲したのは、その直後だ。

狙撃手は別方向にもいる。南の窓ガラスも砕ける音がした。どちらが報復すべき相手、北朝鮮かは分からない。

「東側は頭を引っ込めたな」夏が呟く。アサルトライフルを構え直す。「南の方へ移ろう。両方片づいたら、《JET》のオフィスに移動する」

夏が移動を開始する。劉も、あとを追った。

※

渋谷・道玄坂の四車線道路沿い。

土曜の正午だ。ただでさえ混雑している。日本の防衛大臣。人民軍元帥みたいなものか。公衆の面前で射殺されたという。都内の交通は混乱を極めているようだ。

マスコミやネットでも、情報が錯綜していた。狙撃犯は誰か。容疑者は多彩だ。中国やロシア、極左に極右。カルトからイスラム・テロリストその他。

我が国も上位に入っている。

北朝鮮工作員である辺勇武は、飲食店が集まるビルの三階にいた。お好み焼き店が入っているフロアだ。店舗と倉庫が独立している。簡単に入り込むことができた。

〝関係者以外立入禁止〟とドアにはある。関係者でも、入ってこられては困る。辺は日本語が得意だ。〝配電工事中につき入室禁止〟。張り紙を足しておいた。今のところ功を奏している。

窓を少しだけ開け、サプレッサー装着の銃口を出していた。B&T製USW。口径九ミリ。杉原卓巳殺害にも使用したセミオートピストルだ。今回も一七連マガジンを装塡。ドットサイトを覗き込む。銃を頬につけ、ショルダーストックも再調整した。

《JET》が正面に見えた。有効射程は七五メートル。ぎりぎり大丈夫だろう。視力に狙撃能力。加えて状況判断力。すべてに自信がある。

足首には、バックアップ用のワルサーCCP。アンクルホルスターに収めている。

辺は夏用の作業服を着ていた。色は濃紺だ。防弾着《ボディ・アーマー》も着用。マガジンポーチ付きのホルスターを、肩にかけている。川崎のネットカフェで、シャワーを浴びた。渋谷までは電車。Tシャツとジーンズで移動した。倉庫内で着替えた。念のため、電気作業員らしい恰好をしている。

被弾状況から判断して、李は死亡している。数発発砲したが、間に合わなかった。窓ガラスを砕いただけに終わった。

日本人三人組。私服警察官か。連中が現れる前から待機。《JET》オフィス内を監視していた。続いて五人。例の女も含まれている。最後に李が現れた。前触れなく、東側から狙撃があった。

室内の状況から、李を狙ったとは思えない。日本人が引っ張ったように見えた。拘束を試みたか。急な動きに、東の狙撃手は狙いを逸らしたらしい。

その後、東側雑居ビル屋上へ銃撃があった。地上からのようだ。《SHIBUYAセントラルシティ》一階の空間。別の勢力がいる。

李の保護は失敗した。残る任務を果たせ。他国工作員及び男女二名。国連職員と神奈川県警刑事を始末する。

辺は、状況を整理した。《JET》オフィスは三方向から狙われている。東側雑居ビル屋上。正面《SHIBUYAセントラルシティ》駐車場。それぞれに狙撃手がいる。道路を挟んだ飲食ビル三階倉庫の辺。

オフィス内は後回しだ。東側及び正面。先に排除する必要がある。一度には処理できない。肉眼で、交互に確認する。どちらが先に動くか。

できれば、正面は後回しにしたい。駐車場から直接、《JET》は狙えないからだ。

正面一階駐車場に人影。贅沢は言えない。辺は発砲した。

※

防衛省の志田晴彦は状況を見ている。

息を潜めて。汗を拭うことも忘れていた。周囲の状況把握に、耳を澄ます。

《SHIBUYAセントラルシティ》の西側。一段高い位置にマンションがあった。中層の耐火構造。古びた物件だ。高さは同じぐらいで、壁同士が接している。人が通れるような隙間はない。目の前は一車線の道路だった。緩やかな坂になっていた。

マンションのエントランスに、志田はいた。防犯カメラの有無は確認している。問題はない。銃器を収めたスポーツバッグは、足元に置いている。

現時点で、把握できている狙撃地点は三ヶ所。東側《ＳＨＩＢＵＹＡセントラルシティ》を挟んだ雑居ビル。手前になる一階駐車場。南側の商業ビルにもいる。

さらに、エントランスの制服警察官。徽章《きしょう》等から見て、警視庁所属。役目は見張り。ときおり、志田へ視線を向けてきた。怪しまれている。職務質問まではされないだろうが、ビルへ入るためには処理しなければならない。

銃声は聞こえない。抑えられている。ガラスが割れる音やコンクリートの破砕音。発射ではなく、命中地点から判断していた。映画のように、派手な音や火花はない。異様な雰囲気は伝わってくる。実際、制服警察官も怪訝な顔をしていた。

銃撃戦に巻き込まれるつもりはなかった。手は出さない。邪魔にならない限り。優先順位がある。標的のデータは、伊原から送られていた。

香田瞳。国連職員という。なぜ、そんな女性を確保しなければならないのか。志田は考えないことにした。伊原についていくだけだ。

続いて、神奈川県警・来栖の排除。どちらを果たすにも、《ＪＥＴ》へ向かう必要がある。あとはタイミングだけだ。

道路の向こう。南側ビル三階から、一階へ発砲があった。コンクリートが弾ける。

工作員は、互いを排除し合っている。駐車場には二名。南側に移動しているようだ。

今がチャンスだ。

志田はスポーツバッグを開いた。長いピストルカービンでは、室内の取り回しに困る。グロック一七のレールに、FD九一七を装着した。

マンションには植え込みがあった。スポーツバッグを隠す。《SHIBUYAセントラルシティ》のエントランス前へ踏み出した。

制服警察官の視線が向けられた。志田は銃口を向けた。

※

劉は伏せていた。

発砲されたからだ。駐車場の南端。中程度のコンクリート塀がある。破片が弾け飛んだ。夏に、床へねじ伏せられた形だった。

夏自身もコンクリートに身を隠していた。通行人からは死角だ。南方の狙撃手からも。

「南側の派手なビルだ」夏が告げた。劉は視線を上げた。飲食店が集まったビルのようだ。各階に色鮮やかな看板がある。「道路を挟んだ向こう。三階の窓から撃たれたようだ」

三階は、お好み焼き店だった。姿勢を変え、夏はSCAR-SCを構えた。五回発砲した。単発による連射。三〇〇 Whisper 弾。銃声は低く抑えられている。消音効果に加えて、雑踏がかき消してくれる。

劉は顔を持ち上げた。身体は伏せたままだ。道玄坂の四車線道路。土曜の白昼。車の往来が激しい。人通りも、だ。尋常な数ではなかった。ただでさえ、人の多い街だ。合間を縫っての撃ち合いとなる。時折、トラックの屋根を銃弾が叩く。

車と通行人が障害物となっている。当てるわけにはいかない。渋谷で銃殺者が出る。大騒ぎとなるだろう。命取りになりかねない。大哥大こと張偉龍の組織にとっても。祖国にとっても。

夏と南側狙撃手。ともに巧みだった。通行人に被害は出ない。車両へはたまに掠るが、気づく者は皆無だ。何事もなかったかのように通りすぎていく。

数発のやり取り。夏が勝負に出た。アサルトライフルとともに、体勢を持ち上げる。

夏の頭部が被弾した。

※

一階駐車場の工作員は排除した。九ミリ・パラベラム弾を頭部に叩き込んだ。死んだか、少なくとも戦闘能力は奪ったはずだ。

巧みな狙撃手だった。発射された実包は、すべて辺の傍に着弾していた。銃口を出した窓は、罅だらけになっている。硬質な曇りガラスだったのが役に立った。お好み焼き店の看板も、防弾壁となった。

車両と通行人。除《よ》けながらの射撃は困難だった。紙一重の差。運と呼んでもいい。発射音の心配はない。抑えた銃声は、都会の喧騒にかき消される。無音に近い。銃弾だけが、空気を切り裂きあった。

次は、東側ビル屋上だ。辺は、B&T・USWの銃口を向けた。サイト内。銃口が向いていた。ハーフのような顔立ちをした狙撃手。

遅れた。辺は伏せようとした。

※

南側ビル三階の窓へ、マイケルは発砲した。

お好み焼き店の看板横。弾痕だらけの窓ガラス。微かに開いている。構えたMCXラトラー。銃口が跳ね上がることはない。銃身も固定している。右手人差し指だけが、連続で動いていた。くぐもった銃声が続く。周囲に聞こえることはない。

窓ガラスが砕け散った。視界が広がる。

アジア人の頭部。三〇〇BLK弾が、血と脳漿を跳ね上げている。大ぶりな拳銃が滑り落ちていく。マイケルは直感した。標的は即死だろう。

マイケルは身体を伏せた。全身の神経を、状況把握に集中させる。

《SHIBUYAセントラルシティ》一階駐車場も動きはない。ほかに気配は感じられなかった。

他国の工作員は処理した。残るは《JET》オフィス内。目撃者の排除だけだ。《JET》へ視線を向ける。人影はない。全員が身を潜めているようだ。誘い出す必要がある。アサルトライフルを構え直した。

マイケルは再び、オフィス内へ銃弾を撃ち込み始めた。

※

東側から、発砲が始まる。窓ガラスを砕き、数発は室内に飛び込んだ。デスク等オフィス機器を穿《うが》つ。PCのディスプレイが砕けた。電話機が弾け飛ぶ。

来栖は周囲の様子を窺っていた。南側の窓辺に屈んでいる。柿崎も一緒だ。

道路を挟んだ南側のビル。三階窓が砕けるのを確認していた。何者かが倒れる気配も。

一階駐車場にも、狙撃手がいた。倒れたか。南側よりも先に、銃撃が止んだようだ。

日中露朝。四国のうち、二つが倒れた。脱落したのは、どの勢力か。残りは。

中国は、単なる報復が狙い。北朝鮮には、李を守る目的もあったはずだ。ロシアは、目撃者の香田も消したい。防衛省の伊原は、加えて来栖も狙ってくるか。

室内に視線を向けた。状況は。警視庁はどう動くか。

香田は熊川が守っている。石森と足立は座り込んだままだ。国連専門家パネル委員の確保も忘れているかのようだった。

今田と赤木は、東側の窓辺に移動していた。身は伏せたままだ。動く素振りもない。

来栖は声をかけた。「課長代理！」

今田の視線が上がった。東からの銃弾は、窓ガラスを貫通。室内にも到達している。

来栖は、東の窓へ視線を向けた。指差す。「反撃してください」

位置的には問題ない。充分、東側雑居ビルの屋上が狙える。

今田の顔が歪んだ。「……君が撃ったらどうかね」

「角度が悪いんですよ」南側の窓際。射線が合わない。東からの狙撃は、正確さを増している。移動している間に、犠牲者が出るだろう。来栖は叫んだ。「早く！」

今田が、大きく息を吸い込む。ＳＡＫＵＲＡを抜いた。中腰になり発砲する。乾いた炸裂音が、オフィス内を破った。続けざまの発砲。硝煙の匂いが鼻を衝く。

全弾撃ち終えた。屋上の人影。跳ねるのが見えた。

来栖は視線を向ける。かろうじて顔が確認できた。

マイケル井口。ロシアだ。

今田は、拳銃を空打ちしている。弾が尽きたことに気づいていないようだ。

「伏せてください！」来栖は叫んだ。今田が慌てて、屈み込む。

香田の方へ、来栖は近づいていった。

※

マイケルは毒づき続けた。痛みに任せ、英語で卑語を連発する。

右の上腕二頭筋に被弾していた。三八口径リヴォルヴァーか。五発撃ってきた。命中したのは一発だけだ。MCXラトラーを取り落としている。

撃った奴も視界には入っていた。五十代の男。窓の傍で屈んだままだった。貧相なオヤジだと後回しにした。短銃身の拳銃で、この位置まで狙ってくるとは。なめていたことを後悔する。

いや、悔やむ時間が惜しい。

弾丸は体内に残ったままだ。利き腕の指先に、力が入らない。ウィークハンド射撃も可能だが、近距離のハンドガンまで。アサルトライフルでは、どこまで能力を発揮できるか。自身の力量を見極めるのも、プロに必要なことだった。

ここまでか。離脱するしかない。

マイケルは自動小銃にセイフティをかけた。スポーツバッグを手に匍匐《ほふく》前進し始める。

※

《SHIBUYAセントラルシティ》三階に、志田は到着していた。グロックを手に、《JET》オフィス手前で待機した。

オフィス内は、東側から銃撃を受けていた。入り込む隙がない。全員床に伏せているようだ。デスクが遮蔽物になり、位置を特定できなかった。

中で、会話が始まった。何を言っているかは聞き取れない。怒声がした。〝早く!〟。

東側の窓辺。男が身体を起こした。警察の制式だろうか。廻転式拳銃を構えている。歳は志田と同じくらいか。しょぼくれたおっさんだ。

五十男が発砲した。五発。志田は身を伏せた。

東側からの銃撃が止まった。志田は顔を上げた。

しょぼくれた中年。ほかに人影が立つ。女と、もう一人の若い男。

女は目的の人物。国連専門家パネルの香田だ。身柄確保を援護する必要がある。

南端の窓。少し手前に、来栖がいた。志田はグロック一七を向けた。発砲する。

来栖は転がった。リノリウムの床を、銃弾が抉《えぐ》る。

デスクの端に、来栖がぶつかった。回転が止まる。志田は銃口を向け直した。

来栖の方が速かった。中型のセミオート。両手保持で、銃口が向けられていた。

銃声が耳を聾する。数発。腹部に灼けるような痛み。全身が麻痺した。

志田は崩れ落ちた。這うように廊下へ出る。建物の構造は頭に入っている。突き当たりの非常階段へと向かっていった。

※

夏は、まだ微かに息があるようだ。胸が、わずかに上下していた。額の右寄りに銃痕がある。SCAR-SCは、傍らに転がっている。

劉はスマートフォンを取り出した。張に連絡する。「大哥大」

「どうした？」張は冷静だった。

「夏が撃たれました」

劉は状況を説明した。夏の容体に至るまで。

「分かった」即座に張は答えた。「直ちに離脱しろ」

「しかし……」劉は躊躇した。

「どうやらそいつは、来栖が仕掛けた茶番。三文芝居だ。これ以上付き合う義理はない。我々は舞台から降りる。劉、お前も帰ってこい」

「…………」劉は横たわる夏を見た。

「来栖のバカ騒ぎで、お前まで失うつもりはない」

「……」大哥大の言葉。劉は言葉に詰まった。「……夏は、どうします？」

「始末しろ」張は冷淡に告げた。「死亡を確認したら、放置していい。道具を忘れるな」

「分かりました」

通話は切られた。劉は背中から、拳銃を抜いた。CZ・P－一〇C。夏に近づいていく。

上から見下ろした。夏は虫の息だった。放っておいても死ぬだろう。両手保持で頭部を狙った。手にした拳銃はトリガーセイフティだ。引き金を絞れば、弾が出る。劉は数度、発砲した。

夏の顔。上半分が砕け散った。奴の言ったとおりだった。超音速弾はサプレッサーを使用しても、甲高い発射音がした。

アサルトライフル始め、銃器を集めた。赤いスポーツバッグに詰める。夏の死体に背を向け、劉は走り出した。

※

来栖は数分間、香田の傍で待った。まだ臨戦態勢だ。

マイケル井口からの銃撃は止んでいた。今田の銃撃で負傷したか。すでに脱出しているだろう。

当面、安全と判断した。H&K・P二〇〇〇のコントロールレバーで、セイフティをかけた。ヒップホルスターに戻す。

「あいつ、何者ですか?」

傍にいた熊川が立ち上がった。大声を出す。銃声で耳がやられているようだ。

「多分、日本人だ」来栖も大きく答えた。耳が不調だった。硝煙も鼻に残る。「防衛省絡みだろう」

「え?」熊川が耳を寄せる。まだ鼓膜がおかしいらしい。

来栖は息を吐いた。「次に警察庁から拳銃を送ってきたら、サプレッサーも追加させてくれ」

《JET》オフィスに入ってきた男。伊原の配下か。深追いする気はなかった。来栖は腹部を撃った。致命傷か、大きなダメージは与えている。

銃撃は止んだ。刺客を共倒れさせる囮。香田の役目は済んだ。警視庁へ横取りされる前に、離脱させる必要がある。

警視庁に動きはない。続く銃撃を警戒しているのか。単に身が竦んでいるのか。

香田に耳打ちした。声は大きくならざるを得ない。「耳は大丈夫か？」

「……何とか」

「行くぞ」来栖は告げた。「用は済んだ。ここから抜け出す」

二人で動き出す。音を立てないよう、ゆっくりと。熊川もついて来た。

途中、ブリーフケースを拾った。ほかの人間に注意を払う。石森と足立は、どこも見ていない。身を伏せているだけだ。今田及び赤木は、東側の窓に集中している。マイケル井口を、まだ警戒しているようだ。放っておいた。

南側の窓辺。柿崎の視線が向いた。来栖は手を挙げて応えた。

柿崎は口元を曲げただけで、動かなかった。警視庁の一部は、伊原に取り込まれている。自らが属する組織に、不信感を抱いているのかも知れない。

来栖と香田、熊川は《ＪＥＴ》を離れた。警視庁の三名や、今田と赤木は置き去りにして。

※

志田は、非常階段で一階に下りていた。

西側のマンションに向かう。植え込みの向こう側。屈めば大人一人、身を隠せる空間がある。

エントランスの死体が見えた。警視庁の制服警察官。頭部と胸部を二発ずつ撃った。目を逸らし、マンションの植え込みへ。スポーツバッグが隠してある。身体を潜めた。慎重に、Yシャツの裾を出す。ハンカチを取り出し、噛み締めた。銃創の具合を確認する。弾丸は貫通している。大腸か小腸。または、ほかの部位を損傷しているかも知《し》れない。腸を射抜かれたならば、至急の治療が必要だった。放っておけば、明日まで保たない。救急キットを開いた。縫う時間はなかった。大振りの絆創膏《ばんそうこう》でごまかした。スポーツバッグから、丸めたジャケットを取り出す。暑い中、持参してきて正解だった。前ボタンを留めれば、シャツの赤い染みが目立たない。

スマートフォンを手にした。脂汗が顔を濡らしている。伊原へ報告した。一連の経緯及び現在における状態。自分の容体は、最後に回した。

「……腹部を撃たれました」

「戻れますか？」

はい、と答えた。体調は問題ではない。伊原の問いは、命令と同じだ。回答に非はなかった。至急、市ヶ谷に戻る必要がある。

治療は受けられるのか。考えないことにした。気をしっかり持て。自分に言い聞かせた。電車は駄目だ。目立つ。体力的な問題もある。傷の具合から判断して、時間がない。

銃器始め装備をすべて、スポーツバッグにしまった。荷物を抱え、植え込みから出た。万が一の遭遇を警戒し、《SHIBUYAセントラルシティ》から反対側へ回った。道玄坂の道路に出る。

志田はタクシーを拾った。大丈夫か。心配するな。怪しまれれば、乗り換えるだけだ。

49　一二：五三

来栖、香田に熊川。三人は《JET》の入った三階から下りた。

「ひいっ！」

香田が、引きつったような悲鳴を上げた。《SHIBUYAセントラルシティ》のエントランス。一人の男が、仰向きで横たわっていた。頭部と胸部に銃創がある。

見張りの制服警察官だった。無理もない。香田は、毎日のように射殺体を見ている。

「逃げるように言ってあったんだが」来栖は警察官の死体へ呟いた。軽く目を伏せる。「あとは、残っている連中に任せよう」

三人で、ビルの駐車場に入った。マツダ・アテンザ二台へと向かう。全員、額が汗ばんでいた。室内の暑さによるものか。別の理由か。

駐車場の南端。床に、射殺体が転がっていた。今度は、香田も悲鳴を上げなかった。慣れてきたか、驚きすぎたのか。歩を進めながら確認した。頭部が砕けている。顔は判別できない。アジア系のようだ。

南側ビルで撃たれたのも、アジア系に見えた。中国及び北朝鮮。両国とも排除できたか。〝作業車〟二台のうち、一台は来栖がキーを持っている。もう一台は、今田と熊川が乗ってきた。「どっちがキーを持ってる？」

「僕が持ってますけど」熊川が答えた。

「置いといてやれ」来栖は言った。「課長代理と赤木も、それで帰れるだろう」

ボンネットの目立つところに、熊川はキーを置いた。

来栖は、アテンザの運転席に乗った。香田は後ろへ、熊川が助手席に入った。駐車場から車を出した。一車線道を通り、道玄坂へと出る。

都内の渋滞は続いていた。ただでさえ、混み合う時間帯だ。大臣狙撃の影響も大きい。

「《JET》の銃撃戦」助手席の熊川が訊いてきた。「通報した人間はいないんですかね」

「気づかれてないのかも知れん」来栖は答えた。「ほとんど銃声もなかったし。変な言い方だが、名手揃いだった。車両や通行人にも、目立った被害はなかった。連中、上手く避けてくれたよ。単にラッキーだっただけかも知れんが」

「……ラッキーって話じゃないですよね」

後部座席で、香田が呟いた。死体を見すぎている。すべて、自分が動いて作ったものだ。

来栖は答えなかった。

ハンドリングしながら、来栖は考えた。高速に入るか。一般道よりは安全なはずだ。狙撃ポイントや身柄を拘束できる箇所。当然、少なくなる。

カーラジオを点けた。男性アナウンサーが告げる。「岸井防衛大臣は、搬送先の病院で死亡が確認されました。被弾時点で即死だったとの未確認情報も伝えられており……」

「さて」助手席で、熊川が首を回す。「横浜に帰るんですよね」

「……すみません」香田が声をかけてきた。「武蔵小杉に向かってもらえませんか？」

「武蔵小杉？」熊川が背後に視線を向ける。「どうして？」

「会っていただきたい方がいるんです」

「誰です？」

訊きながら、熊川は来栖を見た。香田は一種のショック状態に見えた。そのうえでの提案。何らかの意図があるはずだ。

来栖は答えた。「いいだろう」

50　一三：二五

旧防衛庁庁舎地下の『別班』／『直轄』専用室。

志田は、意識が朦朧としていた。腹部からの出血も、再発し始めている。

タクシーは一台で済んだ。渋谷から市ヶ谷まで六キロ程度。乗り換えは不自然といえる。岸井防衛大臣死亡により、都内は大渋滞だった。代わりのタクシーは、確保が困難だったろう。一台目に乗れたこと自体が幸運だ。

ほぼ通常どおりの移動時間で到着できた。裏道を指示したからだ。憔悴《しょうすい》して見えたのだろう。志田の様子に、運転手は怪訝な顔をしていた。

オフィスに入り、志田は伊原のオフィスへ向かった。スポーツバッグは担いだままだ。銃器類が収められている。

「どうしました」大場二等空尉が、志田に近づこうとした。「お顔の色が優れませんよ」

「問題ありません」志田はかろうじて答えた。「急いで伊原一佐にご報告を……」

「……それは血、ですか……」

大場は愕然《がくぜん》としている。点々と、床に血が垂れていた。差し出された手を振りほどいて、伊原の部屋に向かった。インタフォンを押す。少しして、ドアを開いた。

「大丈夫ですか？」

入室すると、伊原は冷静に訊ねた。立ち上がっている。表情は顔に表れていない。心配しているようにも、関心がないようにも見えた。

背後にいる女性。志田は言葉を失った。欧米ハーフのような派手な顔立ち。厚化粧と揶揄される所以《ゆえん》だ。薄いピンクのワンピース。ノースリーブだった。防衛省施設には似つかわしくない。

小瀬田綾乃。外務大臣。『愛国者法』反対の急先鋒。岸井や伊原にとっては〝政敵〟のはずだ。

志田は訝しんだ。敵対関係にある人間がどうして――

「お疲れ様でした」伊原は告げた。「岸井大臣の死で、右派の国民はいきり立ち、活気づくでしょう。与党重鎮の士気も上がります。『愛国者法』の可決は万全となったはずです」

「……しかし、なぜ」志田は、何とか声を絞り出す。「小瀬田、だ、大臣がこちらに？

『愛国者法』には、は、反対の、お立場では？」

「それは……」小瀬田が踏み出しかけた。

「私の方から」伊原が制する。「確かに、小瀬田大臣は『愛国者法』に反対のお立場でした。しかし、それは国民の目を躱すため行ったカムフラージュだったのですよ」

「か、カムフラージュ？」おうむ返しが精一杯だ。

「ええ」伊原は続けた。「真の狙いは、北朝鮮に眠っている利権です」

伊原が何を言っているのか分からない。意識がはっきりしないからか。ほかの理由か。

「政官財界が長年、密かに狙ってきた北の利権だ」ピンクのワンピースが前に出る。小瀬田外務大臣。普段の上品な語り口とは違う。サディストのような口調。「伊原一佐と組んで、独占もしくは大きなアドバンテージを狙った。目的を達すれば、日本の政官財界を牛耳ることも夢ではなくなるからな」

「そのために」伊原は平静だった。穏やかな笑み。「北朝鮮偵察総局の高官である太道春とも通じています。多額の資金援助も行ってきました。《JET》を通した極秘の送金ルートによって」

騙され、利用されていたのか。〝約束の地〟など初めからなかった。

薄れゆく意識の中。志田の脳裏に、妻と亡き娘の顔が浮かんだ。

続いて、叩かれた女性教諭。小学生の頃だった。先生が今の志田を見たら、何と言うか。また往復ビンタかな。志田は内心嗤った。あの先生は、何て名前だったか。確か――「志田さんは、本当によくやってくれました」伊原は、あくまでにこやかだった。「心の底から感謝しています。では、これで」

伊原は、中型のセミオートピストルを手にしていた。国内でミネベアが、シグP二二〇をライセンス生産した九ミリ拳銃。自衛隊の制式だ。

室内は完全防音。銃声でさえ漏れないだろう。志田は覚悟を決めた。

向けられた銃口が、霞《かす》んで見えた。

51　一三：四四

都内の渋滞を抜け、来栖たちは神奈川県内へ入った。

「そこのコンビニに入ろう」来栖は告げた。

中原《なかはら》街道沿いのコンビニエンス・ストア。マツダを駐車場に入れた。客の入りは八割程度か。混み合っているようだ。車も多い。

「熊川」来栖は言った。「コーヒーでも買ってきてくれ。冷たいヤツがいい」

熊川がノートPCを閉じた。渋谷出発時から操作している。右掌が差し出された。

「お金は？」

「出しとけ！」

ぶつぶつ言いながら、熊川が降りた。陽光は厳しくなる一方だった。

渋谷の状況は、熊川に調べさせていた。一階駐車場以外からも、死体が発見されている。南側ビル三階には、銃器を所持したアジア系男性の射殺体。お好み焼き店が入っているフロアだ。

確信が持てた。アジア系の死体が二つ。中国と北朝鮮。

東側の雑居ビル屋上は無人。ロシアの雇われ殺し屋マイケル井口。逃走中のようだ。今田の射撃で負傷しているはずだった。来栖が視認した限りでは、右腕に命中していた。来栖が撃った男も逃走中だ。防衛省・伊原の配下だろう。腹部に被弾。腸など内臓を損傷している可能性が高い。遠くには逃げられない。治療しなければ、明日にでも死へ至る。

中朝は排除できた。日露は逃走中だ。

抗争の収束。報復の連鎖を断ち切る。目的の一つは達成できた。

後部座席をふり返った。香田の顔が向けられる。来栖は訊いた。

「お前は、何者だ？」

〝香田に関しては、引っかかる点もある〟。熊川が言っていた。もう少し調べてみる、と。

来栖の言葉にも、香田は表情一つ変えなかった。平静に見えた。

「お前の本名は、盧慶姫《ノ・キョンヒ》」来栖は告げた。「元は在日コリアンだが、香田は通名じゃない。すでに日本へ帰化している」

熊川の調査結果だ。今朝、《カモメ第三ビル》を出発する前に報告されていた。

香田の反応を待った。表情が抜け落ちたように、来栖を見つめている。

「ただし、巧妙な身元の隠蔽工作がなされている」来栖は続けた。「普通の在日にできる芸当じゃない。かなりの有力者が後ろ盾にいるはずだ」

香田は何者か。目的は何か。後ろ盾は誰か。確認しておく必要があった。

「私が信用できない、ということですか？」

香田の視線は、来栖の目を射抜いていた。

「この業界で、唯一のルールは」来栖は口元を歪めた。香田から視線は逸らさない。「誰も信じるな。それだけだ」

香田の視線が、軽く逸れた。考えている。

「最後に《ＪＥＴ》へ飛び込んできた男」来栖は言った。「おれが撃った奴だ」

「……ええ」香田は頷いた。

「あいつは防衛省職員で、名は志田晴彦。襲撃された際、熊川がスマートフォンで顔写真を撮影してたんだ。先刻、ノートＰＣで身元を割り出した」

渋谷からの道すがら。熊川はパソコンで、さまざまなことを調査していた。渋谷の状況。防衛大臣射殺の影響。志田の素性など諸々。

「志田はあのとき」来栖は続けた。「お前を殺すのではなく、確保しようとしていた。警視庁を援護することが目的だろう。始末するだけなら、ほかに方法もあった。現場に飛び込んでくる必要はない。刺客の自衛官と背後にいる伊原。連中の狙いは何だ？　何を企んでる？　どうして、お前の身柄を必要としている？」

沈黙が下りた。熊川には、ゆっくりしてこいと告げてあった。しばらく二人にしろ、と。

「……私の身元については」おもむろに、香田は話し始めた。「あなたのおっしゃるとおり。香田瞳は帰化時に得た名前。通名は同じでしたが。本名は盧慶姫。在日コリアンです」

少し、香田は言葉を切った。来栖は待った。

「幼い頃から、自分の出自には複雑な感情がありました。日本と北朝鮮。二つの祖国を持っていると感じていたのです」香田は述べる。「成長するに従って、想いは増していきます。北朝鮮の状態や行いを知るにつれて。世界各国との関係等も。経済学を学んだのも、何とかしたいとの想いからでしょう」

「なら、なぜ日本に帰化した？」

「『あの方』が勧めてくれたのです」香田は答える。「より深く学ぶためなら、この国では日本人になった方がいい、と」

「『あの方』とやらが、お前の後ろ盾か？」

「そうですね」香田は目を伏せた。「国連に職を得られたのも、『あの方』の力ですし」

「そいつは、北と関係が深いのか？」

「はい」香田は頷いた。「ですが、現在における北朝鮮の体制。それを維持するためではありません。むしろ逆。今後のためです。国際的に、平和で安定した民主国家として認められること。それが目的。私自身も、そのために国連安保理制裁決議違反を追ってきたといえます」

「なるほどな」

「その目的のためにも」香田の視線が上がった。「『あの方』と会っていただきたいのです」

「それはいいが」来栖も視線を向けた。「『あの方』とは何者だ？」

「まだ申し上げることはできません」香田は首を垂れた。「『あの方』のところへ向かい、お会いいただけるようになるまでは」

「随分もったいぶるんだな」

「もったいぶっているわけではありません」決然と香田は告げた。「警戒しているのです」

香田と視線が絡み合った。どちらも口を開かなかった。

「まあ、いいさ」先に逸らしたのは来栖だった。「どうせ帰り道だ。ちょっと寄ったところで、バチは当たらないだろう」

「ただいまァ」

熊川が戻ってきた。呑気な口調で告げる。紙製の穴開き盆を手にしていた。プラスティックカップ入りのアイスラテが、三つ刺さっている。

「器の大きい来栖さんは、小銭がお嫌いでしょうから」熊川が助手席に入ってくる。嫌味な口調だった。「特別に千円きっかりでいいですよ」

「コンビニだぞ！」来栖はカップを一つ手にした。「こんなもんで千円もしねえだろ！」

「器が小さいなあ」熊川は一つを香田に渡した。「ねえ」

「ほれ」

来栖は千円札を渡した。熊川が満面の笑みで受け取る。「毎度ありィ」

バックミラーで、香田が微笑っていた。

52　一四：〇二

小瀬田は、伊原専用のオフィスに留まっていた。

若い男二人。石神三等陸佐と大場二等空尉と聞いている。志田二等陸曹の遺体を片づけていた。伊原が指示していたのだろう。黒い遺体袋に死体を入れる。床の血痕も拭き取ってあった。通常の洗剤とは違う。特殊な薬剤のようだ。染み一つ残さない。さすが自衛隊というべきか。

二人は、淡々と作業を進める。死体に臆することもない。

「これが《伊原学校》か」

小瀬田は呟いた。極力、視線を向けないようにしている。血や死体は苦手だ。厚化粧呼ばわりされるよりも、胸が悪くなる。

伊原から返事はなかった。「これも、お願いします」

石神へ拳銃を渡す。志田殺害に使用したものだ。胸部、恐らく心臓を撃ち抜いていた。

「死体は、どう始末するつもりだ？」

小瀬田は訊いた。若い頃から多少、オタク気質がある。腐女子といってもいい。親しいと思う相手には、女性的な喋り方をしない。

「ご心配なく」小瀬田の問いに、伊原は平然と答えた。「ちゃんと指示済みです」

「計画に狂いはないのだな？　北利権に関しても」

「大丈夫です」伊原は答えた。「北朝鮮利権は、過去の戦後賠償ビジネスたとえば、韓国やインドネシアですが。各種インフラ整備等の規模に収まるものではありません」

伊原は、椅子に腰を下ろした。中小企業の課長が座るような安物。気にしていない。

「外食産業その他、未開発の市場。自動車等における現地生産拠点の設置。観光に農業。電気を始めとする各種エネルギー関連事業。多くの未開発分野があります。中でも、重要なポイントとなるのが」伊原の視線が向いた。「地下資源の開発です」

「ロシアと中国のスパイ暗殺は、確かに見事だった」小瀬田もソファに座った。こちらも安物だ。脚を組む。「あの志田という男を使ったんだろう？　なかなか有能だったようじゃないか。惜しかったんじゃないか、殺したのは？」

「志田さんは」直截な回答を、伊原は避けた。「娘さんの死によって、心の底から災害を憎んでいました。確かに、自衛隊の存在意義へ関わることなのですが。異様な執着心をお持ちでした。ですので、お誘いしたのです。よく働いていただきましたよ。今後多少なりとも、想いにお応えしたいと考えています」

「ふん。なるほど」小瀬田は脚を組み替えた。ピンクのパンプスが目に入る。ワンピースと色を揃えていた。ヒールは低い。踵が高い靴は気に入らない。「あと防衛大臣。岸井のオヤジについてはどう思ってる？　こいつも、志田が始末したんだったな」

「そうです」伊原は微笑んだ。「しょせん、岸井さんも使われる側の人間にすぎませんでした。ですから、官僚としては優秀だったのでしょうが。大した思想の持ち主ではありません。時流に乗って、右派の国粋主義者を装っていただけ。『愛国者法』いうエサで簡単に取り込めました」

防衛大臣を使い、『愛国者法』を推進。露中スパイ等殺害を、法案可決の後押しとする。

「警察は、スパイ狩りの情報を抑えていたようだが」

「政府関係者には伝わりますから」

小瀬田は、『愛国者法』反対の立場を取る。北朝鮮利権という真の目的を隠すカムフラージュとして。用済みとなった段階で、岸井は排除する計画だった。

岸井暗殺は、国内右派の機運も高めつつある。ネット等の反応でも分かる。皆、『愛国者法』に気を取られていた。小瀬田たちの狙いに気づいている者はいない。

「まあ。あの〝バーコード〟野郎の冥福を祈るだけだな」

小瀬田は鼻を鳴らした。ノースリーブでは肌寒い。この部屋は冷房が効きすぎる。

「〝スパイに死を〟」小瀬田は訊いた。「コサチョフと守屋の死体に置いてあったカード。あれは、どういう意味だ？」

「単なる演出です」伊原は微笑った。「諜報関連だと思わせた方が、混乱を招き易いかと。コサチョフはともかく、守屋は立ち位置も複雑でしたので。日本警察が秘匿しても、露中の諜報機関は協力者等使って情報を得るでしょうし」

「まったく」小瀬田は、首を左右に振った。「これから、どうする？」

「北朝鮮利権において、日本は後れを取ってきました。韓国は同一民族。アメリカは世界一の大国です。両国に対しては、北も見る目が違います」

伊原と目が合った。小瀬田は吸い込まれそうな気がした。「……だが、アメリカは中東情勢に足を取られた。韓国と北朝鮮の関係も、現在は停滞気味だ」

「日本にとってはチャンスでした。残るライバルは、ロシアと中国。北朝鮮にとっては関係の深い国です。ただ、最近は関係が冷えています。露中にまで、後れを取るわけにはいきません。何らかの手を打つ必要がありました」

「そこで、スパイを暗殺」小瀬田は語気を強めた。力を抜けば、伊原に気圧される。「両国のアジア政策に混乱を招く。で、日本がアドバンテージを得る。今なら、北利権のトップに躍り出ることも可能だ。『愛国者法』によるカムフラージュも含めて、まさに一石二鳥。だが、米韓両国に手を出さなかったのは、なぜだ？」

「米韓を放置したのは、見透かされる恐れがあったからです」伊原の笑みが大きくなった。

小瀬田は息を呑んだ。「直接的すぎます。いかにも、北利権を狙っていると喧伝しているようなものですから。攪乱なら、露中だけで充分でした」

「北利権を独占できれば」小瀬田も笑顔を作った。伊原に主導権を握らせてはならなかった。二の舞になる。岸井の轍《てつ》は踏まない。「政界を牛耳ることもできる。日本みたいに女性軽視が顕著な国でも。特に、政官財界はひどいからな。それでも、初の女性総理が射程に入れられる」

「警察庁幹部へのおこぼれも、お忘れなく」

「もちろんだ」小瀬田は言った。「内閣官房副長官？　ケチなポスト争いだ。使いパシリの小役人にふさわしい。北の利権が手に入れば、いくらでも小遣いはくれてやるさ。内閣情報官の長沢か。贔屓《ひいき》にしてやるよ。今後のことは心配しなくていい、と伝えてくれ」

「了解です」伊原が頷く。「話を戻しますが。諸外国を押し退《の》けるだけでは不充分でした。香田瞳。彼女から『例の物』を入手する必要があります。北の高官が待ち望んでいる物ですから。そこで露中の暗殺に加え、もう一つのプランを並行させせました。香田の確保です」

『例の物』。重要性は、小瀬田も分かっている。「そのため、国連安保理に《ＪＥＴ》の制裁決議違反を匿名通報させた。内調の上村に命じて。香田を誘き寄せ、確保するために」

「警視庁公安部が、香田の身柄を押さえていたはずです。飯塚ＣＥＯが何者かに殺害されていなければ。制裁違反の国連通報が誘き出す餌であることを《ＪＥＴ》に伏せていたのは失敗でした。李明禄を当惑させ、事態が必要以上に混乱してしまいました」

「どうして知らせなかった？」

「その方がスムーズにいくかと」伊原は微笑った。幼児が遊戯に失敗したような顔。「李や、お飾りのCEOにスタッフ。下手な芝居は、却って香田に感づかれるかと思いまして」

「《伊原学校》も計算違いはあるか」小瀬田は嗤った。「で、李はお前の元に逃げ込んだ」

「私も人間ということです」伊原が苦笑する。「正体が明るみに出た以上、李はもう用済みでした。北高官への送金なら、ほかにも手はあります。有力なルートではありましたが。ですので、渋谷に向かってもらいました。亡くなったようですが。元々、どこかの工作員に消してもらうためでしたから」


小瀬田は内心、疑う。伊原と己。一体、主導権はどちらにあるのか。

伊原の真意は不明だ。小瀬田に北朝鮮利権を独占させるため、協力している理由は何か。

「お前は何を企んでる？」小瀬田は訊いた。「単に防衛官僚としての出世が狙いなのか？それとも、北利権で得られる権力や財力。それさえ踏み台にして、政官財界を陰で操るつもりか？　この国を思うままに。たとえば、再軍備による超大国化まで視野に入れて」

「まさか」伊原は笑顔で言う。「私は、そんな大人物ではありませんよ」

にこやかな笑み。爽やかでさえある。小瀬田は背筋が寒くなった。「……だが、ロシアや中国以外の国まで巻き込んだのはなぜだ？」

「神奈川県警の外事課に、来栖という警部補がいましてね」伊原は答える。珍しく、少し眉を寄せている。「他国を巻き込んだのは、その男です。北朝鮮も含めて。対立を激化させ、報復の連鎖まで招きました。おかげで、隠密裏の計画が大掛かりになりすぎまして。北の関与も表面化したようですし」

「その来栖とやらだが」小瀬田は告げた。「このまま放置はできないな」

「ですね」伊原は笑みを崩さない。「一度、来栖氏拉致も試みました。コリアン・パブ《スパイシー・チゲ》を使ったのですが。北工作員の店です。今考えると、いかがなものだったかと。来栖や香田の訪問。飯塚の死によって、李も疑心暗鬼となっていましたから」

「成功したのか?」

「いいえ」伊原は、首を左右に振った。「四人ほど送り込みまして。取り込むことも視野に入れ、臨機応変な対応を指示していたのですが。香田の身柄を渡すことも含めて。説得に手間取った挙句、会談は決裂。使者は拘束されました。解放させましたけれど。なかなか手強い人物のようです」

伊原はスマートフォンを手にした。小瀬田は視線を向ける。「どこにかける?」

「内調の上村さんに連絡します」

スマートフォンを操作する。小瀬田は待った。

「どうも、お疲れ様です」少しして、会話を始めた。伊原は、いたって平静に語る。「……ええ。神奈川の来栖氏です。お忙しいところ恐縮ですが。そろそろ、表舞台から消えてもらうことはできないでしょうか?……はい。平和裏に」

53　一四：一一

来栖と熊川、香田の三人は一緒に移動を続けた。武蔵小杉のタワーマンション群へたどり着く。

「そこに駐めてください」香田は、空いた駐車場を指差した。「外来用のスペースです」

マツダ・アテンザを入れた。香田が続ける。「拳銃は置いていってください」

「グローブボックスに入れておくよ」

来栖はヒップホルスターを外した。H&K・P二〇〇〇をグローブボックスへ入れた。厳重な鍵がついている。助手席の熊川も倣った。自らのSAKURAを収納した。

「じゃあ、行くか」

熊川の視線が向いた。来栖は一挺しか外さなかった。足首に三八口径を巻いている。香田は知らないことだ。完全に丸腰となる気はなかった。

三人で〝作業車〟を降りた。気温は一日の最高値だろう。眩しいほどの青空に、積乱雲が立ち昇っていた。夕立になるのかも知れない。

香田の案内で歩き始めた。来栖は武蔵小杉には明るくない。先月の台風で、大きな被害を受けたという。ニュースで見た。多少は復旧が進んでいるのか。外観から被災状況は窺えなかった。

最も大きく高層な一棟。香田はスルーした。案内されたのは、最高峰の陰。目立たない物件だった。高さも二十階くらいだろう。派手さもない。さりげなく配置された煉瓦や御影石。近づいてみて、気づいた。使われている素材が違う。すべて最高級品だった。

外観から判断して、部屋数は多くない。一フロアごとに数世帯といったところか。重々しい自動ドアをくぐった。エントランスのセキュリティは厳重だった。守衛が常駐している。郵便物や宅配はすべて、警備室の窓口へ預けるシステムらしい。随時、配って回るようだ。

奥に、また自動ドアがある。香田が先行する。

ドアの横には、腰ぐらいな高さに操作台があった。タブレット大のディスプレイが見える。香田は右手を広げて翳《かざ》した。生体認証だ。掌の静脈を読み取る仕組みらしい。あらかじめ、データを登録してあるようだ。

自動ドアの上。小さなカメラが作動した。撮影されている。

ディスプレイ上のLEDが点った。傍に、スピーカーが組み込まれているようだ。マイク兼用らしい。香田が何か話しかけた。続けて、耳を当てる。ともに声が小さすぎて、聞き取ることはできなかった。

「大丈夫です」香田がふり返った。「行きましょう。最上階になります」

「なら、『あの方』とやらの種明かしをしてくれてもいいんじゃないか?」

来栖の言葉に、香田は素っ気なかった。「本人が自己紹介するそうです」

二つ目の自動ドアが開いた。生体認証まである扉を〝自動〟と呼ぶならば、だが。

高速エレベータだった。二〇の表示。最上階まで瞬時に着いた。降り立って分かった。フロア全体を、一世帯で独占している。

エレベータから玄関まで、〝ドア・トゥ・ドア〟だった。女性清掃員と設備点検の男性がいた。眼つきに動き、雰囲気その他。尋常ではなかった。特殊な訓練を受けている。

香田がインタフォンを押し、告げる。「慮慶姫です」

ドアは即座に開いた。近代的なデザインだった。高級マンションにはありふれた代物だ。使われている金属が、特殊であることを除けば。小銃弾くらいは軽く防ぐだろう。

「慶姫、よう来たわい」

ドアを開けたのは、高齢の女性だった。小柄で猫背。頭髪は全て白髪。軽くパーマがけられている。顔の皺は多く、化粧も厚い。服装は、ドット柄のスウェット。薄手で、濃い青が基調。下町の商店街なら、千円で売っているような安物だ。

室内は、玄関から広かった。奥がどこまで続くか分からない。

老女はにこやかだった。応えるように、香田も微笑んでいる。故郷の祖母にでも再会したような雰囲気だった。

「大変やねえ。この暑いのに」老女が口を開いた。三人を招き入れる。「まあ、早う入って。クーラー効かしといたけん。あんたと同じで、冷え性やけんねえ。普段は、あんまりかけんのやけど。防衛大臣が撃たれて、死んだじゃのゆうけんね。心配したがね」

どこの訛りだろう。来栖は訝った。

「うちはね。四国は松山《まつやま》の出身なんよ」来栖の疑問へ、先回りするように述べた。「生まれてから、十歳くらいまでおってね。そのあと、親に連れられて朝鮮半島や満州を回ったけん。親が死んで、一人で引き揚げてからは、全国あちこち巡ったけんねえ。いろいろあったぞね」

全員が黙っていた。熊川は反応に困っているようだ。

老女が続けた。「結局、子供の頃の言葉に戻《もん》ってしもた。川崎に屋敷作ったんやけど。亭主が死んで子供も出てしもて。一人になったら、なんぼ広おても平屋は不用心やけんねえ。この辺、開発さして一部屋もろたんよ。でも、最上階て。あんまり高いとこは好きやないけん。困るがね」

「開発させた？」熊川が、すっとんきょうな声を立てた。「武蔵小杉の工場跡地を、ですか？ このタワマンの群れを造った？」

「《クイーン聖玉》か」来栖は一人ごちた。「キムの情報は正しかったな」

唯一違っていたのは、〝一番デカいタワマン〟ではなかったことだ。物件やスタッフの性能及び能力はともかく。

《クイーン聖玉》。本名：朱聖玉《チュ・ソンオク》。各種娯楽産業の一代チェーンを経営している。在日コリアン社会を、裏から支配してきた。今年八十八歳。日朝関係の各局面で名前が挙がる。

対北朝鮮外交には欠かせない女性フィクサーだった。

「まあ、お上がりいね。でも、お兄さん」聖玉が、来栖に声をかけた。「その足首の恐《おと》ろしいもんは、外してくれるかいね？　そこの靴箱の上。〝みきゃん〟の横にでも置いといてくれん？」

「〝みきゃん〟？」来栖は眉を寄せた。

「靴箱の上にあるやろ」木製の庶民的な靴箱。ミカン色をした犬のぬいぐるみが置かれている。全長二十センチぐらいか。

「可愛かろがね」聖玉は言った。「愛媛県のＰＲ用〝ゆるキャラ〟よ。うち好きでねえ。愛媛県庁地下の売店で買《こ》うてきてもろうたんよ。良かろ？」

来栖は足首から、三八口径ＳＡＫＵＲＡを外した。ホルスターごと〝みきゃん〟の横に置く。

「どうして分かった？」来栖は訊いた。「拳銃を持っていることが」

「歩き方よ」聖玉は奥に向かう。「〝亀の甲より年の劫〟。まあ、ええがね。早うお入り」

来栖は三和土《たたき》で靴を脱いだ。香田と熊川も後に続く。

「まあ、お座りいね。今、麦茶でも出すけん」

聖玉は廊下を曲がる。キッチンに向かったか。間取りは不明だ。広いことだけは間違いない。

百平米は超えるフローリングの部屋に、畳が敷かれている。中央には大きな卓袱《ちゃぶ》台《だい》。座布団が四枚。ほかに家具らしきものはない。奥に、はめ込み式の金庫があるだけだ。

ガラス窓は大きく、明るい。数方向を向いている。東京に川崎、横浜が一望できた。富士山まで見える。ほかのタワーマンションが邪魔にならない。もっと高層の物件がいくらでもあるはずだ。配置が考慮されていた。

聖玉は麦茶を出してくれた。庶民的なグラスに、製氷皿で作った氷が浮かんでいた。奥の座布団に腰を下ろす。一段と小柄な感じがした。駄菓子屋の婆さんにしか見えない。

「……先月の台風は大変だったんじゃないですか?」

珍しく、熊川は臆しているようだ。おずおずと訊く。

「別に」聖玉は答えた。「ほかの棟は大変やったみたいやけどね。うちんとこは、そうでもなかったけん。生活に必要なもんは、おもちゃのヘリコプターみたいなんで運んでくれるけんね。エレベータ止まっても関係ないんよ」

「おもちゃのヘリコプター?」熊川が目を丸くした。「ドローンですか? 生活物資全部?」

聖玉と香田が顔を見合わせた。微笑み合う。

「結局、すべて金次第ってことか」来栖が鼻で嗤った。

香田が、きつい視線を向けてきた。聖玉は微笑んだまま、麦茶を啜っていた。

「本題に入ろう」来栖は動ぜず告げた。「おれと会うことにした理由は何だ?」

「まあ。一から説明せないかんやろうね」聖玉は語り始めた。「今の日本で、現政権が進めとるグローバル化。経済始め大流行やけど。低所得者層の財産と安全を切り売りしとるだけやけん」

水道や農林水産業、その他の労働。教育、医療に介護から個人情報まで。聖玉は例示した。「売れるもんは全部、外国に叩き売りよんよ。政官財界の支配階層は、見返りにさらなる富を得とる。自分らの権力と財力だけ、盤石にしようとしとるだけぞね。でも、それじゃあ――」

来栖が引き取った。「いつかジリ貧になる」

「ほうよ」聖玉は頷いた。「売れるもんには限りがあるけんね。新規開拓が必要なんよ」

「支配階層は、新たな資金源を求めているわけか」来栖は呟いた。

「それが」香田が告げた。「北朝鮮の利権です」

隣で、聖玉が頷いた。

「別に、目新しい話じゃないな」来栖は鼻を鳴らす。「九〇年代初頭のバブル崩壊。その頃から、あとは北しかないといわれてきた。実際、何度も訪朝団が組まれた。あんたもバックにいたよな」

来栖は聖玉を見た。無言で頷いている。にこやかな表情だった。

「インドネシアや韓国といった前例もあります」香田が続けた。「戦後賠償ビジネスは、奇跡的復興から高度成長期を経てバブルまで、日本経済の起爆剤となりましたから」

「今までの例で言《ゆ》うたら」聖玉が微笑む。「賠償ビジネスの経済規模は、約一兆円といわれとるけん。現在の価値換算でやけど。で、うち一割が政治家にキックバックされとる。謝れば謝るだけ儲かるんやけんね。こんな美味しい話はないわい。でも、もう謝る相手がおらん。北しか」

香田が続けた。「ですが、北利権は過去の事例以上に旨味があります」

「……どういうことです？」熊川が訊いた。

「地下資源よ」聖玉が答えた。「現在も、北に眠っとる。金銀等の貴金属、石炭に鉄鉱石。レアアースにレアメタル。ほかにも未開発の鉱脈が、手つかずの状態やけんね」

「まさか」再び、熊川が目を丸くする。「本当なら、まさに宝の山じゃないですか！」

「戦前における日本統治下の朝鮮半島」香田が説明する。「より開発に重点が置かれたのは、現在でいう北朝鮮側でした。地下資源が豊富だったからです。昭和の一時期、北朝鮮は韓国より経済的に成功していました。日本が遺した工場その他。インフラのレガシーによるところが大きいといわれています」

「それは分かるが」来栖は訊いた。「なぜ、北は豊富な地下資源を放置したままなんだ？」

「一部は手をつけています」香田が答えた。「石炭や鉄鉱石等です。ですが輸出が制裁対象となっていますので。それ以上に、現在の北ではデータも開発資金もないでしょう。経費の高い探査やボーリング等を、闇雲に国中へ行うわけにもいきませんし」

「状況は理解できたが」続けて、来栖は問う。「防衛省の伊原と、裏で糸を引いている奴。

連中が、香田を確保しようとする理由が分からない」

聖玉が訊いた。「黒幕は誰やと思うとんぞね?」

「恐らく、小瀬田外務大臣だろう」来栖は答えた。「先刻殺害された防衛大臣ではなく。『愛国者法』を巡る対立は、茶番にすぎない。本当の狙いを隠すための、な。用済みになったので、岸井は消された。しかし、なぜ伊原と小瀬田は香田を追っているんだ?」

「伊原とやらの狙いは」聖玉本人が語った。「慶姫ではなく、背後におるうちやけん」

「?」来栖は視線を上げた。「どういうことだ?」

「正確には、うちが預かっているものぞね」聖玉は微笑んだままだ。「一時的にやけどね。いずれ、慶姫が受け継ぐべきものやけん」

「戦前の日本に、潮田案吉《うしおだあんきち》という天才的地質学者がおったんよ」聖玉は説明を続ける。「鉱脈探査に関しては超一流。世界的にも有名やった。知っとる?」

来栖は、首を左右に振った。熊川も、だ。

「そやろね。古い話やし」聖玉は首を傾けた。表情は穏やかだ。「潮田は、日本統治下やった朝鮮半島北部の鉱脈探査を担当することになったんよ。命じたのは、金村佐蔵」

「……《金村機関》」熊川が呟いた。

「キムの情報は、いつも正しいな」来栖は一人ごちた。「かなりアバウトだが」

金村佐蔵。在日コリアンにして戦後日本、昭和最大のフィクサー。

戦前は、満州から朝鮮半島で《金村機関》を率いた。満州の阿片、朝鮮半島北部開発による利権で権勢をふるった。当時稼いだ資金が、その後の影響力に繋がっている。昭和が終わると同時に亡くなった。

「うちが、今こうしておれるんも」聖玉は少し遠い目をした。「金村のおいちゃん。そう呼びよったんやけど。あの人のおかげぞね。まあ、それはともかく――」

潮田は、地下資源探査結果を地図にまとめた。金村の命による。

「その図面は、《潮田地図》と呼ばれとる」

潮田本人は帰国叶《かな》わず。戦後の混乱期に、中国国内で病死した。《潮田地図》は、金村の手に渡った。そして、長い眠りについた。

「金村のおいちゃんは、死ぬ直前」聖玉は続けた。「《潮田地図》をうちに託したんよ。北朝鮮の未来に、有効活用させるためにね」

「北との関係で、日本は後れを取っているからな」来栖は短く息を吐いた。「米韓中露、各国と比較しても。拉致問題の解決は急務だ。戦後処理も、昭和のようにスムーズとはいかないだろう。クリアすべきハードルが高すぎる」

「あ、でも」気づいたかのように、熊川が声を上げた。「その地図があれば、逆転も夢ではなくなりますよね」

聖玉が言った。「そやけん、日本の政官財界も狙っとるんよ」

「なるほどな」来栖は頷いた。「伊原も、同じ狙いか」

聖玉が頷き、香田が告げた。「そう思います」

「小瀬田の出身元」聖玉は続けた。「小瀬田財閥。今の小瀬田グループは戦前、朝鮮半島にも進出しとった。貿易主流の現在と違うて、当時は鉱業中心やったけんね。《金村機関》とも繋がりがあったんよ。《潮田地図》の存在も当然、知っとったやろ。奪われることを警戒したおいちゃんに隠されてしもうた。今でも、喉から手が出るほど欲しいやろうね」

「それが、あんたらを追う理由か」来栖は窓を見た。真夏の陽光。室内に灯りは点っていない。「国連への匿名通報まで手配して。香田を帰国させるために。だが、《潮田地図》をあんたから奪うために、なぜそんな真似が必要だったんだ？　慶姫が地図を引き継ぐべきだというのは？」

「慶姫は、金村の孫やけんね」聖玉は答えた。「おいちゃんは生涯独身やったけど。愛人は何人かおったけん。でも、子種がね。唯一できた子どもが、この子の母親。もう死んで長いけど」

「それで、庇護《ひご》してきたのか」

来栖の言葉に、聖玉は頷いた。「金村のおいちゃんが死んだあと、危険から守る必要もあったし。身元は隠して。大きなってからは、日本人として育ててきたんよ。その方が安全やと思たけん」

「だから、《潮田地図》の所有権も香田にある、と？」

「ほうなんよ。さすがに渡すんは危ない思たけんね。一時的に預かっとっただけよ」

「国連安保理に《JET》の制裁違反を通報したんは、伊原やて。あんた言いよったけど」来栖に向かって、聖玉は告げた。「こっちも摑んどってはおったんぞね。うちにも、多少の情報網はあるけん。実際に動いたんは内調らしいわい」

「地図を得るために。香田を誘き寄せようとした罠だ。内調も伊原の言いなりらしいな」

「長い間、慶姫の身元を秘匿して守ってきたつもりやったけど」聖玉は大きく息を吐いた。

「もう限界に来とるんかも知れんねぇ」

「かなり危険水域に達していると、おれは思う」来栖は断じた。

「慶姫を囮に使うゆうて」聖玉は香田を見た。「この子が、夕べ連絡してきたときは不安やった。来栖《そっち》の評判は聞いとったけど、心配ぞね。〝身の安全は保障する〟て、この子に約束したいうけん、任せてみたんよ。で、そのとおりになったがね。あんたに賭けてみるんも、面白いかも知れんわい」

「……どういうことです？」怪訝な顔で、熊川が訊いた。

「《潮田地図》は正本と、安全のため精巧に作られた偽本があるけん。両方とも、あんたへ託そうわい。上手いこと使《つこ》うてやってくれん？　北が国際社会へ受け入れられるように」

「それはいいが」来栖は訊いた。「なぜ、おれに？　もっとほかに信頼できる人間がいるだろう」

「私には孫がおってね」聖玉は遠い目をした。「男の子、たった一人の孫」

「それはいいな」

「首吊って、自殺したんやけどね」

香田の顔が暗くなった。無言のまま、首を垂れる。

「まっとうな人生歩ませとうてね。日本人として、神奈川県庁に入れたんよ。真面目に働いとったんやけど。災害対策が地元住民の反対で遅れたとかで。女の子が死んでしもて。まだ中学生の。足に障害があったらしいわい。自衛官の娘さんやった。それを気に病んで、うつになったがね」

「………」

「ほやけん、この地図をまともに使う気はなくなったんよ。正直、もうどうでもええけん」

「で。何で、おれなんだ？」

「あんたの評判は、聞いとる言《ゆ》うたやろ」聖玉は微笑んだ。「そんな人間《にんげ》やったら、この地図を思いっ切り狂った使い方してくれるんやないかと思うたんよ。この国でまとも面《ツラ》しとるクソみたいな連中が皆、ひっくり返るような」

香田が顔を上げた。視線が眩しかった。期待するような。

聖玉は、部屋の隅へ向かった。はめ込み式の金庫が据えられている。古く重々しいが、鍵は最新の電子式だ。生体認証になっている。右目の網膜で識別する。

取り出されたのは。古びた四角い筒だった。二本ある。一本は、表面がうろこ状になっていた。もう一本は、白い紙で覆われている。

《潮田地図》。うろこ状の筒が正。紙が偽という。

聖玉が差し出した二本の筒。来栖は双方とも受け取った。蓋を取り、中を見た。古びた図面が、何本も巻かれていた。

「じゃあ、頼むけん。お手数かけて、すまんのやけどね」

聖玉の言葉に、来栖は頷いた。

54　一七：二八

香田を、《カモメ第三ビル》十階の小部屋に戻した。来栖は再び、女性警察官を護衛に呼んだ。

熊川を加えた三人は、横浜の本部に戻っていた。一時間ほど前のことだ。

来栖は訊いた。「夕刻からのローテーションは？」

女性警察官は答えた。「厚川部長の指示で、作成済みです」

「分かった」来栖は答えた。「よろしく頼む。今までより厳重にしてくれ」

女性警察官は怪訝な顔をした。来栖は場を離れた。

窓を見る。雨粒がガラスを叩いていた。どす黒い雲が空を覆っていた。夕立だ。

武蔵小杉からの帰途、空模様が変わった。強い雨が降り始めた。車内ではラジオを点けていた。

「続きまして、自衛官死亡のニュースです」アナウンサーが告げた。「防衛省本省内のトイレにおいて、死体で発見されました。拳銃自殺を図ったものと見られています……」

アナウンサーは、自衛官の名前を告げなかった。死亡したのは志田だろう。来栖の与えた銃創が、致命傷になったか。口封じに消されたか。伊原の工作に違いない。

「死亡したのが自衛官ですから」助手席で、熊川がノートPCをいじっている。「ネットでは、岸井大臣狙撃との関連が話題になってますね。大手マスコミは無視してますけど」

日本の刺客が死んだ。渋谷では、アジア系の死体が二体。北朝鮮と中国だ。ロシアに雇われたマイケル井口も、今田の射撃で傷を負っている。すぐには最前線へ出てこられないだろう。日中露朝。四国とも排除できたと見ていい。

《潮田地図》は正偽とも、マツダ・アテンザのトランクへ入れてあった。〝作業車〟だ。金庫のような細工がある。保管は厳重だった。

夕立は激しくなっていった。《カモメ第三ビル》に着いた。アテンザを駐車場に入れ、来栖はトランクへ走った。熊川もついてきた。《潮田地図》を取り出した。

トランクには傘も入っている。三本を手にした。地図とともに、一本を熊川に渡した。もう一本は、降りてきた香田へ手渡す。

傘を差し、来栖は正本の地図を受け取った。三人揃って、ビルに向かった。

香田を保護したあと、熊川と向き合った。

「これ、どうします？」

熊川は偽本の地図を差し出した。正本は来栖の手にある。

「データ化を頼む」来栖は依頼した。「古い図面だから、読み取りにくいかも知れんが。鉱物ごとに、緯度と経度を数値化してくれ。正本と偽本。どちらもだ」

「何か企んでます？」

来栖は答えなかった。熊川は軽く息を吐いた。「……はあ。ま、いいですけど。時間かかりますよ。どこから取りかかります」

「金、銀、プラチナその他」来栖は答えた。「貴金属からやってみてくれ。進捗状況を逐一、報告してくれると助かる」

「了解でーす」

眉を寄せながらも、熊川は《潮田地図》を受け取った。正本及び偽本ともに、だ。

図面を入手したことは、誰にも報告していない。知っているのは来栖、香田に熊川。そして、クイーン聖玉だけだ。

「それから――」

来栖は、熊川に耳打ちした。

熊川は、十一階へ階段を上っていった。図面の筒二本を手にしている。

「ああ、いたぁ」

十階の廊下。赤木の声が響いた。来栖は視線を向けた。今田もいる。渋谷から戻ったようだ。来栖は無視することにした。歩き出す。

「ちょっと待ってよ」走って、赤木が追いかけてきた。「ひどいじゃない！　置き去りにするなんてさあ。マジ怖かったんだからあ」

　今田も追いついてきた。「一体、どういうつもりかね？」

「仕方なかったんですよ」来栖は言った。顔が半笑いになる。「香田を脱出させる必要がありましたから。国連職員は助けないと。何かあったら国際問題になるじゃないですか。身柄《ガラ》を、警視庁《東京》に獲られるわけにもいきませんし」

「何を笑っているのかね」と今田。

「反省してないでしょ」と赤木。

　来栖は訊いた。「渋谷はどうなりました？」

「警視庁の独壇場だよ！」今田が吠《ほ》えた。「あちこち死体だらけでね！　検証も主導権握られて。散々、邪魔者扱いされたんだ。誰のおかげで助かったと思っているのやら」

　香田の確保に失敗した警視庁は、応援を要請したようだ。どのみち、銃撃戦の跡を誤魔化し続けることはできない。

「で、〝さっさと帰れ〟みたいな雰囲気になってさあ」赤木が口を尖らせる。「仕方ないから、課長代理と二人で戻ってきたんだよお。こそこそと夜逃げするみたいに」

「そいつは申し訳なかったですね」来栖は謝った。半笑いのままで。

「君ねえ――」

　余計に怒らせたようだ。今田が迫ってきた。来栖は両手を上げた。降参だ。「すみません。

ちょっと、一階に呼ばれてまして。失礼します」

逃げるように、来栖はエレベータへ走った。

一階に着いた。来栖はエレベータを降りる。首を回した。「器が小さい奴は困るぜ」

ロビーは珍しく、多くの人が行き交っている。大臣殺害や、渋谷の銃撃によって捜査員が増強されたらしい。混乱しているといってよかった。

エレベータが開いた。熊川が顔を出した。

「どうした？」来栖は訊いた。「えらく早いな」

「課長代理と赤木さんが、すげえ剣幕でやって来て」熊川が口を尖らせた。「愚痴の連発。もう作業にならないから、逃げてきましたよ」

「図面は見られたか？」

「生体認証付きのロッカーに隠しました。ぎりぎりでしたけど」

「作業の進捗は？」

「金脈だけは何とか」熊川は答えた。「銀やプラチナはまだです。ほかの資源も」

「落ち着いたら、進めてくれ」

スマートウォッチが震えた。韓国ＮＩＳの趙水麗。ブリーフケースから、来栖はスマートフォンを手にした。「何だ？」

「言いつけは守ったでしょう？」趙は単刀直入に告げた。「もう解放してくれるわね？」

「そう、ツレないこと言うなよ」来栖は鼻で嗤った。「せっかく仲良くなったんだ。これからも友好親善を深めようぜ」

「本国へ帰ることになりそうなので」

「急だな」来栖は訝しんだ。「栄転か？」

「北とのチャンネルが切られたの」趙は真剣な口調で述べた。「軍の動きも不自然だし」

「お得意の〝北風政策〟じゃないのか？」

　韓国の保守政権は、朝鮮人民軍に協力を求めたことがある。民衆の危機感を煽《あお》って、選挙等有利に進めるためだ。

「あり得ないわ」趙は真剣に続けた。「今の政権は革新派。〝北風〟には、いつも批判的だった。それに、北の軍が動いて何もいいことはない。ただでさえ停滞している南北関係に、悪影響を与えるだけ。今の段階で必要なのは、友好的な態度や政策。不自然よ。それじゃ急いでいるので」

「ああ」来栖は答えた。「韓国に帰ってからも、よろしく頼む」

　趙は何も答えず、電話を切った。

「どうしました？」熊川が訊いてくる。「誰からです？」

「伊原の狙いが分かった」来栖は短く息を吐いた。「奴は、韓国を南北から挟撃する気だ。北朝鮮と日本の両国で」

55

一七：四二

「お疲れ様でした」伊原が、デスクの向こうで立ち上がった。「アイスティーなどいかがです？　昼間に作って、冷やしておいたのですよ」

伊原の専用オフィス。デスクの向こうには、小さな冷蔵庫がある。一人暮らしの女子大生が使うような製品だ。隣には、狭いシステムキッチンもある。

室内は綺麗に片付けられていた。数時間前に死体があったとは思えない。志田は、自殺として処理されるようだ。ネットニュースで確認してあった。

小瀬田は一度、市ヶ谷を離れていた。官邸へ向かうためだった。二度目の臨時閣議があった。議題は、岸井殺害に関する対応だ。

戦後初となる現役大臣の暗殺。

一度目の臨時閣議は、殺害直後に開催されていた。マスコミ対応等、当面の対策が中心だった。今回は葬儀その他、今後のことをどうするか。明確な結論は出なかった。前例のない事態だ。

「もらおう」中央のソファに、小瀬田は腰を下ろした。「時間はある」

二〇時から、三回目の閣議がある。小瀬田は、欠席の旨伝えてあった。体調不良を理由として。『愛国者法』を挟んで因縁のあった相手だ。精神的に無理もないと判断されたか。総理の了承を得ていた。

仮病を使った理由。伊原と、今後のことを話し合う必要があった。訊きたいこともある。

「どうぞ」伊原がアイスティーを置いた。背の高いクリスタルグラス。淡い紅色の液体。砕いた氷も浮かぶ。ストローにガムシロップとミルク。「着替えられたのですね」

小瀬田はピンクのワンピースから、黒いスーツに着替えていた。袖もある。靴も同系色のパンプスだった。「あえて、派手な服装で動いていたんだ。その方が〝予想だにしなかった事態〟という緊張感を醸し出せるからな」

グラスにストローを挿す。シロップとミルクは使わない。思ったより、喉が渇いていた。入室して、身体は一気に冷えた。ノースリーブをやめたにもかかわらず。空調のためか。部屋の雰囲気によるものか。

伊原は、自分のデスクに戻っていた。アイスティーのグラスを手にしている。

「こっちに座れ」小瀬田は告げた。「いろいろと訊きたいことがある」

紅茶のグラスを手に、伊原は近づいてきた。ストローにガムシロップ、ミルク等一切なし。前のソファに腰を下ろす。「で、何か？」

「今後の狙いを聞かせてくれ」小瀬田は告げた。「建前じゃない。お前の本音だ」

伊原は、アイスティーを一口飲んだ。

「今般の〝日韓経済戦争〟は好機でした」グラスを置き、語り始めた。「韓国を、南北から軍事力と経済力で挟撃する。北朝鮮と日本。両国が手を組んで。北は軍を動かす。我が国は、経済制裁で韓国に揺さぶりをかける。火薬を使うだけが戦争ではありませんからね」

「そんなこと可能なのか」

「一朝一夕とはいかないでしょう。我が国は、武力行使を背景にできませんから。自衛隊は〝専守防衛〟ですので。経済制裁その他、頭脳戦のみで攻めるしかない。徐々に揺さぶりをかけていく形になると思います。時間はかかるでしょうね。また、北を一気に動かせば全面戦争突入です。それも避けたい」

「北は了解しているのか？」

「すでに、準備を進めてくれていますよ。北の高官とも、極秘裏に関係強化を図ってきました。我が国でも、日韓関係悪化により国民の賛同が得られ易くなっています。官邸始め、日本政府も同様でしょう。風向きは悪くありません」

「公にできない闇の日朝軍事同盟というところか」

「そういえるでしょうね」

小瀬田は愕然とした。声が上ずらないよう、気をつける。「そんな話は聞いていないぞ」

「ええ、初めてお話しします」

平然と言ってのけた。小瀬田は思った。伊原は、国民や政府を扇動しようとしている。伊原の目を見た。黒く澄んだ瞳。精神が麻痺していく感覚。

「続けても？」伊原が言った。微笑んでさえいる。小瀬田は頷くだけだった。

「そして、北主導で朝鮮半島を統一」伊原は続ける。「日本の戦後処理、謝罪はあくまでビジネスです。これからは、北を重宝する必要があります。韓国はもう用済みなんですよ。これ以上付き合ったところで、何も出てこない。世界地図から消えてもらいましょう」

伊原は一拍置いた。「半島全体が、朝鮮民主主義人民共和国となる。少なくとも、主導で統一が進められる。北は大喜びでしょう。韓国は、いい手土産です。日本からの」

「それには《潮田地図》を始め」小瀬田が口を開いた。「北利権を独占する必要があった。北朝鮮高官調略の資金とするために。地下資源は、その最たるものというわけか」

「そういうことです」伊原は頷いた。「中露に対するスパイ狩りは一種の保険でした。米韓に次ぐ北利権のライバルですから。混乱を招き、牽制《けんせい》する。隙を作る狙いもありました」

小瀬田はストローを銜えた。手が微かに震えていた。この男は何を言っているのか。平気で同調する自分は何なのか。

「目論見は成功しました」伊原は述べた。「風向きも変わってきていますし。アメリカは、中東情勢で手一杯です。強引に北との関係改善を推し進めたようですが。韓国も、交渉は暗礁に乗り上げている。絶好のチャンスですよ。今なら各国を出し抜き、北利権を独占することができます」

「どうしてそんなことを？」小瀬田は質問した。聞くのが恐ろしい。伊原は普通の官僚とは違う。政治家とも、だ。日本における政官財界の常識が通じない。「拉致問題に、連続するミサイル発射。北は、お世辞にも親日国家とはいえない。利権の獲得はともかく。なぜ、そこまで肩入れする必要がある？」

「半島統一後、中露へのチャンネルを作ってもらいます」伊原は紅茶で口を湿した。「既存とは別の。もっと親密なルートを。《潮田地図》等の利権を与えた北高官に動いていただく予定です」

「何のために？」

「東アジア情勢を、日本主導で塗り替えます。中露のあとは欧米。新たな関係へと進展させる。第二次大戦後、七〇年以上続いたパワーバランスを再構築するのです。国連やＧ二〇等に代わる新たな世界秩序ですよ。日本を中心とした形の。我が国が世界にとって、単なる財布以上の存在意義を持つように」

「そう、うまくいくか？」訝しげに、小瀬田は訊いた。

「北には核があります」伊原は平然と答えた。「中露にも。自国で持つ必要はありません。他国を利用すればいいのです。実際、現在も米国に頼っているじゃありませんか。この構想が成功すれば、日本は世界中の核兵器を手中に収めることとなるでしょう」

「そんなことを考えていたのか……」小瀬田は呟いた。誇大妄想狂か、中二病か。常人とは思えない。だが、伊原なら――

「問題ないでしょう」伊原は告げた。「小瀬田一族にとっての悲願。政官財界の掌握や女性初総理誕生。どちらにも障害とはならないはずです。むしろ有利に働くと思いますが。現在の日韓関係を考えれば。韓国には消えてもらった方が、何かとやり易いはずですよ」

「妄想だな」小瀬田は重い口を開いた。鉛を呑み込んだような気分だった。「せいぜい、憲法九条改正ぐらいが狙いかと思っていたが」

陳腐な言葉しか出てこない。伊原の笑みに臆している。小瀬田は視線を逸らした。

「憲法改正は反対です」伊原は短く嗤った。「あんなもので自衛隊を規定されたら、自由に身動き取れなくなります。好き勝手できなくなりますよ。正直、迷惑ですね」

伊原は、爽やかな笑みを浮かべる。小瀬田は、薄い微笑を返すのが精一杯だった。

56　一七：五〇

夕立が上がった。赤みがかった薄い青空となっている。

来栖は、《カモメ第三ビル》の外に出た。虹を探した。見つけることはできなかった。アスファルトに、水たまりが残っている。気温は、思ったほど下がっていない。蒸し暑さが増していた。

ビルのエントランスに戻った。一段と、捜査員や関係者が増えたようだ。もう〝秘密の本部〟とは呼べないだろう。大きい事案が続きすぎた。

一階に熊川が下りてきた。巨体が詰め寄ってくる。小声で囁いた。

「《潮田地図》を、どうするつもりですか？」

「ああ」来栖は平然と言った。「アメリカにでも渡すかな」

「…………」熊川が固まった。「どういうことです？」

来栖は答えた。「もうすぐ、アメリカの地下資源探査が始まる。上手く使うだろ」

「米韓両国は今回、静観の構えでした」熊川が質問を続ける。「どうして、アメリカと韓国だけ巻き込まなかったんです？」

「巻き込んでもあまり意味がない、と判断したのさ。韓国はいろいろあって、おれが抑えてたし。アメリカは自ら身を引いた。漁夫の利狙いでな。米韓が自ら積極的に絡んでこなかった理由。北利権へのアドバンテージがあったからさ。余裕がある分、両国は危険を避けた形だろう」

「どうして、アメリカなんです？」

「たとえば露中に渡したところで、アメリカほど有効活用できるとは思えないしな」

「他国を利するんですか！」珍しく、熊川が声を荒らげた。「これだけの騒ぎを起こしておきながら」

一階中に響く声だった。ロビーが静まった。捜査員など一同が、遠巻きに眺めている。近づいてくる者はなかった。

「アメリカが、北の利権を握れば」来栖は動じなかった。「日本もおこぼれに与《あずか》れる。日米関係なんてそんなもんだ。他の国が主導権を握るよりは、容易で有利なはずさ。我が国にとってな」

エレベータが開いた。今田と赤木が姿を現した。憤然と歩み寄ってくる。

「ああ、いたあ！」と赤木。

「君たちねえ。まだ、話は終わって……」と今田。

「何人死んだと思っているんですか！」

叫びに近かった。熊川は激したままだった。

「遺された家族も大勢いるんですよ！」熊川は続けた。「自殺とされた防衛省の志田には、妻がいるそうです。各国の報復合戦も同じでしょう。北朝鮮の梁秀一には妻と、まだ中学生の娘がいました。新聞社の杉原卓巳にも子や孫が。全部、あなたの嘘やブラフに乗った結果ですよ。あまりに酷《ひど》すぎる」

「…………」来栖は答えなかった。ただ、熊川に視線を据えていた。

熊川は厳しく告げた。「香田さんや、聖玉さんの意志にも反するんじゃないですか？」

「いいから作業を続けろ」来栖は顔を逸らした。「全部データ化するんだ」

「正直、これ以上ついていけませんよ」熊川は吐き捨てた。「約束ですから、データ化はします。あとは好きにしてください。僕は知りません」

言い残して、熊川は立ち去っていく。来栖は黙って、見送るだけだった。

「……あの、熊川くん。冷静に。仲良くね……」

今田が宥める。無視して、熊川はエレベータに乗り込んだ。

来栖は、逆方向へ歩き出した。赤木がついて来る。

「来栖ちゃん……。落ち着いて。何があったのさ？　ま、話し合おうよ」

沈黙する一階ロビー。来栖と熊川による口論。初めてのことだろう。場にいる全員の戸惑いが感じられた。皆、呆然《ぼうぜん》と立ち尽くしているだけだ。

赤木を振り切り、来栖はビルのエントランスから出た。海沿いの空は暮れかかっていた。

57

一九：二一

東京・市ヶ谷。防衛省本省情報本部『別班』地下室。

石神三等陸佐はインタフォンを押した。「伊原一等陸佐」

伊原が答えた。「何です？」

「ある男が訪れまして」石神は答えた。「神奈川県警だと申しているのですが……」

「神奈川県警？」伊原の訝る声が聞こえた。

石神自身も信じられなかった。出入口は秘密だ。通常の人間なら、位置さえ把握できないだろう。加えて、最新式の顔認証システム。一階と地下の二重に、だ。どうやって突破したのか。

男が姿を現したときは驚いた。巨軀だった。身長も一九〇センチ近くある。石神が、少し高い程度だ。表情は穏やか。のんびりしているといってもいい。

「面白い」伊原は心底面白がっているようだった。「入っていただいてください」

「私も同席します」石神は言った。生体認証を破る部外者。油断ならない。

どうぞ、と伊原は告げた。ドアを開く。巨大な男が先に入った。止める暇もなかった。

「おや」伊原は立って、待っていた。顔がほころぶ。「一度お会いしていますね。横浜で。確か、熊川さん。どうも、統合情報部の伊原です」

「突然にすみません」熊川は頭を下げなかった。伊原を見据えている。

伊原は何度も頷いた。「どうやって、ここまで来られたのでしょう？」

「先日、ハッキングがあったと思いますが」熊川は告げた。「あれは僕です」

「ああ。あなたでしたか」伊原は微笑んだ。「神奈川県警初の攻撃型ハッカー」

石神は目を瞠った。大男の正体についてか。上司の情報収集能力に対してか。伊原のオフィスは、いつも涼しい。背中と額の汗は、暑さによるものではなかった。

熊川も少し驚いた様子だった。ためらいがちに、黙って頷いた。

伊原が続けた。「うちのサーバーは堅牢だったでしょう。出入口の生体認証も最新型ですし」

「多少は」熊川は短く嗤った。ペースを取り戻したようだ。「おっしゃるとおり、サーバー中枢には届きませんでしたが。生体認証のデータくらいなら把握できました。入るのは簡単でしたよ。ちょっと金のかかったおもちゃといったところでしょうか」

石神は熊川を睨んだ。平然としている。

伊原に視線を移した。冷静だった。にこやかでさえあった。

「なるほど」伊原は納得するように、首を縦に振った。「わざわざ、ここまでお越しいただいた理由は何でしょう？　何か、ご用でもおありで？」

「これです」熊川はフラッシュメモリを掲げた。「《クルス機関》。ご存知ですね？」

「ええ」伊原は頷いた。「一緒にお会いしましたよね。神奈川《そちら》県警のなかなか面倒な刑事さん」

「これは、《潮田地図》正本をデータ化したものです。彼の目を盗んで、コピーしました。地図の件はご存知ですよね？　クイーン聖玉が秘匿していた物ですが。今は、来栖さんの手元にあります」

伊原は頷いた。熊川は続けた。「来栖さんは、国益のことなんてまったく考えていません。おこぼれに与るため、アメリカへ渡そうとさえしています。これ以上の殺戮劇もうんざりです。データを、そちらへ託したい。終止符を打つために」

熊川は一拍置いた。「《伊原学校》とまで呼ばれるあなたへ」

手にしたフラッシュメモリを、熊川は差し出した。石神は、横から奪おうとした。伊原が制した。歩いて近づいてくる。

「確かに」伊原はフラッシュメモリを受け取った。「ご期待に添えればよいのですが」

「よろしくお願いします」熊川は巨体を屈めた。一礼したようだ。「ただし、全部ではありません。とりあえず金だけです。銀とプラチナは作業中ですので。データ化していないものでは、石炭や鉄鉱石。レアアースにレアメタルも。必要ならば後日、お届けします」

「ありがとうございます」伊原も頭を下げる。「警察での今後は心配しなくていいですよ」

「出世や保身のために渡すわけではありません」熊川の顔が険しく歪んだ。「これ以上、悲惨な状況が拡大するのを阻止するためです」

「それは、それは」両手を掲げて、伊原が宥める。「少しでも、お気持ちに応えようと思ったけでして。気分を害されたなら謝ります。失礼しました」

「では、これで」憤然と、熊川は踵を返した。

「石神さん」伊原の視線が向いた。「お送りしてください」

言われるまでもない。施設を出ていくまで見届ける。一礼し、石神は熊川を追った。


スイッチを押す。扉が開き始める。シャワールーム程度の空間。LEDの灯りがあった。

開いたのは書棚だった。小瀬田は伊原のオフィスへ出た。隠し部屋といった趣だ。

「こういう仕掛けがあると」小瀬田は鼻で嗤った。「情報機関の中枢という感じがするな」

熊川某が入室する前に、小瀬田は隠れていた。一緒のところを見られるわけにはいかない。関係を知っているのは《伊原学校》中枢。一部の人間だけだ。

伊原は自分のデスクに座っていた。フラッシュメモリを手で弄《もてあそ》んでいる。

「ついに《潮田地図》が手に入ったな」小瀬田は、伊原のデスク端へ腰を落とした。長い脚を交差させる。頬が自然と緩んでいく。「一部とはいえ」

伊原はフラッシュメモリを掲げた。「偽物ですよ」

「何？」

「来栖氏の罠でしょう」

「来栖と熊川は対立していたはずだ」小瀬田は訝った。「お前もそう言っていただろう。《カモメ第三ビル》のロビーで口論していたと」

神奈川県警公安が、拠点としている《カモメ第三ビル》。内部の捜査員や関係者には、伊原と通じている者がいるという。常に情報を収集している。何も不自然なことはない。

小瀬田は伊原を見た。切れ長の目。瞳孔は底知れない闇だ。どこまでも深い。

「それは、そうなんですが……」伊原は苦笑した。「どうも見透かされているようでして」

「どういうことだ？」

「こちらの視察を見越したうえで」伊原は看破した。「来栖氏が仕掛けた芝居です」

「何か根拠はあるのか？」

「この男」

伊原はタブレット端末を操作した。ディスプレイを見せる。にやけた色男が映っていた。歳は三十代から四十代。色恋沙汰を売りにするタレントのようだ。小瀬田が、もっとも嫌悪するタイプだった。

「神奈川県警捜査一課の赤木という刑事なんですが」伊原は述べた。「来栖氏の同期でして。刑事部に対する情報源となっている男です。彼を買収してあるのですよ」

「寝返らせたということか？」

「はい」伊原は頷いた。「金で簡単に。そう信頼できる人物でもありませんが。今回の件では、かなり懐深く入り込んでくれました。彼からの情報です」

「何だ？」小瀬田は焦れた。「お前にしては回りくどいぞ」

「先ほどいらした熊川氏と」伊原の口角が上がった。「来栖氏が、口論の打ち合わせをしていたそうです。二人の関係が決裂したかに見せよう。わざと目立つように、とね。その様子を、赤木は物陰から聞いていたと報告してきました。喧嘩自体が猿芝居ということでしょう」

「《潮田地図》の正本はどこにある？」

「来栖氏の手元。熊川氏の話ですが、間違いないと思います。クイーン聖玉から受け取った、と」

　朱聖玉が《潮田地図》を握っていることは、小瀬田も各種情報等から推察していた。武蔵小杉のタワーマンション内に潜んでいることも摑んではあった。ガードが固く、手を出せなかった。

　加えて、聖玉には昭和から続く人脈がある。うかつな真似は命取りになる。

　ゆえに、金村佐蔵の孫娘である香田瞳を狙った。伊原の協力を得て。

「では、図面データは役に立たないな」

　小瀬田は落胆を隠せなかった。伊原の声がした。「使いようですよ」

　伊原へ、小瀬田は視線を向けた。表情は完璧な笑みとなっていた。希望に満ちたような。

「軍資金も増やせますし」伊原は続けた。「何より、北利権の〝ライバル〟であるアメリカを蹴落とせます。偽データの活用を始め、私に任せていただけますか？」

　小瀬田は頷いた。室温が、さらに下がった気がした。

「それでは」伊原はスマートフォンを取り出した。「内閣情報調査室の上村さんに連絡を取ります」

「分かった」小瀬田は短く息を吐いた。「任せる」

スマートフォンを操作する。会話を始めた。「……実は、《潮田地図》の偽データを入手しまして……。ええ、情報ルートを使ってアメリカへ流したいと考えています。……そうです。米国の企業選定が終わり次第。……例の資金で株を空売りしてください……」

小瀬田には、伊原の考えが読めた。

アメリカは北朝鮮に対し、経済協力を約束している。資源開発だ。《潮田地図》の偽本を、アメリカに入手させる。米国は間違ったデータに基づいて、地下探査を始める。開発計画は空振りに終わり、頓挫する。米国は間違ったデータに基づいて、地下探査を始める。開発計画は空振りに終わり、頓挫する。当該企業の株は暴落するだろう。その前に、警察の裏金を使って空売りすれば。莫大《ばくだい》な利益が得られる。

小瀬田は唾を飲み込んだ。伊原を見ることしかできなかった。

「……来栖氏はどうなりますか？」伊原はスマートフォンに話し続けている。「……準備済みですか。警察庁上層部から、神奈川県警へ圧力をかけているのですね。まもなく異動辞令が出る手はずになっている、と。了解です。それでは、よろしくお願いします」

伊原は通話を終えた。視線を向けてくる。「万事順調です」

小瀬田は錯覚した。伊原に全身を取り込まれるような。声を絞り出した。「……今後の方針は？」

「本物の《潮田地図》奪取計画は」伊原は小瀬田に微笑む。「また改めて考えますよ」

「お前が言っていた韓国への攻勢は、どうする?」小瀬田は訊いた。「すでに、朝鮮人民軍が動き始めているのだろう?」

「いったんペンディングですね」〝遠足は、雨で延期ですね〟。そんな話をしているようだ。

「北の高官も《潮田地図》、軍資金なしでは動けませんから。軍隊は引き揚げざるを得ません。韓国とのチャンネルも戻すでしょう」

「そうか……」

「まあ。そう遠い話でもありませんよ」伊原の笑みは、あくまで爽やかだ。「《潮田地図》の所在は分かっています。間もなく、来栖氏も排除できるでしょう」

第五章　八月九日　火曜日

58　八：三〇

来栖に、《茅ヶ崎こども安心館》への異動辞令が出た。

児童相談所に子ども食堂。弁護士や警察官の常駐等各種機能を集約した施設だ。児童虐待、こどもの貧困に非行その他。さまざまな問題に対する総括的対応を目的としている。

全国で、段階的に試験運用が始まっていた。

階級は警部補のままだ。しばらく公安を離れることとなる。

終章　一一月二五日　金曜日　一七：一二

旭区白根の宮部文子を、熊川は訪問した。

宮部は車庫で、古いハコスカGT-Rをレストア中だった。夏から作業しているが、まだ終わらないらしい。熊川は告げた。「頼まれてた純正オプションのリアウィング。明日届きますから」

以前は、来栖を通して頼まれていた。連絡先交換後は、直接やり取りしている。

「サンキュー」宮部が、タオルで汗を拭いた。「やっぱり純正のパーツじゃないとね。エンブレムも手に入ったし。これで完成さ。ただ、ラジエーターの具合がちょっとね。直しても、すぐ悪いところが出てくる。まったく嫌になるよ」

「プロに任せたらどうです？　その辺の町工場でもできるでしょう？」

「自分で直すから面白いんだよ」宮部は鼻を鳴らした。「九月から今まで。教えてる子どもたちのピアノ発表会につきっきりだったからさ。作業も中断してたし。若い頃は、いつもいじってたんだけどね、これくらいの車。楽なもんだったのに」

「古いですから」熊川が慌てて訂正する。「あ、車がですよ。宮部さんじゃなくて」

宮部が笑う。熊川が話題を変える。「今日、来栖さんに会ってきましたよ」

「あっそ」

「元気だったか、とか訊かないんですか？」

「あいつが弱ってたら、ドンペリ開けてお祝いするよ」

「ですよねえ」

一二：〇二

熊川は、《茅ヶ崎こども安心館》へ来栖を訪ねた。

ちょうど昼休みだった。来栖が置いた新聞一面大見出しが、目に入る。

『北朝鮮国内で、金脈発見の米企業本格掘削開始』続けて、小見出し『同社の株価上昇止まらず』

「いい天気だ」来栖は言った。「少し寒いが、外に出よう。海がきれいだ」

来栖と熊川は中庭へ出た。施設は海岸沿いに建っていた。相模《さがみ》湾が見える。

二人は、白ペンキ塗りのベンチに腰を下ろした。

熊川は言った。「アメリカの《プレミアム・アース社》。株価急騰みたいですね」

北朝鮮地下資源開発に選定されたのは、米国企業《プレミアム・アース社》だった。

「ああ」来栖は微笑んだ。「思ったより上手くいったな」

今年の八月。熊川が伊原に渡した《潮田地図》。金鉱脈データは正本だった。来栖の指示だ。

「伊原を通して、極秘裏にアメリカの手へ渡ったようだな」来栖は続けた。「結果、一ヶ月前に金を発見した。企業の株も上がるだろう」

熊川は外事課に留まっている。八月以降の動向は収集してあった。

先月。内閣情報調査室内閣審議官である上村亮輔・警視監が、庁舎内で拳銃自殺を図っていた。

「《プレミアム・アース社》の株。空売りでも行ったんでしょうね」熊川が嘆息した。「現在のように株価が急騰すれば、大損害となります。警察の裏資金に壊滅的損害を与えたはずです」

「上村は、警察庁の一兆円に上る裏金を運用していた」来栖は鼻を鳴らした。「そいつに大穴を開けた。それが自殺理由だろうな。それとも消されたか。どちらにせよ、官僚なんて哀れなもんさ」

上村が自殺した動機。公式発表はされていなかった。

「伊原も飛ばされましたね」熊川は述べた。「情報部門から外され、北海道の聞いたこともない駐屯地へ異動させられたそうですよ」

「空売りは、伊原の指示だろうからな」来栖は言った。「小瀬田の方も揉めてるな」

「はい」熊川が頷いた。「今般の内閣改造で、小瀬田は大臣から外されました。スキャンダルも噴出中。政治資金収支報告書の記載内容が矛盾していたとか。野党から厳しい追及を受けていますよ。議員辞職も間近ではとの噂です。与党重鎮による工作ではないかとの情報を得ています」

「伊原とともに厄介払いされたか……」

「ですね。来栖さんを拉致した各省庁の四人。皆、閑職へ追いやられたみたいですし」

「各国の諜報機関は、どうだ？」

「鳴りを潜めていますよ」熊川は答えた。「北朝鮮特需に沸く米韓はもちろんですが。中露や北自身も、不気味なほどおとなしいです。来栖さんの偽情報やハッタリで、派手にやりすぎたためでしょう。しばらくは、活動を控えるんじゃないですか？」

日本では政官財界始め、国中が北朝鮮特需を逃すまいと熱狂している。スパイ狩りや防衛大臣狙撃など、とっくに忘れ去られていた。『愛国者法』も同様。国会提出は見送られたままだ。

「困ったもんだな」来栖は短く息を吐いた。「マイケル井口は？」

ロシアに雇われていたフリーランスの工作員。渋谷の銃撃戦以来、消息を絶っている。

「不明です」熊川は答えた。「相当、荒稼ぎしていたようですからね。どこか南の島で、バカンスでも楽しんでいるんじゃないですか？」

「やれやれだ」

「北朝鮮では動きがあったようだな？」

「はい」来栖の質問に、熊川は頷いた。「朝鮮人民軍の進攻は沈静化しました。元の配置に戻っています。韓国とのチャンネルも復活したようです」

「朝鮮人民軍偵察総局の太道春は死んだ、とか」

「はい。先月に失脚しました」熊川は答えた。「日本からの資金が途絶えたためでしょう。組織指導部高官の洪哲海が、実権を握る結果となりました。米韓への強いルートが功を奏したようです」

「太は、具体的にどうなった？」

「逃走先のベルリンで、青酸化合物により毒殺。本来の目的を果たしたことになりますね」

来栖は黙って頷いた。熊川も倣う。

「〝日韓経済戦争〟も水面下の駆け引きだけで」熊川が続ける。「表立った制裁の応酬は静まっていますよ。あと、例の情報も効力を発揮しています」

熊川がネットへ流した匿名情報。〝内調・上村は警察の裏金担当であり、多額な損失を出したため自殺に及んだ〟。

来栖に指示されての行動だった。

「何も起こっていないタイミングでは、官僚等に握り潰されるか。黙殺されるのがオチだ」来栖は、そう言っていた。「多額の損失や自殺者も出た。今こそ好機だ」

世論は、瞬く間に批判噴出。ネットは大炎上。連日、週刊誌やワイドショーが続報を伝えた。

警察庁に逃げ場はなくなった。警察庁長官の新條勉が発表した。上村が運用していた裏資金について。〝庁内に、昭和期のものと思われる出自不明な口座を発見した〟と。入金内容等詳細は不明とし、幕引きを図るつもりだったようだ。

事は収まらなかった。むしろ再燃した。

新條は、警察庁長官を引責辞任。記者会見において、奇妙な発言をした。

「発見された口座の残金七千億円強は、社会保障費や災害対策費に充てるべきではないか。個人的な意見ですが、私はそのように考えております」

発言は、国民から多くの賛同を得た。政府与党も同調する見通しだ。

新條の人気も急上昇させた。予定されていた民間への天下りは取りやめ。政界進出する見込みとも言われている。

人事レースの元凶。キャリア官僚最高位である内閣官房副長官【事務方】。警察庁次長の日高徹朗が有力視されている。

日高のライバルだった内閣情報官・長沢博隆。新條の後を継ぎ、警察庁長官へ就任。対抗馬に敗れた形だった。伊原側だったことが最大の敗因らしい。

後任人事も、順調に決定している。警察庁内の動向。人事上の駆け引き。随所に、警備局長の光井賢治が深く関与している。来栖も、詳細は聞かされていないようだったが。

「光井のおっさん、胴元になれたか」来栖は呟いた。「そこそこ上手くやってるようだな」

「どういうことです？」

「誰かもしくは全員に、すべての責任を負わせる。そこまで追い込むと、徹底抗戦される恐れがある。それを避けて、光井は三人ともソフトランディングさせた形さ。元々の狙いは、裏金を災害対策や社会保障に回すこと。定年を間近に控えた奴の人事なんか、どうでもよかったんだろう」

「あと、僕が疑問なのは」熊川は訊いた。「なぜ、伊原は《潮田地図》の正偽に関する判断を誤ったんでしょう？　前から不思議なんですけど」

「赤木だ」来栖は答えた。「前に説明しただろう」

三ヶ月前。熊川は、来栖と口論して見せた。芝居だった。あえて事前に打ち合わせをした。わざと赤木へ聞かせるように。

赤木は、口論が芝居と知ることになった。来栖の計算だった。

「で、その旨を伊原に伝えた」来栖は続けた。「それが、奴の判断を誤らせたのさ」

「上手くいきましたね」熊川は頷いた。「赤木が伊原のスパイと、いつ気づいたんです？」

「あの頃、急に赤木の金回りがよくなった」来栖は答えた。自慢げには見えない。淡々としている。「不倫相手の銀行員に定期組んでやったり。積立預金をしたり、な。女へ、いい顔をするにも金が要る。そこで、少し赤木を調べてみたのさ。あいつ今、どうしてる？」

「上村の自殺以来、赤木さんは県警を病欠」熊川は嗤った。「家に閉じこもっています」

「ふん。これに懲りて、不倫癖が直ればいいさ」来栖も嗤っている。「ちょうどいい薬だ」

「今でも、職員から訊かれますよ。〝あの喧嘩、何だったの？〟って。今田課長代理にまで〝早く仲直りした方がいいよ〟とか言われて。気持ち悪いぐらいですよ」

「嫌味のキレが戻ってないんなら」来栖は苦笑した。「お孫さんの〝萌音ちゃん〟とは絶好調らしいな。いいことだ。放っとけ。そのうち、皆忘れるさ」

「《潮田地図》は正本、偽本ともに」熊川は報告した。「データ化を完了しました。図面本体とともに、警察庁《サッチョウ》の光井警備局長《ビキョクチョウ》へ渡してあります。来栖さんの言いつけどおり。厳重に保管してくれてるそうです。誰にも分からないように」

「有効かつ平和裏に活用できるときまでは」来栖も応じた。「あのおっさんに預けとくしかないだろうな。今後どう使うかは、クイーン聖玉や香田との協議が必要になるだろう」

国連専門家パネルの香田瞳は、ニューヨークへ戻っていた。来栖の異動後すぐのことだ。朱聖玉の庇護下で、元気に活動しているという。

アメリカに渡ったのは、金鉱脈の位置だけだ。他の鉱物やレアアースにレアメタル等、大部分は残されている。活用の余地は大きい。米国が、すべて独占しているわけではない。

「伊原の計画は、国益に沿ってはいたんじゃないですか？　日本からすれば。むしろ、アメリカへデータを渡した方が損だったのでは？」

「地図は北朝鮮の物だ」熊川の疑問に、来栖は平然と答える。「伊原を潰すために、一部だけ利用させてもらったが。アメリカの利益は、そのお駄賃さ。日朝中露の抗争を鎮静化してもらう意味もあったしな」

「どういうことです？」

「世界一の超大国が乗り出してくる。ほかの国も皆、頭が冷える。そのために予備のタマとして、CIAは抗争から遠ざけておいた。《ビル爺》に話してな。いいように使われたことを、どう思っているかは知らんが。元々、漁夫の利狙いで静観するとか勝手なこと言ってたんだ。儲かりもしたし。怒ってはいないだろう」

「だといいですけど」

「伊原の計画は成功しない」来栖は付け加えた。「北主導で朝鮮半島が統一できても、中露は日本の思惑どおりに動かないだろう。米国や欧州各国も黙ってはいない。下手すれば、第三次世界大戦になる」

熊川の背中を冷たいものが走った。来栖は半笑いで、海を見ている。

裏金の補正予算化は進んでいた。災害対策始め、児童の貧困や虐待対策等にも回される。「《茅ヶ崎こども安心館》にも、定年退職後の元教員が三名配置される予定だ」来栖は言った。「熱心かつ優秀な人材だそうだ。まさに、裏金さまさまだな。学校のいじめ対策も強化される。教員の定員増を始め、弁護士やカウンセラー設置も強化。教育委員会の体質改善にまで及ぶらしい。未成年に限らず、就職氷河期世代等の相談にも乗り始める」

「大したもんですね」

「その補正予算を使って」来栖は続けた。「県では、災害現場に慰霊碑を建立する。過去数十年にまで、さかのぼる予定さ。被災して死亡した人間が、一人でも対応するらしい。

避難者や関係者の関連死まで含めて。で、リストを見たんだが。気になる事例があってな」

「何です？」

「数年前に、台風で水死した女子生徒の碑だ」来栖は告げた。「足に軽い障がいがあって、父親が自衛官らしい。名前が志田未悠」

「志田……」熊川にも思い当たるところがあった。

「あと、横に県庁職員も一人刻まれる。名前は分からないんだが。その現場の災害対策が遅れたことを気に病み、自殺したそうだ。関連死として扱うことにしたらしい」

「それって……」クイーン聖玉。たった一人の孫。「調べてみましょうか？」

「いや、いい」

熊川は、来栖の視線を追った。海は穏やかだった。

「ここでの生活は、どうです？」熊川は訊いた。

「悪くない。子どもに関する相談は難しいが、やりがいがある。少なくとも、スパイなんかの相手をするよりは、な」

「すぐ外事に戻されますよ。警察庁《サッチョウ》の上層部も一新されましたし。公安には、来栖さんが必要です。勝ちましたね」

「諜報戦に勝敗はない。情勢の変動があるだけだ」

「どこまでが、刑事としての仕事だったんです？　来栖さんには、何の得もなかったのに」

来栖は微笑って、答えなかった。

※

「分からないんですよね」熊川は宮部に問うた。「来栖さん、どうしてあそこまでできるのか？」

「あいつの母親は、小学校の先生でね」宮部は語った。遠い目で。どこか楽しそうだ。「これが、とんでもない教師でさ。いじめっ子の男子なんか、黒板の前へ並べて往復ビンタ」

「それ、当時でもヤバくないですか？　めっちゃ体罰ですよね」

「そうなんだけど。不思議と問題にはならなかった。校長や教頭、父兄の重鎮クラス。全員の弱みを握ってたんだと。困ったもんだよ」

「女《クルス機関》」

「そういうこと」宮部は短く笑った。「まあ。遺伝じゃないんだろうけどね」

「僕、思うんですが」熊川は続けた。「来栖さんって〝国を守る〟とか、そういう正義感なんかはなくて。ただ『公安警察』という職務へ、どこまでも純粋に忠実なだけって気がするんですけど」

「私の考えとは、ちょっと違うねえ」宮部は頰を搔いた。「〝国を守る〟とか、そういう正義感がないのは、そのとおりだと思うよ。だが、〝職務に忠実〟となるとどうだろうね」

「どういうことです？」

「あいつは、自分に忠実なだけさ。『公安警察』の身分やスキルは、そのための道具にすぎないんじゃないかね。目的じゃない、手段なのさ。出世も、上役の顔色も興味なし。忖《そん》度《たく》も無用。たいていの人間は、そういう奴を〝独善的〟って呼ぶ」

「自分に忠実……」

「来栖は、自分を飼い主にしてる猟犬さ」宮部は言った。「自分が己へ指示したことには、どこまでも忠実。邪魔する奴は、誰だろうと咬《か》み殺す。あんたや私だろうとね。……さてと、リアウィング手配してくれたお礼に、とっておきのカヴァ冷やしてあるんだ。まあ、一杯やろうよ」

本書は書き下ろしです。

この物語はフィクションです。作中に同一の名称があった場合でも、
実在する人物・団体等とは一切関係ありません。

〈参考文献〉

石井暁『自衛隊の闇組織　秘密情報部隊「別班」の正体』（講談社）
今井良『内閣情報調査室　公安警察、公安調査庁との三つ巴の闘い』（幻冬舎）
時任兼作『特権キャリア警察官　日本を支配する600人の野望』（講談社）
古川勝久『北朝鮮　核の資金源　「国連捜査」秘録』（新潮社）
山本武利『陸軍中野学校　「秘密工作員」養成機関の実像』（筑摩書房）
時任兼作『「対日工作」の内幕　情報担当官たちの告白』（宝島社）
佐々淳行『私を通りすぎたスパイたち』（文藝春秋）
宮田敦司『日本の情報機関は世界から舐められている　自衛隊情報下士官が見たインテリジェンス最前線』（潮書房光人新社）
クライン孝子『日本人の知らないスパイ活動の全貌』（海竜社）
野村旗守編『北朝鮮利権の真相』（宝島社）
野村旗守編『北朝鮮利権の真相　金正日に騙された面々編』（宝島社）
浅井隆『北朝鮮投資大もうけマニュアル』（第二海援隊）

KBS〈だれが北朝鮮を動かしているのか〉制作班+リュ・ジョンフン著、すんみ+小山内園子+文聖姫訳『北朝鮮　おどろきの大転換』（河出書房新社）
西村金一『詳解　北朝鮮の実態　金正恩体制下の軍事戦略と国家のゆくえ』（原書房）
宮田敦司『北朝鮮　恐るべき特殊機関　金正恩が最も信頼するテロ組織』（潮書房光人新社）
李相哲『北朝鮮がつくった韓国大統領　文在寅政権実録』（産経新聞出版）
秋嶋亮『北朝鮮のミサイルはなぜ日本に落ちないのか　国民は両建構造《ヤラセ》に騙されている』（白馬社）
柳澤協二、太田昌克、冨澤暉、今村弘子著、自衛隊を活かす会編『米朝首脳会談後の世界　北朝鮮の核・ミサイル問題にどう臨むか』（かもがわ出版）
上田篤盛『中国が仕掛けるインテリジェンス戦争　国家戦略に基づく分析』（並木書房）
ウィリアム・C・ハンナス、ジェームズ・マルヴィノン、アンナ・B・プイージ著、玉置悟訳『中国の産業スパイ網　世界の先進技術や軍事技術はこうして漁られている』（草思社）
アルカディ・ワクスベルク著、松宮克昌訳『毒殺　暗殺国家ロシアの真実』（柏書房）
趙世暎著、姜喜代訳『日韓外交史　対立と協力の50年』（平凡社）
中野信子『サイコパス』（文藝春秋）
ロバート・D・ヘア著、小林宏明訳『診断名サイコパス　身近にひそむ異常人格者たち』（早川書房）
P・T・エリオット著、松田和也訳『サイコパスのすすめ　人と社会を操作する闇の技術』

（青土社）
堤未果『日本が売られる』（幻冬舎）
渡邉哲也『パナマ文書「タックスヘイブン狩り」の衝撃が世界と日本を襲う』（徳間書店）
パスカル・ボニファス著、佐藤絵里訳『最新世界情勢講義50』（ディスカヴァー・トゥエンティワン）

宝島社
文庫

スパイに死を　県警外事課クルス機関

（すぱいにしを　けんけいがいじかくるすきかん）

2020年11月20日　第1刷発行

著　者　柏木伸介
発行人　蓮見清一
発行所　株式会社 宝島社
〒102-8388　東京都千代田区一番町25番地
電話：営業 03(3234)4621／編集 03(3239)0599
https://tkj.jp
印刷・製本　中央精版印刷株式会社

ISBN 978-4-299-01032-2

『このミステリーがすごい!』大賞 シリーズ

宝島社文庫

不連続な四つの謎
『このミステリーがすごい!』大賞作家傑作アンソロジー

海堂《かいどう》 尊《たける》／中山《なかやま》七里《しちり》／乾《いぬい》 緑郎《ろくろう》／安生《あんじょう》 正《ただし》

名物刑事コンビが巻き込まれた寝台特急での密室殺人、リサイタル後に起きた有名ピアニストの服毒死の謎、元特撮ヒーローを襲う不可解な誘拐事件、猛吹雪からの首都脱出――『このミス』大賞受賞作家が贈る傑作ミステリー短編集。4つの物語を各作家が繋いだ、書き下ろし幕間つき。

定価：本体680円＋税

※『このミステリーがすごい!』大賞は、宝島社の主催する文学賞です（登録第4300532号）